USA TODAY BESTSELLING AUTHOR

# DALE MAYER

# Menace dans les Tournesols

## Jolis Jardins Maudits 19

*Menace dans les tournesols : Jolis Jardins Maudits, tome 19*
Beverly Dale Mayer
Valley Publishing Ltd.

Copyright © 2022

Traduit de l'anglais par Marie-Camille Brault et Valentin Translation



Il s'agit d'une œuvre de fiction. Les noms, les personnages, les lieux, les marques, les médias et les incidents mentionnés sont le produit de l'imagination de l'auteur ou utilisés de manière fictive. Toute ressemblance avec des événements, des lieux ou des personnes, existant ou ayant existé, est entièrement fortuite.

ISBN-13 : 978-1-773369-57-0
Format Print

# Résumé du livre

Une nouvelle saga cosy mystery de l'auteure best-seller d'USA Today, Dale Mayer. Suivez la jardinière et détective amatrice Doreen Montgomery et ses amusants (et vraiment adorables) chat, chien et perroquet, tandis qu'ils attrapent les meurtriers et résolvent des crimes dans la merveilleuse ville de Kelowna, en Colombie-Britannique.

**Du luxe à la misère… Les cœurs commencent à guérir… Les amitiés commencent à éclore… mais pas pour tout le monde !**

Doreen sait que sa relation avec le capitaine de la police s'est toujours trouvée sur un terrain glissant. Elle les a aidés à résoudre des enquêtes, mais a quadruplé leur boulot et se met constamment en travers de leur chemin. Alors, personne n'est plus surpris que Doreen quand le capitaine passe par là et lui demande une faveur personnelle, concernant une affaire non résolue de sa propre enfance.

Tandis qu'il se rétablit lentement de sa blessure, le caporal Mack Moreau apprend que le capitaine s'est arrêté à la maison de Doreen pour lui demander un peu de son temps. Curieux, Mack est d'autant plus stupéfait d'apprendre les détails de cette visite. Il veut aider, mais une histoire vieille de quarante ans ne laisse pas grand-chose derrière elle permettant de commencer une enquête.

Doreen a conscience qu'échouer à élucider une affaire doit arriver *parfois*… Mais elle va beaucoup œuvrer pour que ça ne soit pas le cas cette fois-ci, pas alors que le capitaine a

personnellement requis son aide. Par conséquent, accompagnée de ses bestioles, Doreen file en courant… en laissant
Mack l'observer – et s'inquiéter – dans son sillage.

Inscrivez-vous ici pour être informés de toutes les nouveautés
de Dale !
https://geni.us/DaleNews

# Chapitre 1

*Début septembre*

DOREEN AVAIT L'IMPRESSION que les jours avaient filé depuis cette dernière scène de chaos chez elle. Aujourd'hui, elle était assise au bord du ruisseau, une tasse de café à la main, Nick d'un côté et Mack de l'autre. Elle se tourna vers ce dernier.

— Comment se passe la kiné ?

— Mieux. Apparemment, j'ai échappé à une vilaine blessure à l'épaule.

— Bien, approuva-t-elle avant d'hésiter et de demander, et qu'en est-il des deux hommes qui sont venus ici ?

— Rodney a des points de suture là où aucun homme ne devrait jamais avoir de points de suture, répondit Mack en frissonnant, mais il devrait se rétablir complètement.

— Et l'autre, Wilson ?

— Il aura de longues zébrures pendant quelques jours encore sur le dos et la tête, précisa Mack. Ce que j'aimerais savoir, c'est comment tu as entraîné Thaddeus à lâcher de la crotte d'oiseau sur tes agresseurs comme ça ?

Elle grimaça.

— Je n'ai pas entraîné Thaddeus. Il a fait ça tout seul.

Le caporal secoua la tête en observant l'oiseau.

Doreen zieuta Thaddeus, qui gambadait devant eux sur le sentier, grimpant sur les rochers, en sautant, d'un air totalement inoffensif. Pendant ce temps, Goliath et Mugs se prélassaient au soleil, jouant eux aussi les héros.

— Tu sais quoi ? J'ai vu ces animaux interagir avec toi plus souvent que je ne l'aurais cru possible, releva Mack. Pourtant, j'ignorais qu'ils pouvaient faire ce qu'ils ont fait la dernière fois.

— Moi non plus. Et c'est vrai. C'est une question de loyauté. Et, pour une raison quelconque, j'ai la chance de recevoir leur amour et leur loyauté. Et je m'efforce de ne jamais faire quoi que ce soit qui puisse nuire à cela.

À ce moment-là, Nick lui tapota l'épaule et déclara :

— Il n'y a pas que leur amour. Beaucoup de gens en ville t'aiment aussi.

Doreen sourit tristement.

— Apparemment, beaucoup de gens en ville ne m'aiment pas non plus, donc c'est une bénédiction mitigée.

Nick sourit.

— Tu finiras par trouver beaucoup de gens de ton côté.

— Je suppose que ça prend juste du temps, convint-elle.

Les deux frères acquiescèrent.

— Et je dois faire en sorte que le capitaine soit de nouveau de mon côté, ajouta-t-elle. Mais je ne sais pas exactement comment m'y prendre.

— Ce n'est pas qu'il n'est *pas* de ton côté, nota Mack avec prudence. Il a juste besoin que tu restes en dehors de nos affaires lorsqu'il s'agit de questions juridiques, afin qu'il puisse boucler une affaire et que les criminels ne s'en sortent pas à cause de problèmes de collecte de preuves.

Le policier lui adressa un regard complice.

— C'est vrai, tous ces trucs juridiques.

— Je comprends que les questions juridiques ne soient pas très importantes à tes yeux, l'avertit Mack, mais nous ne voulons pas faire tout ce travail et laisser ces personnes en liberté.

— Je peux bien me comporter pendant quelques jours, suggéra Doreen. Alors, peut-être qu'il me pardonnera.

— Il n'y a rien à pardonner, il suffit de faire profil bas, déclara Mack.

— D'accord. Je vais faire ça, acquiesça Doreen, puis elle étudia Mack pendant un moment. Tu es en congé jusqu'à la fin de la semaine. Et si on réessayait le paddle ? Si ton kiné t'y autorise…

Elle se tourna ensuite vers Nick.

— Je ne sais pas où nous pourrions te trouver une planche, ajouta-t-elle, mais si tu veux venir avec nous, ce serait génial.

— Bonne idée, approuva Nick en levant sa tasse de café.

Mack regarda Doreen et lui demanda :

— Donc, tu vas arrêter d'enquêter pendant un moment ?

— Je l'espère vraiment.

Au moment où les deux hommes se préparaient à partir, un véhicule s'approcha.

— *Oh, oh*, commenta Doreen.

— Comment ça « *oh, oh* » ? l'interrogea Mack.

— C'est la voiture du capitaine.

— Oooh.

Mack alla lui parler.

Doreen sortit sous le porche à l'avant et demanda au capitaine :

— Il y a des problèmes ?

— Non, pas vraiment de problèmes, commença le capitaine, mais je me demandais si je pouvais vous parler.

— Bien sûr, acquiesça Doreen, bien que surprise.

— *Hmm*, et seule, si possible.

Elle se tourna vers Mack qui haussa les épaules.

— Nous allions partir.

Les deux frères montèrent alors dans leur véhicule. Mack fit signe à Doreen de l'appeler plus tard.

Elle sourit, hocha la tête, puis conduisit le capitaine chez elle.

— Un café ?

Il hésita puis opina.

— Si ça ne vous dérange pas. J'ai…

Il hésita de nouveau.

— Est-ce que j'ai des ennuis ? demanda aussitôt Doreen.

Le capitaine lui sourit.

— Non, pas du tout. Mais, à cause des ennuis que vous vous *attirez*, j'ai une faveur à vous demander.

La jeune femme fronça les sourcils.

— Bien sûr. Que puis-je faire pour vous ?

— C'est une affaire classée.

— J'adorerais travailler sur une nouvelle affaire classée, s'enthousiasma Doreen.

— Il s'agit de mon cousin. Il a été tué il y a plusieurs décennies. En fait, il a été abattu dans le jardin.

— Dans un jardin ? le questionna-t-elle, l'idée lui plaisant déjà, tout en veillant à ne pas sourire.

— Oui, dans les tournesols, ajouta-t-il.

— Oooh, l'affaire du *silence dans les tournesols*.

Le capitaine hocha lentement la tête.

— On peut voir ça comme ça.

— C'est comme ça que je vois les choses. J'ai besoin de

tous les détails.

Doreen serra ses mains l'une contre l'autre pour ne pas les frotter avec jubilation, tout en lui lançant un regard entendu.

— Et vous me pardonnerez si je résous ce problème ?

Il rit.

— Il n'y a rien à pardonner. C'est grâce à votre point de vue unique et à votre façon de voir les choses que je suis ici aujourd'hui. Si vous pouvez m'aider sur cette affaire, croyez-moi, je vous serai redevable.

— *Le silence dans les tournesols*, nous voilà ! s'écria-t-elle.

Alors, Mugs aboya, Goliath miaula et Thaddeus répéta ses mots avec joie.

# Chapitre 2

*Samedi matin*

DOREEN FIXA LE téléphone et répéta d'un air exaspéré à Mack :

— Je sais que c'est fou, mais le capitaine veut vraiment que je me penche sur une affaire dans laquelle il est personnellement impliqué. Je n'ai pas encore tous les détails. Je sais juste ce qu'il m'a raconté. Et comme je t'ai déjà rapporté ce qu'il m'a dit, je n'ai pas d'autres informations à te donner.

Le silence se fit à l'autre bout du fil. Finalement, Mack répondit :

— Je m'attendais à pire.

— Moi aussi, acquiesça-t-elle avec émotion.

Elle était assise sur sa terrasse, sous le soleil de fin d'après-midi. Mugs s'était allongé à côté d'elle, tandis qu'elle caressait distraitement son ventre. Goliath était lui aussi installé sur la table de la terrasse, seigneur de tout ce qu'il observait, et Thaddeus se promenait dans l'herbe, picorant divers objets. Un caillou particulièrement brillant semblait avoir attiré son attention, et il n'arrêtait pas de le ramasser, de le laisser tomber, et de le ramasser à nouveau.

— Je suppose que ça le tracasse énormément, ajouta Doreen.

— Toi et moi savons ce que c'est que d'avoir un mauvais souvenir dans son histoire. Si tu ne sais même pas comment procéder, tu ne peux rien y faire. Et, avec toutes ses ressources, s'il n'a obtenu aucune réponse jusqu'à présent…

— Ce qui veut dire… pourquoi pense-t-il que je puisse obtenir des réponses ?

— Ce n'est pas ce que je dis, rectifia Mack avec prudence. Mais c'était quoi ? Il y a quarante ans ?

Doreen réfléchit quelques secondes puis hocha lentement la tête.

— Oui, alors quelles sont les chances que l'on puisse poursuivre une personne ?

— Il s'agissait d'une fusillade au volant, donc quelqu'un avait au moins un permis de conduire. Cette personne doit avoir au moins 56 ans aujourd'hui, si elle en avait 16 à l'époque. Et le cousin du capitaine n'était qu'un enfant. Qui détesterait un enfant de 10 ans au point de le tuer ?

— Je ne pense pas qu'il y ait un âge requis pour haïr quelqu'un, souligna-t-elle doucement. Malheureusement, le monde est plutôt mal en point de ce côté-là, et nous voyons des criminels de plus en plus jeunes, qui pensent devoir prendre les choses en main eux-mêmes.

— Et je le constate tous les jours, confirma Mack. À l'époque, je ne pense pas que c'était aussi répandu.

— Ou… ce n'était pas autant médiatisé. Et peut-être que personne n'a jamais été arrêté, simplement parce que tout le monde pensait que justice ne serait jamais rendue.

— Tout ça est également vrai. Le dossier que le capitaine t'enverra devrait être intéressant.

— J'ai peur de ne pas avoir le dossier complet.

Un silence étrange se fit à nouveau entendre à l'autre bout du fil.

— Comment ça ? Tu penses qu'il pourrait cacher des informations ?

— D'habitude, lorsque tu me donnes accès à quelque chose, tu ne biffes pas les noms, les lieux et les déclarations. Mais le capitaine pourrait le faire afin de protéger quelqu'un.

— Dans ce cas, il ne serait pas venu te voir. Et, si tu ne lui fais pas confiance, ne te lance pas là-dedans.

— Bien sûr que je lui fais confiance, répliqua Doreen. Je dois juste être consciente qu'il peut se préoccuper des autres parties concernées.

Mack rit.

— Bien vu. A-t-il dit quand il l'enverrait ?

— Il a dit plus tard dans la journée. Il a essayé de me faire comprendre qu'il ne s'attendait pas vraiment à ce que l'enquête aille très loin.

— Bien sûr que non. Comme tout le monde, on ne s'attend pas vraiment à ce qu'une affaire comme celle-ci soit résolue. Mais on espère simplement que quelqu'un trouvera des réponses à un moment ou à un autre.

— Exactement, approuva-t-elle à voix basse. Et, dans ce cas, je pense que nous avons un meurtre qui n'a pas été résolu depuis bien trop longtemps.

— Ah oui ? Et que vas-tu faire ? lui demanda le caporal d'un ton taquin.

— Je vais devoir y travailler, comme pour les autres.

— Tu sais qu'un jour, tu seras confrontée à une affaire que tu ne pourras pas résoudre.

Doreen grimaça.

— Je dois admettre que de temps en temps, je fais un cauchemar à propos d'une affaire que je ne peux pas résoudre et de quelqu'un que je ne peux pas aider. Et je me sens déjà terriblement coupable, murmura-t-elle. Espérons que ce ne soit pas celle-là. J'essayais de m'attirer les bonnes grâces du capitaine. Je l'ai énervé suffisamment de fois ces derniers temps que j'ignore si c'est encore possible.

Mack éclata de rire.

— Le capitaine n'a rien contre toi, la rassura-t-il avec douceur. Le fait que toutes ces affaires classées soient résolues est une bonne chose. Notre charge de travail s'en voit augmentée, et le service en tire une grande partie du mérite parce que tu essaies de rester dans l'ombre. Mais ça contrarie également le capitaine, car il aimerait penser que nous pourrions également résoudre toutes ces affaires, mais nous n'avons tout simplement pas la main-d'œuvre nécessaire. Nous sommes occupés à essayer de garder la tête hors de l'eau avec les affaires en cours.

— C'est pourquoi tu souhaites que je ne me mêle pas de vos affaires en cours, s'amusa-t-elle, pour que vous ayez quelque chose à boucler vous-mêmes.

— Hé, c'est pas sympa ! protesta Mack, mais il rit de plus belle.

— Comment va l'épaule ? demanda Doreen.

— Pareil qu'il y a dix minutes, répondit-il affectueusement. Et j'ai vraiment hâte de faire du paddle demain. Et de te convaincre de réessayer.

— Et ton frère se joindra à nous cette fois-ci.

— En effet.

— Mais maintenant, tu n'es probablement plus en assez bonne santé pour aller là-bas, après t'être fait tirer dessus, ajouta-t-elle sur le ton de la réprimande.

— À vrai dire, c'est bon pour moi. Je suis censé utiliser ces muscles pour ne pas les laisser s'ankyloser.

Doreen pensa aux mouvements nécessaires lorsqu'ils étaient sur la planche.

— Toi, au moins, tu restes sur ta planche. Tant que tu ne tombes pas comme moi, ça peut aller.

Mais elle n'en était pas si sûre.

Mack s'esclaffa.

— Et encore une fois, on en revient au fait que tu t'inquiètes plus que moi.

— *Quelqu'un* doit bien s'inquiéter pour toi, dit-elle d'un ton sérieux. Si tu pouvais n'en faire qu'à ta tête, tu aurais déjà repris le travail.

— C'est vrai, acquiesça-t-il, et je reprends lundi.

Doreen s'immobilisa.

— Pourquoi ne m'as-tu rien dit tout à l'heure ? s'exclama-t-elle.

— Parce que je savais que ça te tracasserait.

— Tu devrais être en arrêt pendant plusieurs semaines encore.

— Peut-être, mais on manque de personnel.

— Alors, qu'est-ce que tu vas faire ? Tu seras cantonné à un travail de bureau ?

— Je vais retourner au travail, comme d'habitude, et j'essaierai d'être très prudent, répondit-il.

Elle fronça les sourcils, car, bien entendu, être très prudent selon Mack et être très prudent selon Doreen étaient deux choses bien différentes.

— Arrête de t'inquiéter, lui ordonna-t-il.

— Ça ne sert à rien de me dire ça, tu sais ? soupira-t-elle.

— Oui, et maintenant tu sais ce que je ressens chaque fois que tu es blessée.

— Tu n'as pas le droit de retourner ça contre moi ! protesta Doreen.

— Trop tard, rit-il. Alors, tu vas retenter le paddle ?

— Je peux essayer. Ce sera encore plus embarrassant avec

toi *et* ton frère, qui allez me voir tomber tant de fois.

— Il a également prévu de retourner à Vancouver lundi, ce sera donc sa dernière chance de faire quelque chose avec moi.

— Bon, c'est d'accord. Je vais venir. Au moins, je serai la voix de la raison.

Mack éclata de rire.

— Ça, c'est la meilleure. Tu dois prendre soin de toi, avant de pouvoir me dire ce que je dois faire.

Elle sourit.

— Oui, mais tu comprends que ça ne se reproduira peut-être jamais, alors il faut que j'en profite autant que possible.

— Ah… Que dirais-tu de demain matin ?

— Demain matin ? répéta-t-elle.

— Pour le paddle.

Doreen grimaça.

— Aussi tôt ? Tu ne veux pas y aller qu'avec Nick ?

— Oui, aussi tôt, pour que tu n'aies pas l'occasion de changer d'avis. Je pourrai faire du paddle avec Nick *et* toi.

— D'accord, mais si le capitaine m'envoie toutes les informations plus tard dans la journée, ça pourra changer la donne.

— Tu dois quand même sortir et prendre le temps de t'amuser, souligna le policier.

— Bon, d'accord. Et ensuite, pour le déjeuner ? l'interrogea-t-elle avec espoir.

Il pouffa.

— Toi et la nourriture. Soit on apporte le déjeuner avec nous, soit on ira déjeuner quelque part après.

— Facile à dire, répondit-elle, feignant l'horreur. Tu seras sec et je serai trempée.

Le caporal ne se contint plus et son rire envahit la ligne.

— Bien vu. On part sur un pique-nique, alors. Je m'en occupe.

Sur ce, il raccrocha.

# Chapitre 3

*Dimanche matin*

DOREEN SE RÉVEILLA le lendemain matin et, depuis son lit, vérifia ses emails, mais elle n'avait toujours rien reçu du capitaine. Déçue, elle se leva et s'apprêta pour passer une matinée sur le lac. Ce qui consistait en un maillot de bain, car elle finirait bien évidemment trempée. Elle glissa quelques vêtements de rechange dans un sac, au cas où ils retourneraient plus tard dans l'eau. Une fois son sac fait, elle descendit dans la cuisine, prête à nourrir sa famille à poils et à plumes.

— Mack n'a pas dit si vous pouviez venir ou non, nota-t-elle en les regardant.

Elle lui envoya un SMS pour lui demander si elle pouvait les emmener. Il lui répondit aussitôt par l'affirmative et elle sourit.

— Regardez ça, les gars. Vous faites partie de notre cercle restreint. Mack vous autorise à venir.

Mugs aboya et Thaddeus inclina la tête, comme s'il avait un doute. Doreen redoutait la réaction de Goliath, la dernière fois l'ayant laissé froid. Elle se tourna vers lui.

— Tu veux rester à la maison ?

Le félin s'approcha de Doreen, comme s'il avait compris, et se faufila silencieusement entre ses jambes. Elle réfléchit à tout cela en préparant son petit déjeuner. Au moment où elle terminait sa deuxième tasse de café, elle entendit un coup de klaxon devant chez elle. Elle alla à la fenêtre du salon et vit les deux frères à l'avant du véhicule de Mack. Elle les salua d'une main, attrapa les laisses et les harnais puis elle ferma la maison à clé et se dirigea vers le pick-up de Mack, les animaux dans son sillage et son sac sous le bras.

Elle installa les animaux sur le siège arrière et monta avec eux.

— Tu es sûr ?

Nick rit.

— Mack m'a dit que tu n'étais pas une grande fan de paddle.

— Est-ce qu'il t'a dit pourquoi je ne suis pas une grande fan ? répliqua Doreen en jetant un coup d'œil à Mack. Parce qu'il y a une bonne raison.

— Il y a toujours une raison, acquiesça Mack, et personne n'aime faire ce pour quoi il n'est pas doué. Mais on ne peut pas s'améliorer si on ne pratique pas.

— Bien sûr, mais le processus d'amélioration est sacrément pénible, fit-elle remarquer.

— Non, juste un peu plus humide, s'esclaffa Mack.

Elle soupira et se tourna vers Nick.

— Tu vois ? Il voit ça comme une blague.

— Pas du tout, répondit le frère du policier. C'est appréciable de te voir active.

— Tu veux dire, au lieu de résoudre des crimes ? Je ne fais pas beaucoup d'exercice, c'est l'une des raisons de ma présence.

— Quoi ? Maintenant tu penses que tu dois faire de

l'exercice durant la journée ? la questionna Nick.

— Eh bien, il y a cette théorie selon laquelle pour rester en bonne santé, il faut sortir et faire des choses.

Elle se pencha et attrapa une ampoule pour l'empêcher de rouler vers l'avant du véhicule.

— Je n'ai jamais été une mordue des salles de sport, je ne suis pas sûre que ça me convienne, avoua-t-elle. Je serais capable de trouver une scène de crime au milieu des machines. Mais, c'est une belle région que j'adore, et elle est réputée pour le paddle.

— C'est parce que le lac lui-même est magnifique.

Elle tourna son regard vers son avocat.

— Et comment se fait-il que tu ne vives pas ici ?

— J'envisage toujours de revenir vivre ici, marmonna-t-il. C'est vraiment sympa d'avoir ma famille autour de moi.

— Tu n'as pas de petite amie ?

— Non, pas de petite amie, répondit-il avec un sourire malicieux. Tu as des amies ? De mon âge, pas celui de Mack ?

— Non, déclina Doreen, avant de lever les mains. Mack trouve ça drôle, mais je n'arrive pas à me faire des amis sur le long terme.

— Pourquoi ? l'interrogea Nick.

— Ils finissent toujours en prison, répondit-elle en haussant les épaules.

Nick la dévisagea pendant un moment, puis il éclata de rire.

— Oh là là, et je suppose que ça inclut ceux qui ne sont pas en prison à l'écart, je me trompe ?

— C'est exact, acquiesça Doreen, la voix chargée d'émotions. Les seules personnes que je fréquente sont Mack et Nan, et parfois quelques amis de Mack.

— Et Mack a un bon groupe d'amis, opina Nick.

— Bien sûr, mais ils font tous partie des forces de l'ordre, souligna-t-elle, ce qui tient à bonne distance tous les autres également.

— J'imagine. Je n'y avais jamais pensé de cette façon, concéda-t-il.

— En tant qu'avocat, tu as probablement affaire à des criminels.

Il se retourna et lui adressa un regard noir. Elle haussa les épaules et sourit.

— C'est un fait bien connu. Beaucoup d'avocats sont véreux.

— C'est un fait bien connu que beaucoup d'avocats ne sont *pas* véreux, corrigea-t-il, les yeux plissés.

— Continue à y croire, dit Doreen, la mine ravie.

Mack soupira.

— Arrête d'embêter mon frère, l'avertit-il d'un ton sévère.

— Je ne ferais jamais ça. Il travaille pour moi gratuitement.

— Je *travaillais* pour toi gratuitement, rectifia Nick, le ton menaçant.

Doreen éclata de rire.

— Tu vois ? Vous avez un grand sens de l'humour tous les deux.

— Pourquoi je ne trouve pas de femmes comme elle ? demanda Nick à son frère.

— Tu cherches peut-être au mauvais endroit ? suggéra le policier.

— Peut-être qu'elles ne te cherchent pas, intervint Doreen.

— Ce n'est pas vraiment comme si je cherchais non plus.

Je ne fais que croiser des gens.

Mack les réprimanda :

— Allons, les enfants, on se calme.

Ils se turent jusqu'à ce qu'ils arrivent à la plage. Doreen contempla l'eau.

— Vous voyez ? C'est magnifique, se ravit-elle avant de désigner d'autres pagayeurs. Et ils sont incroyablement gracieux, comme s'ils ne faisaient qu'un avec l'eau. C'est vraiment impressionnant à voir, mais quand je suis sur l'eau, c'est une autre histoire.

Nick fronça les sourcils.

— Tu penses vraiment que tu es si mauvaise que ça ?

— Je n'arrive pas à garder l'équilibre, expliqua-t-elle. Ça me rappelle toutes les choses que je ne sais pas faire, et c'est devenu un énième « *je te l'avais bien dit* ».

— Ce n'est pas que tu ne sais pas faire, rectifia Mack. Tu as juste besoin de t'entraîner.

— Facile à dire pour toi, répliqua-t-elle avec un regard noir. C'est naturel chez toi. Reste à savoir si ton frère peut en faire autant.

Nick haussa les épaules.

— Je faisais du paddle très régulièrement, admit-il d'un air désolé. Je ne m'attends donc pas à ce que ce soit difficile.

Les épaules de Doreen s'affaissèrent.

— Mince… J'espérais que tu serais aussi mauvais que moi.

— Allez, courage, la rassura Nick avec un sourire. Réflé-chis. Ce ne sera pas pire que la dernière fois.

— Tu sais quoi ? On m'a déjà dit ça plusieurs fois, nota-t-elle d'une voix sombre. Je pense que les gens mentent.

Mais avec courage, elle saisit sa planche et, les animaux dans son sillage, descendit jusqu'au bord de l'eau. Dès que

Goliath comprit où ils allaient, il tourna immédiatement les talons et remonta sur l'herbe.

— Même Goliath m'a abandonnée, se désola-t-elle.

Mack rit.

— Et les deux autres ?

— Ils ne veulent pas nager avec moi, donc ils vont venir avec toi.

Le policier appela Mugs. Celui-ci sauta aussitôt sur le paddle, galopa jusqu'au bout et s'allongea. Comme il n'était pas un poids plume, la planche s'inclina légèrement.

Nick se tourna vers Doreen et demanda :

— Les animaux montent sur les paddles ?

— Oui, avec Mack, parce qu'ils savent qu'ils ne finiront pas à l'eau.

Nick éclata à nouveau de rire, et son sourire persista alors qu'il sautait sur son paddle. Bien droit sur sa planche, il s'éloigna du rivage.

— Tu sais faire ça ? l'interrogea Doreen en le dévisageant.

— Faire quoi ?

— Démarrer sur la plage au lieu de monter sur la planche dans l'eau.

— C'est plus compliqué de monter une fois dans l'eau, répondit Nick, puis il se tourna vers son frère. Je me trompe, Mack ?

— Peut-être, concéda-t-il en pivotant vers Doreen qui regardait l'eau. Pourquoi n'essaies-tu pas ?

— Y a-t-il une raison pour laquelle tu ne me l'as pas suggéré avant ?

— Oui, avoua le policier.

— Quoi donc ?

— Parce que, lorsque tu tombes près du rivage, tu as

beaucoup plus de chances de te faire mal, alors que plus loin, l'eau peut amortir ta chute.

Elle fronça les sourcils, observa les rochers, puis répondit :

— Bien.

Sur ce, elle s'agenouilla sur la planche et se mit à pagayer.

Quand Thaddeus, qui était perché sur son épaule, prit conscience qu'elle était sur l'eau, il s'écria :

— Au secours ! Au secours ! Au secours !

Toujours agenouillée, Doreen se raidit et tourna la tête vers l'oiseau.

— Sérieusement ? s'offusqua-t-elle. Ce n'est pas sympa.

Elle entendit les deux frères rire, mais rapidement, Mack se rapprocha et tendit un bras.

Thaddeus, comme s'il sautait sur un radeau de sauvetage, bondit sur le bras de Mack et remonta jusqu'à son épaule. En atterrissant, il déploya ses ailes, les gonfla et proclama tel un vainqueur :

— Thaddeus est là. Thaddeus est là.

— Loser, lança Doreen avec un regard noir.

Thaddeus inclina la tête en l'observant et répéta :

— Loser. Loser. Loser.

Les deux hommes éclatèrent de rire.

Fusillant le perroquet du regard, Doreen réussit à se redresser lentement sur sa planche, en s'aidant de ses bras pour garder l'équilibre. Cette fois, Nick resta près d'elle et lui donna quelques conseils.

— Mack a déjà pratiqué ? lui demanda-t-elle.

Nick haussa les épaules.

— Pas autant que moi. Quand j'étais jeune, on adorait ça avec mes amis.

— C'est comme le vélo ? Une fois qu'on a appris, on n'oublie pas ?

— Je pense qu'après plusieurs essais, oui, affirma Nick. C'est l'exercice d'équilibre qui est le plus difficile. Une fois que tu auras compris comment te tenir debout et comment te maintenir, je pense que tu trouveras ça beaucoup plus facile.

— Peut-être, bougonna Doreen.

Au fur et à mesure qu'ils avançaient, lentement, elle trouvait cela beaucoup plus facile.

Trente minutes plus tard, alors qu'elle était encore debout, sans tomber une seule fois, elle se tourna vers Mack et annonça :

— C'est beaucoup mieux aujourd'hui.

— Attention à la vague qui arrive, l'avertit-il avec un hochement de tête.

En se retournant pour le constater, elle perdit l'équilibre et tomba à l'eau. Dès qu'elle réapparut à la surface, elle darda un regard foudroyant sur le policier.

— Je m'en serais très bien sortie si tu n'avais pas dit ça, et tu le sais.

Il se contenta de lui sourire, mais Thaddeus partit d'un éclat de rire rauque.

— Arrête ça, le prévint-elle. Sinon, pas de friandises pour toi.

C'était sûrement une coïncidence, mais l'oiseau se tut immédiatement et la regarda de travers. Elle soupira.

— Ce perroquet comprend beaucoup trop de mots, nota Mack.

— C'est vraiment incroyable, s'étonna Nick.

— C'est vrai, acquiesça Doreen. Mais pas assez pour être gentil en toute circonstance.

Mack rit.

— Et je ne devrais pas me moquer de toi. Tu t'en sors très bien.

— Bien sûr, à condition que tu ne veuilles aller nulle part aujourd'hui, ironisa-t-elle.

— Je ne vais nulle part, précisa Mack. Je suis là, à passer du temps avec mon frère.

— Et moi, ajouta-t-elle prestement.

— Ça va sans dire, confirma-t-il avec un doux sourire.

Elle leva les yeux au ciel.

— Comment va votre mère ? demanda Doreen à l'intention de Nick. Je suis sûre qu'elle est ravie de t'avoir à la maison.

— Oui, c'est également pour ça que j'envisage de revenir habiter ici.

— Elle n'est pas éternelle, lui rappela Doreen. Et je ne pourrais te dire combien je suis reconnaissante d'avoir encore Nan aujourd'hui, pour que nous puissions profiter de la relation que nous n'avons jamais eue. Trop souvent, nous considérons que les personnes âgées n'ont rien à offrir, et pourtant, elle ne cesse de me faire sourire.

Les deux hommes opinèrent du chef.

— Je pense que les gens sont très occupés par leur vie, suggéra Mack. Et nous oublions qu'ils sont là. Mais pour eux, les journées sont longues et je pense que les personnes âgées souffrent plus du manque de visite.

— Je suis d'accord avec ça. Je vois Nan, pas tous les jours et peut-être que je devrais, mais elle est tout aussi susceptible de me chasser parce qu'elle joue au bowling sur gazon ou qu'elle danse ou autre chose, s'amusa Doreen. Mais j'essaie de la voir tous les deux ou trois jours. Et presque chaque fois, elle est là, plus que prête à m'accueillir. Parfois, elle m'appelle et m'ordonne de venir parce qu'elle a besoin d'un câlin.

— Et c'est parfaitement compréhensible.

Nick se tourna vers son frère.

— Et tu as raison. Je devrais revenir habiter ici, ajouta-t-il.

— Seulement si les affaires fonctionnent ici, déclara son frère. Je sais que tu as étudié pendant de nombreuses années pour faire ce métier. Je ne veux pas que tu renonces à ton rêve.

— Je ne pense pas avoir à le faire, le rassura Nick. Kelowna s'est beaucoup développée. Je n'ai pas vérifié si je pouvais m'associer à quelqu'un ici. Je peux toujours créer ma propre entreprise.

— C'est vrai, acquiesça Doreen. J'ignore quel genre de droit tu pratiques, en dehors des divorces.

— Je pratique le droit familial, mais j'ai d'autres spécialités. Je ne pense pas avoir beaucoup de concurrence dans ce domaine ici, donc je devrais être en mesure de maintenir mon business à flot.

Ils pagayèrent encore une heure et, lorsqu'ils regagnèrent le rivage, Doreen s'effondra sur sa serviette, Goliath à côté d'elle. Il avait apparemment passé tout le temps à se divertir dans le parc. Elle avait été soulagée de le voir là quand elle était revenue. Elle l'avait surveillé de loin, mais quand elle était tombée à l'eau, elle avait eu du mal à voir quoi que ce soit. Mais les hommes l'avaient informée que Goliath se portait bien.

Et, curieusement, la plage était encore presque déserte.

— Je suppose que c'est l'avantage de venir tôt, n'est-ce pas ? On n'a pas à s'inquiéter de la foule.

D'autres pagayeurs avaient également laissé leurs affaires sur la plage. Les joies de la vie dans une petite ville.

Les deux hommes lui sourirent.

— Exactement, acquiesça Mack. De plus, on a un pique-nique qui nous attend.

La mine ravie, Doreen leva les yeux vers lui, mais se rendit compte qu'il n'était que 11 h.

— Tu veux encore attendre, non ? l'interrogea-t-elle.

— Non, et tu n'as probablement mangé que des toasts au petit déjeuner, je me trompe ?

— Tu as un problème avec le pain grillé ? répliqua-t-elle, les sourcils froncés.

— Ce ne sont que des glucides, il n'y a pas de protéines. Donc tu as un pic d'énergie, mais après ? Ta glycémie redescend très rapidement, répondit-il en haussant les épaules.

— C'est l'histoire de ma vie, s'amusa Doreen.

Quand Mack lui tendit un thermos, elle leva de nouveau les yeux vers lui et le chaparda de ses mains.

— C'est du café ? demanda-t-elle, le sourire aux lèvres.

— S'il y a bien une chose qu'il fallait que j'apporte, c'est du café.

— Tu as raison. C'est charmant, dit-elle, soupirant de bonheur avant de se tourner vers Nick. A-t-il apporté suffisamment à manger pour toi aussi ?

Nick éclata de rire.

— Peut-être pas. Tu manges beaucoup apparemment.

— Tu ne lui as pas dit ça, si ? demanda-t-elle à Mack, horrifiée. Ce n'est pas très élégant de manger beaucoup.

— Ce n'est pas très élégant non plus de s'affamer, rétorqua-t-il. Le bon Dieu sait que c'est ce que tu fais souvent.

Elle lui lança un regard noir et versa du café dans le couvercle du thermos.

Tandis qu'elle le sirotait, Mack lui demanda :

— Tu vas partager ?

Elle secoua aussitôt la tête.

— Non, tu m'as insultée, donc je ne suis pas obligée de partager.

Mack soupira et se tourna vers son frère.

— Tu vois ce que je dois supporter ?

Nick souriait à Doreen.

— Elle a du caractère.

— Tout à fait, acquiesça la jeune femme. Je vais partager avec toi.

— Pourquoi ?

— Tu essaies de faire sortir cet ex de ma vie.

— Au fait, j'ai reçu une nouvelle contre-offre.

— C'est vrai ? Je suis surprise. Je n'aurais jamais pensé que Mathew serait prêt à négocier. Et c'est parce qu'il est du genre tout ou rien. Il a beaucoup négocié ?

— Il a augmenté un peu, mais pas assez pour plaire à tout le monde.

— Je m'y attendais.

— Peut-être. Je vais renvoyer une réponse qui ne fera pas beaucoup de remous de mon côté et un message pour le retrouver au tribunal.

Doreen frissonna.

— Tu sais que la dernière chose que je souhaite, c'est d'aller au tribunal, n'est-ce pas ?

— Je sais, mais parfois c'est nécessaire.

— J'imagine… Quelle serait la première date disponible ? Et suis-je obligée de me présenter ?

Nick secoua la tête.

— J'ignore la date. Et, oui, tu devras te présenter au tribunal, à moins que je puisse obtenir une dispense pour te représenter.

— D'accord, murmura-t-elle, puis elle se tut.

Mack vint poser sa main sur celle de Doreen et la rassura.

— Tout va bien se passer.

— Tu crois ? lui demanda-t-elle en levant les yeux.

— Oui, et le tribunal n'est pas un drame. Ce genre de choses arrivent tout le temps. Ça veut seulement dire que vous n'arrivez pas à trouver un compromis raisonnable et que le juge doit intervenir.

— Et tu penses que ça va jouer en ma faveur ? Malgré tout le stress que ça va me causer ?

Le policier posa un regard sérieux sur elle.

— Je le pense, oui.

— Et tu ne penses pas que, plus nous nous rapprocherons de la date du procès, plus je serai en danger ?

Nick écarquilla les yeux. Il passa son regard de son frère à Doreen et déclara :

— Si tu le penses sérieusement, que c'est une éventualité, je peux demander à te faire témoigner par vidéoconférence.

Doreen réfléchit à la proposition.

— J'ignore de quelle somme on parle. Je sais juste qu'il n'est pas du tout, du tout, du genre à partager.

— J'avais remarqué, souligna Nick. J'ai examiné les documents que ses avocats ont renvoyés, et ils semblent penser qu'il ne devrait rien partager.

— Exactement.

Il médita un instant.

— On ne peut quand même pas le laisser s'en tirer comme ça.

À ce moment-là, Mack tendit à Doreen quelque chose enveloppé dans du papier aluminium.

— Mange ça au lieu de te ronger les sangs.

Elle le fusilla du regard.

— Tu crois vraiment que tu peux continuer à me balancer de la nourriture en espérant que j'arrêterai de faire ce qui te ne plaît pas ?

Il lui sourit.

— Au moins pour l'instant.

Elle déballa le paquet et le contempla avec délectation.

— Oh, mon Dieu, c'est une tourte à la viande, et elle est encore chaude ! s'exclama-t-elle.

Elle retira immédiatement le papier aluminium pour pouvoir accéder à la douceur et en prit une grosse bouchée. Elle resta assise en silence, les yeux fermés, et mâcha. Mack avait peut-être raison. Peut-être qu'elle pouvait se contenter de manger. Mais elle savait qu'elle ne voulait rien avoir à faire avec son ex, surtout pas se présenter dans la salle d'audience et devoir l'affronter en face à face. Elle serait prête à tout pour l'éviter.

# Chapitre 4

PLUS TARD DANS l'après-midi, les deux frères déposèrent Doreen et ses animaux chez elle, et elle ordonna à Mack de rentrer chez lui.

— Tu as essayé de cacher que ton épaule te fait souffrir, dit-elle doucement. Rentre chez toi, prends tes calmants et repose-toi.

Il se pencha, et l'embrassa délicatement sur la joue.

— Compris.

Puis il retourna à son véhicule.

Elle fit entrer les animaux et se dirigea vers la cafetière. Le café qu'ils avaient bu lors de leur pique-nique remontait à loin. Ils avaient passé l'après-midi à se promener sur la plage, à nager et à s'amuser. Mugs et les autres avaient fait de même. Elle ouvrit la porte de la cuisine à Goliath, qui se dirigea directement dans le jardin et se jeta sous un rosier.

— De toutes les plantes que tu aurais pu choisir, pourquoi celle avec des épines ?

Le félin se contenta de balancer sa queue. Elle laissa la porte de la cuisine ouverte et retourna à l'intérieur. Elle n'avait pas faim, mais un café serait le bienvenu. Elle consulta sa messagerie sur son téléphone et se rendit compte que le capitaine avait envoyé le fichier. Tout excitée, elle alluma son ordinateur portable et téléchargea le dossier. Il lui faudrait un peu de temps pour le parcourir, même s'il n'était pas conséquent. Ce fait ne lui plaisait pas. C'était également pour cela que personne n'avait la moindre chance de résoudre quoi que ce soit, parce qu'ils n'avaient pas d'informations pour commencer à enquêter.

En feuilletant les documents, elle réalisa qu'il manquait des éléments, tels que des auditions de témoins et des notes des inspecteurs. Elle s'empressa d'envoyer un SMS au capitaine pour l'interroger à ce sujet.

Il l'appela quelques minutes plus tard pour s'expliquer.

— C'est une partie du problème. J'étais le seul témoin. C'était une fusillade au volant, et même aujourd'hui, je serais incapable de vous dire de quel véhicule il s'agissait, admit-il. Seulement qu'un pick-up a déboulé, quelqu'un nous a tiré dessus, et s'est enfui.

— Aïe. On vous a tiré dessus, tous les deux ?

— Oui.

— Vous ne me l'aviez pas dit. La balle vous a-t-elle touché ?

Un profond soupir se fit entendre à l'autre bout du fil.

— Oui, j'ai pris une balle dans le bras, mais l'autre balle a tué Paul. Je comprends que vous ne puissiez rien faire, mais je suis le seul témoin de cette fusillade. Et je n'ai même pas pu dire aux flics quoi que ce soit d'important à l'époque. Tout s'est passé si vite.

— Très bien. Laissez-moi étudier ce dossier et je vous rappellerai si j'ai d'autres questions.

Cela dit, Doreen raccrocha.

Elle imprima en vitesse la dizaine de pages que contenait le dossier, sachant qu'il serait plus simple pour elle de lire de cette façon. Cela fait, elle prit sa première tasse de café et alla s'installer sur la terrasse avec un bloc-notes. En lisant, elle comprit une fois de plus pourquoi le meurtre n'avait jamais été élucidé.

En dehors des deux enfants, personne – soi-disant – n'avait rien vu. Les garçons se trouvaient dans la cour avant, où il y avait un grand parterre de tournesols. Les enfants jouaient dans les tournesols lorsque le véhicule s'était arrêté à leur niveau. Un revolver était apparu à la fenêtre du côté du conducteur. Deux coups de feu avaient été tirés. Les deux enfants étaient tombés. L'un mourut, l'autre non.

Elle comprit également que le capitaine éprouvait un horrible sentiment de culpabilité parce qu'il avait survécu. Il n'y avait absolument aucune solution pour lui faire ressentir quelque chose de différent, et elle savait aussi que la culpabilité du survivant était bien réelle. Parfois, les gens parvenaient à l'accepter, mais d'autres fois, c'était presque impossible. Pourtant, Doreen ne voulait pas que ce soit le cas pour le capitaine. Il avait fait beaucoup pour elle, et il avait souvent fermé les yeux, alors qu'il n'aurait peut-être pas dû.

Après la fusillade, Henry Hanson, désormais connu sous le nom de capitaine, s'était mis à hurler aussitôt. Des adultes avaient accouru, mais il était trop tard pour sauver Paul. Le capitaine fut transporté d'urgence à l'hôpital et interrogé par la police, mais il n'avait pas grand-chose à leur dire. Et elle pouvait le comprendre. Pour un enfant de 11 ans, se rappeler les événements avait dû être assez traumatisant.

Il avait donc souhaité que quelqu'un d'autre se penche sur l'affaire. Mais avait-il réexaminé l'affaire durant toutes ces années ? Doreen supposa que oui. Le contraire ne correspondait pas au capitaine. Mais cela soulevait une autre question. Quelqu'un au commissariat avait-il étudié l'affaire ?

Quelqu'un avait-il de nouvelles informations ? Elle vérifia les dates dans le dossier. La dernière note indiquait que le dossier avait été examiné quinze ans plus tôt par le service des affaires non résolues et qu'il ne disposait d'aucune nouvelle information.

Elle savait que c'était souvent le cas. Les choses ne bougeaient pas, jusqu'à ce que quelqu'un ait quelque chose à y ajouter. Sinon, l'affaire nécessitait une main-d'œuvre dont ils ne disposaient pas. Cela la dérangeait de penser que ces affaires restaient en suspens et que les gens ne faisaient rien pour y remédier.

Mais ce n'était pas tout à fait vrai.

— Je suis en train d'y remédier.

Et cette enquête l'intéressait vraiment, en partie parce qu'elle avait influé sur la vie du capitaine, et Doreen pouvait facilement comprendre comment cela l'avait dirigé vers la police, et combien il était frustrant d'être du métier et de ne pas pouvoir résoudre ce crime.

La pression, la culpabilité, le sentiment d'échec, d'une certaine manière, tout cela serait difficile à surmonter.

Elle était de tout cœur avec le capitaine et savait qu'elle ferait tout ce qui était en son pouvoir pour résoudre cette affaire. Mais il y avait un problème : elle n'avait aucune information. Alors qu'elle était assise en train de réfléchir, elle envoya un message à Mack.

**Il a envoyé le dossier.**

S'attendant à recevoir un coup de fil immédiatement, elle fut surprise que ce ne soit pas le cas. Elle attendit longtemps, mais toujours pas de réponse. Elle réalisa alors qu'il était probablement occupé ou qu'il rendait visite à sa mère et à son frère.

Elle ne savait pas exactement ce qui le retardait, mais il

n'était pas non plus à sa disposition juste parce qu'elle lui avait envoyé un message. Pourtant, elle ne se sentait pas à l'aise. Elle décida de se lever et de faire quelque chose de différent pour aider son cerveau à traiter ces maigres informations. Elle voulait tout de même que ces informations se bousculent un peu dans son cerveau.

Elle nota le nom du cousin, Paul Hephtner. Elle avait du mal à le prononcer, car il semblait y avoir des lettres en trop dans le nom de famille. Néanmoins, il s'agissait bien de Hephtner.

— H-E-P-H-T-N-E-R, épela-t-elle.

Quand son téléphone sonna, elle était persuadée que c'était Mack, alors elle répondit simplement :

— Allô.

Mais c'était Nan.

— Bonjour, répondit sa grand-mère.

La voix de cette dernière était empreinte d'une certaine fatigue, et Doreen fut aussitôt en alerte.

— Qu'est-ce qui ne va pas ?

— Oh, rien. Ça va. J'en ai juste trop fait.

Doreen fronça les sourcils, passant en revue dans son esprit tout ce dans quoi Nan pouvait être impliquée, et l'interrogea prudemment :

— Tu es sûre ?

— Ça va, répéta Nan sur un ton plus convaincant.

Doreen s'affaissa légèrement.

— J'espère bien. Tu as peut-être besoin de te reposer quelques jours, s'inquiéta-t-elle.

En entendant cela, Nan rit aux éclats.

— C'est déjà ce que je fais.

— C'est ce que tu dis, répliqua Doreen, mais si c'est le cas, comment peux-tu avoir l'air si fatiguée ?

— On a participé à un tournoi ce matin, expliqua la vieille dame. Et j'ai joué jusqu'à la fin, contrairement à d'habitude.

— De bowling sur gazon ?

— Non, de billard, corrigea Nan.

Doreen observa son téléphone avec stupeur.

— Tu joues au billard ?

Après un moment de silence, Nan s'esclaffa.

— Ma chérie, je joue au billard depuis très longtemps.

— Quelle question, évidemment, soupira Doreen en dégageant ses cheveux de son front. Je suis bête. J'ignore tout de ce jeu, et toi, tu dois être une pro.

Sa grand-mère éclata de rire.

— J'adore discuter avec toi. Tu as un point de vue tellement innocent sur le monde.

La jeune femme grimaça.

— Tu veux dire que je suis naïve, rétorqua-t-elle.

— Pas du tout, réfuta Nan avec fermeté. J'appelais pour voir si tu voulais venir boire une tasse de thé.

— Avec plaisir, accepta sa petite-fille, d'autant plus qu'elle n'aimait pas l'air fatigué de Nan. Quand ?

Après une courte pause, Nan suggéra :

— Je pensais à maintenant, à moins que tu ne sois occupée, bien entendu.

— Non, pas du tout.

Doreen se tourna vers sa cafetière.

— Mais il me reste encore un peu de café dans la machine, ajouta-t-elle.

— Très bien, disons dans une heure alors ? Bois ton café et viens ensuite me rendre visite.

— Ce ne sera pas l'heure du dîner pour toi ?

— Je ramènerai mon dîner chez moi, indiqua Nan avant

de rire. Dans ce cas, je prendrai de quoi manger pour nous deux. À dans une heure, pour le dîner et le thé.

Nan raccrocha.

En une heure, Doreen aurait le temps de boire une nouvelle tasse de café, trier ses notes, et élaborer un plan d'action concernant l'affaire non résolue du capitaine.

# Chapitre 5

L E MOMENT ÉTANT venu de rendre visite à Nan, Doreen se leva, attrapa les laisses et Goliath et Mugs se mirent immédiatement à courir dans tous les sens.

— C'est une bonne journée, n'est-ce pas, les gars ? Deux sorties en moins de vingt-quatre heures.

Mugs aboya.

— Tu veux aller retrouver Nan ? lui demanda-t-elle, et le chien devint fou, sautillant, bondissant sur sa maîtresse, approuvant clairement sa proposition.

Elle se tourna vers Goliath.

— Et toi ?

Le chat avait l'air un peu ailleurs aujourd'hui, mais il avait passé la plus grande partie de la matinée à lézarder sur la plage. Pourtant, il semblait tout aussi enthousiaste à l'idée d'aller chez Nan, mais un peu moins à l'idée d'être tenu en laisse. Dès que Doreen s'approcha de lui avec le harnais pour chat, il se précipita vers le ruisseau et le sentier.

— D'accord, je suppose que ce sera sans laisse pour toi, soupira-t-elle.

Décidément, Goliath avait bien plus son mot à dire qu'elle. Elle savait que les gens se moqueraient d'elle, mais lorsque vous aimiez vos animaux, ce n'était pas chose aisée de leur imposer une laisse. Elle n'était pas vraiment nécessaire, Goliath en profitait donc pour se rebiffer. Elle s'imagina que le même genre de situation s'imposait avec les enfants.

Si un choix leur était présenté, alors il n'en voulait *pas*.

Doreen sourit et, voyant que Thaddeus se réveillait de sa sieste passée sur l'une des branches du rosier, elle s'approcha de lui et demanda :

— Tu veux aller voir Nan ?

Il poussa un cri, battit des ailes, puis sauta doucement sur son bras avant de le remonter. Sur ce, elle se dirigea vers le ruisseau. Elle s'arrêta pour admirer l'eau et les oiseaux. Même les rochers et la lumière qui se reflétait sur eux la firent sourire. C'était un endroit magnifique. Et même si sa maison était vieille et avait probablement besoin de rénovations, ça restait sa maison, qui en était d'autant plus spéciale à ses yeux.

Elle se promena tranquillement, profitant de la journée, de la vue et d'un certain sentiment de paix. Elle était sur le point de se lancer dans une autre affaire, mais ce n'était pas spécialement sa préoccupation du moment. Elle prit plusieurs respirations profondes, sentant la tension se dissiper.

Après sa dernière affaire, elle était un peu plus prudente. Mack avait été gravement blessé et, pour elle, cela ne serait jamais acceptable. Et lors d'une précédente affaire, Nan avait été blessée, ce qui était encore pire. Doreen ne voulait pas que quelqu'un soit à nouveau blessé. Elle n'avait pas réalisé — jusqu'à ce qu'elle en soit témoin — qu'il était horrible de ne rien pouvoir faire pour les aider.

Elle ignorait si être plus prudente était une solution, car elle ne se trouvait pas imprudente. Il lui semblait simplement que la méchanceté des gens autour d'elle était dirigée différemment. Ce n'était pas un prétexte ni une excuse, c'était juste quelque chose dont elle devait être consciente. Les animaux se déplaçant aussi lentement qu'elle, ils se dirigèrent vers la résidence de Nan.

Arrivée au parking de Rosemoor, elle fit une pause, observant encore une fois longuement l'endroit où le tireur de Mack attendait dans son véhicule.

— J'espère que tu moisiras en prison, mon petit gars, marmonna-t-elle en secouant la tête avant d'avancer vers l'appartement de sa grand-mère.

Un jardinier travaillait sur le côté. Il la fixa du regard et lui demanda :

— Qu'est-ce que vous faites ?

— Je vais chez ma grand-mère, répondit Doreen en désignant la terrasse de Nan.

Il lui lança un regard noir.

— J'ai entendu parler de vous, annonça-t-il en pointant son outil dans la direction de la jeune femme. Vous marchez tout le temps dans l'herbe.

Doreen s'immobilisa et le dévisagea.

— Vous voyez ces pavés ? l'interrogea-t-elle.

— Les dalles ?

— Oui, vous savez, celles sur lesquelles je *marche* ?

Il posa ses mains sur ses hanches.

— Oui, mais pas les animaux.

Elle baissa les yeux et vit Goliath qui se promenait dans les buissons.

— En effet, Goliath n'écoute personne, admit-elle, mais il ne fait rien de mal.

— Peut-être, mais, si ce chien laisse des traces de son passage quelque part sur la pelouse de Rosemoor, assurez-vous de nettoyer derrière lui.

Doreen sortit aussitôt le sac à déjection canine qu'elle avait sur elle.

— J'ai ça, le rassura-t-elle.

À mesure qu'elle se rapprochait de chez Nan, Doreen se retourna vers l'impoli jardinier et vit qu'il l'observait toujours. Elle lui adressa un sourire radieux, mais il se contenta de la fusiller du regard. Ses épaules s'affaissèrent. Alors qu'elle avançait, sa grand-mère sortit sur la terrasse en gloussant. Doreen secoua la tête, alors qu'elle franchissait le dernier petit muret.

— Comment font-ils pour ne trouver que des gens aussi grincheux pour travailler ici ? maugréa-t-elle.

— Je ne sais pas, mais j'ai l'impression que les jardiniers ont toujours un problème avec toi, je me trompe ?

— Je me demande si ça fait partie de la fiche de poste, bougonna Doreen.

Nan éclata alors de rire, trouvant cette remarque très drôle.

Doreen lui adressa un regard furieux.

— Ce n'est pas drôle. Je veux continuer à emmener les animaux.

Nan se tourna vers elle.

— Doux Jésus, ne le laisse pas t'atteindre.

— Comment pourrais-je ne pas me laisser atteindre ? Il a raison. On n'est pas censés marcher sur l'herbe. Et j'essaie de garder tout le monde dans le droit chemin, mais, tu sais, ce sont des animaux.

— J'irai lui parler plus tard, déclara Nan, agitant une main en l'air. Ne le laissons pas gâcher notre journée.

— Non, ce ne serait pas sympa, marmonna Doreen.

Elle zieuta par-dessus son épaule, mais ne le vit pas, et fut soulagée qu'il soit parti. Après tout, l'heure du dîner approchait, et il avait sûrement terminé sa journée.

— Tu l'as déjà vu dans le coin ? demanda-t-elle à sa grand-mère.

— Non, c'est un nouveau, répondit Nan joyeusement. Ce qui signifie que nous ne l'avons pas encore formé.

Doreen pouffa.

— Tu dis ça comme si c'était facile.

— Ça l'est. Nous lui ferons savoir ce que nous acceptons et ce que nous n'acceptons pas, affirma-t-elle avec un large sourire. Détends-toi, ma chérie.

— J'essaie, soupira la jeune femme.

— Je pense que cette affaire où Mack s'est fait tirer dessus était celle de trop, n'est-ce pas ?

— Ça m'a rappelé que la vie ne se déroule pas toujours comme on l'espère, répondit-elle, un léger sourire aux lèvres. Je ne veux plus jamais que Mack ou toi soyez blessés.

— Tu commences vraiment à t'attacher à lui, non ?

Doreen haussa les épaules, sachant qu'elle ne pouvait pas le cacher à sa grand-mère, et acquiesça.

— Évidemment. Je suis attachée à vous deux. Et non, je ne suis pas prête à me lancer dans une discussion sur ma relation avec Mack, conclut-elle.

— Ce ne sera pas nécessaire, répliqua tranquillement sa grand-mère. Je le lis sur ton visage.

— C'est bien ma veine, dit Doreen, le regard noir.

— Tu n'as jamais été douée pour les subterfuges.

— Tu sais que mon ex disait que j'étais vraiment douée pour ça, souligna-t-elle.

— Ah, et c'est à ce moment-là que sa main était prête à te frapper au visage si tu faisais quelque chose de mal, lui rappela Nan. Mais le fait est que cette violence ne fait plus partie de ta vie, et aujourd'hui, tu es une personne différente.

Ça ne me dérange pas du tout.

— Je suis vraiment si différente ? demanda Doreen avec curiosité. Je sais que Mack me l'a déjà dit, et je me suis posé des questions, tu sais ? Ça paraît étrange, mais…

— Je ne sais pas si c'est une chose étrange, rectifia Nan, mais maintenant que tu es libre et que tu n'as plus peur, tu es différente, dans le bon sens du terme – plus libre, plus ouverte, plus heureuse. Clairement plus heureuse.

Doreen sourit.

— Bien sûr que je suis plus heureuse. Sans Mathew pour me pourrir la vie, c'est beaucoup plus facile.

— Et ça doit rester ainsi, affirma Nan avec un sourire radieux. Maintenant, assieds-toi, et mangeons !

Doreen attira Mugs, qui était resté planté derrière elle, les pattes avant sur la jardinière de fleurs, à attendre que le jardinier revienne.

— C'est bon, Mugs. Il est parti.

Le chien aboya et alla saluer Nan, qu'il avait ignoré jusqu'alors.

— Oh, mon Dieu. Il était vraiment concentré sur le jardinier ?

— Oui, acquiesça Doreen.

Elle se retourna pour chercher Goliath du regard, mais il n'y avait aucune trace de lui. Inquiète, elle se leva et passa sa tête au coin du bâtiment. Il était là. Le jardinier était parti, mais Goliath montait la garde.

— C'est bon, Goliath. Viens ici.

Il la regarda, la queue frémissante, mais il se dirigea lentement vers elle.

— J'aime que les animaux viennent quand on les appelle, releva Nan.

— Ce n'est pas tout à fait vrai, s'amusa Doreen. Parfois

ils viennent, parfois non. Ils font comme bon leur semble. Ils font ce qui leur chante, quand ils en ont envie.

Nan hocha la tête. Mais Goliath apparut et piétina la jardinière de fleurs, jusqu'à ce qu'il soit au niveau de la vieille dame, qui se pencha aussitôt pour le caresser.

— C'est une telle joie d'avoir ces animaux. Je sais que nous sommes censés les dresser, mais c'est difficile de leur résister, ils sont tellement spéciaux.

Intérieurement, Doreen approuvait. Ils représentaient une grande joie dans sa vie et, tant qu'ils faisaient sourire sa grand-mère, elle était heureuse de venir avec les animaux chaque fois. En s'asseyant, elle jeta un coup d'œil à ce que Nan avait disposé devant elle.

— C'était le dîner de ce soir ? demanda-t-elle.

— Affirmatif. C'est grec, apparemment, indiqua Nan en levant les yeux au ciel. Ils tentent de nouvelles choses en cuisine.

— C'est une bonne idée d'innover, approuva Doreen, en observant les petites bouchées dorées qui semblaient légèrement grasses. Qu'est-ce qu'il y a dedans ?

— Des épinards, du fromage et d'autres choses, répondit Nan, avec un geste de la main, comme pour essayer d'épousseter quelque chose. Je ne sais plus comment ils les ont appelés, « *spank* » quelque chose, mais ce dont je suis certaine, c'est que je vais devoir porter une gaine après ça.

Doreen faillit s'étouffer avec sa salive.

— Pourquoi ça ?

— Ne vois-tu pas l'huile briller tout autour ?

La jeune femme haussa les épaules.

— En effet, mais ça ne peut pas nous faire de mal. Tu ne te souviens plus du nom ?

— Non. Ça commençait par *spank* et ça finissait par *pita*.

— Ah, des spanakopitas, acquiesça Doreen avant d'observer l'assiette avec intérêt. Ça fait longtemps que je n'en ai pas mangé.

Elle aperçut également des brochettes de viande et une grande salade grecque. Elle se frotta les mains.

— Ça a l'air fameux, merci.

Elle remplit son assiette de salade, attrapa une brochette, et commença la dégustation par le feuilleté aux épinards.

— Oh mon Dieu, murmura-t-elle, de la pâte feuilletée et dorée plein la bouche. C'est délicieux.

— C'est bon ?

— Oui, c'est très bon, opina-t-elle.

Nan imita sa petite-fille et sourit.

— C'est bien ce que je pensais. Et tu as raison. C'est très bon.

Les deux femmes parlèrent peu durant leur repas. Même Mugs resta tranquillement assis, espérant qu'un petit morceau tomberait. Doreen surprit Nan en train de faire tomber quelques petites miettes à l'intention du chien. Elle tourna son regard vers sa grand-mère et fronça les sourcils.

L'air coupable de la vieille dame fut rapidement remplacé par une mine enjouée.

— Nous devons partager avec ceux que nous aimons, se justifia-t-elle avec un sourire contre lequel Doreen pouvait difficilement argumenter.

— Peut-être… murmura-t-elle avant de reprendre d'un ton plus sérieux : il ne faut pas non plus le rendre malade avec toute cette nourriture bien riche.

Nan regarda le plat à base d'épinards et hocha la tête.

— C'est vrai.

Puis elle retira un morceau de viande de la brochette et le laissa tomber par terre.

— Nan ! s'écria Doreen.

— Moi aussi, j'ai le droit de les nourrir. Ça me met en joie.

La voix de Nan devint presque triste et Doreen fronça les sourcils.

— On dirait que tu cherches des excuses.

— Ça fonctionne ? la questionna sa grand-mère.

— Je suis incapable de me disputer avec toi, soupira la jeune femme.

— C'est parce que tu m'aimes, gloussa Nan.

— En effet. Mais si tu veux que les animaux restent en bonne santé, nous devons faire attention à ce qu'ils mangent.

Nan fronça les sourcils, mais elle ne donna rien de plus à Mugs. Au grand dam de ce dernier.

En revanche, Thaddeus fut ravi de voler une rondelle de concombre dans la salade. Doreen le regarda avec horreur plonger le bec au milieu du grand saladier, puis s'éclipser sur le côté. Elle décala le bol et annonça :

— Ça suffit pour toi aussi.

Il l'ignora et Nan rit.

— Il fait ça souvent, non ?

— Le problème, c'est que je ne lui ai rien donné, et tu as donné quelque chose à Mugs, soupira Doreen. Donc il se sert lui-même.

— Ce n'est que du concombre, ça ne lui fera pas de mal, nota Nan.

Sa grand-mère avait raison, Doreen ne pouvait pas objecter. Mais elle n'en dirait pas tant de la vinaigrette. Lorsqu'elle vit Thaddeus picorer avec satisfaction sa crudité, elle sourit et reporta son attention sur son assiette.

— Es-tu sur une nouvelle affaire ? l'interrogea Nan.

La jeune femme hoqueta et sa grand-mère la regarda avec

étonnement.

— Déjà ? s'enquit cette dernière.

Mal à l'aise, Doreen haussa les épaules, car elle ne savait pas encore comment en parler.

— Peut-être… mais c'est une très vieille affaire non résolue.

— Tu as déjà beaucoup de vieilles affaires non résolues dans les dossiers de Solomon.

— J'ignore combien de ces affaires sont non résolues, tu te souviens ? Ce n'est pas parce que Solomon enquêtait qu'il s'agissait forcément d'affaires criminelles et encore moins qu'il avait suffisamment d'éléments pour rouvrir le dossier.

— Non, mais si tu t'y plonges un jour… répliqua Nan en faisant danser ses sourcils. Je suis certaine que tu auras beaucoup de travail.

— Sûrement, marmonna Doreen. Mais ça représente une vie de travail. Je ne peux pas boucler ça en quelques mois.

Nan opina du chef.

— D'ailleurs, tu ne devrais pas avoir à travailler aussi dur.

— Peut-être. Mais il reste encore beaucoup à faire.

— Parle-moi de cette nouvelle affaire.

Doreen hésita, puis se lança.

— C'est à propos d'une fusillade au volant qui a eu lieu à Vernon il y a quarante ans.

Nan fut bouche bée.

— Bonté divine, ce n'était pas chose commune à l'époque.

— En effet, acquiesça Doreen. Donc j'ignore comment je vais pouvoir aider. Il n'y a aucun témoin adulte non plus.

— Eh bien, tu ne peux pas faire grand-chose, si ? releva

Nan à voix basse. Je sais que tu veux aider tout le monde et résoudre toutes les affaires, mais…

— Et c'est là une partie du problème, déclara Doreen. J'ai vraiment envie d'aider la personne, mais ce ne sera peut-être pas si facile.

— On dirait que ça va être très compliqué. Pour qui fais-tu ça ?

Doreen releva la tête et fronça les sourcils.

— Je ne sais pas si je dois garder le secret pour l'instant, répondit-elle. Je ne lui ai pas demandé.

— Donc, tu ne me diras rien en attendant ?

Nan parut peinée, mais compréhensive.

— C'est ça. C'est un gros bonnet local, et, bien qu'il ait fait de nombreuses recherches, personne n'a été capable de résoudre cette enquête. Il sait donc que ce n'est pas gagné, mais si je peux aider, alors je le ferai avec plaisir.

— Évidemment, approuva Nan chaleureusement. J'attendrai encore un jour ou deux, pour que tu puisses lui demander.

— Merci, dit Doreen avec un petit rire.

— Je veux être au courant. Tu sais ce que c'est quand quelqu'un te cache quelque chose. La curiosité aura raison de nous.

— Peut-être. Je ne l'espère pas. J'aurai peut-être besoin de ton aide concernant beaucoup d'éléments, parce que ça date de ton époque.

La mâchoire de Nan se décrocha.

— Bon Dieu. Tu as raison. Quarante ans, ça ne date pas d'hier. J'habitais ici à l'époque, mais je ne sais pas si j'étais au courant de cette histoire. Et Vernon étant assez loin, j'y suis allée sans *vraiment* y aller, si tu vois ce que je veux dire.

— Oui, je vois. Alors peut-être que je devrais chercher

des gens qui ont vécu à cette époque et qui se seraient rendus à Vernon plus souvent que toi ?

— Discute avec des chauffeurs routiers, des livreurs, des commerçants, des personnes de ce genre, suggéra Nan. Et, bien sûr, tu vas peut-être devoir aller à Vernon et parler avec des gens du coin.

— J'irais, si je pouvais identifier quelqu'un, et il faudrait que ce soit des gens plutôt âgés.

— En effet, approuva Nan en levant la tête, avec un intérêt accru. Nous organisons parfois des compétitions de bowling avec d'autres maisons de retraite, et nous en avons déjà fait à Vernon. Je devrais pouvoir te trouver quelques noms.

Doreen regarda sa grand-mère avec enthousiasme.

— Ce serait super.

— C'est bon de savoir que tu apprécies mon aide, s'extasia Nan en souriant.

— Oh, crois-moi, je suis bien consciente de toute l'aide que tu as à m'offrir, et je ne prendrai jamais ça pour acquis.

— Ce serait une grave erreur de ta part, pouffa Nan. Dois-je chercher des gens qui auraient pu être témoins de cette fusillade au volant ?

— Non, pas forcément. D'après ce que j'ai dans le dossier, il n'y avait qu'un seul témoin, mais c'était un enfant. Donc il ne se souvient pas de grand-chose, et il n'a pas remarqué quoi que ce soit de particulier.

Nan se figea et murmura :

— Tu parles du capitaine Hanson, je me trompe ?

— Quoi ?

— Son ami a été tué il y a de nombreuses années.

Elle se tut et fronça les sourcils d'un air songeur.

— Oui, il y a une quarantaine d'années, ajouta-t-elle.

— Comment sais-tu que c'est lui ?

— Parce qu'il y a quelques années… commença Nan avant de se taire et de regarder au loin, au-dessus de la tête de Doreen, puis elle reprit : je peux me tromper sur la période, mais il y a peut-être dix ans, ou quinze ans, le capitaine a lancé un appel pour obtenir des informations sur une affaire non résolue, et c'était celle-là. Il a dit qu'il avait un lien personnel avec cette affaire, et il nous a donné quelques détails.

— C'est intéressant, ajouta Doreen. Dans ce cas, je n'ai pas besoin de garder ça pour moi, n'est-ce pas ?

— C'est *lui* ! se réjouit Nan. À l'époque, j'ai trouvé ça tellement triste qu'un homme qui disposait de toutes les ressources nécessaires en tant que capitaine ne parvienne toujours pas à trouver la solution à ce problème.

— Malheureusement, il n'a eu les ressources nécessaires que lorsqu'il a été nommé capitaine, et regarde toutes les années qui se sont écoulées entre-temps ? Le problème, c'est qu'il était le seul témoin. Et, tu sais qu'on ne peut pas se fier avec certitude aux détails que donnent les enfants. De plus, il était en état de choc. Son cousin venait de mourir et il était lui-même hospitalisé pour une blessure par balle.

— Oh, d'accord, murmura Nan. C'est terrible.

— Pour tout le monde, à mon avis. Mais pour lui, ça a dû être encore plus difficile, car il se sentait coupable de ne pas avoir sauvé son cousin.

— Mais comment aurait-il pu sauver son ami ? s'interrogea Nan. Je veux dire, c'était un enfant. Quoi qu'il en soit, il n'y a pas beaucoup de logique dans de telles circonstances.

Doreen hocha sagement la tête.

— Et, comme tu me l'as appris, la culpabilité du survivant, ce n'est pas rien.

— Je te le confirme. Ça peut être très dur.

Elles discutèrent encore quelques minutes, puis Nan fronça les sourcils.

— J'ignore comment tu es censée trouver des informations sur ce dossier datant de plusieurs décennies, alors que même le capitaine ne peut pas t'aider.

— Je l'ignore également, avoua Doreen en regardant sa grand-mère avec inquiétude. Et pourtant, je ne veux pas le laisser tomber.

— Dans un sens, ce n'est pas juste qu'il t'ait demandé ça.

— Je sais, mais quand on cherche désespérément des réponses… Je pense qu'il faut envisager toutes les possibilités. Et le capitaine n'attend pas vraiment de moi que je résolve l'affaire, mais en même temps, si je peux trouver quoi que ce soit qui puisse nous éclairer… Je sais qu'il m'en sera reconnaissant.

Nan lui adressa un large sourire.

— Et ça a une grande valeur d'avoir le capitaine dans sa poche. Oh, ça me plaît…

Sur ce, la vieille dame partit dans un grand éclat de rire.

# Chapitre 6

*Lundi matin…*

LORSQUE DOREEN SE réveilla le lendemain matin, elle se retourna et s'étira, surprise de voir qu'il faisait toujours aussi gris et sombre dehors. Elle jeta un coup d'œil à sa montre, il n'était pas 6 heures. Mais pour un matin estival, le temps aurait déjà dû être ensoleillé. Elle se leva, se dirigea vers la fenêtre et vit qu'un gros orage menaçait au-dessus de sa tête. C'était également inhabituel. Des orages dans l'après-midi, des orages dans la soirée peut-être, mais à la première heure le matin ? Pas vraiment.

Incapable à présent de se rendormir, elle se leva, prit une douche, s'habilla et, avec les animaux, descendit à la cuisine. Elle y prépara du café et leur donna à manger. Elle vérifia les placards et sourit. Le chèque qu'elle avait reçu pour avoir retrouvé le diamant jaune ayant été encaissé, elle avait assez d'argent pour payer les factures et faire des réserves de nourriture. Elle avait fait quelques courses, Mack lui ayant suggéré des aliments faciles à cuisiner.

Et elle avait cuisiné quelquefois toute seule. Elle ne se contentait plus de préparer des œufs. Elle savait faire une *frittata* avec des pommes de terre. Les plats, comme le chili, l'intéressaient. Et, en observant l'orage à l'extérieur, elle se dit qu'elle ne serait pas contre quelque chose de chaud et d'épicé. Puis elle rit. Un bol de chili était une chose, une marmite en était une autre.

Mais pensant à Mack, elle lui envoya un message pour lui demander comment il allait et il lui répondit.

**Bien, de retour au travail.**

Elle grimaça en réalisant qu'il avait déjà repris le travail. Elle lui envoya un autre message, lui disant de se ménager et de ne pas se blesser à nouveau. Il répondit avec un cœur en lui disant de faire de même.

Cela fit rire la jeune femme. Avec une affaire vieille de quarante ans, elle n'allait pas s'attirer beaucoup d'ennuis. Mais elle grimaça de nouveau en repensant à certaines de ses affaires, et des gens avaient quand même été blessés.

Après avoir ouvert la porte arrière, elle sortit sur sa terrasse avec sa première tasse de café. L'atmosphère était si étrange. Presque inquiétante, mais pas vraiment. Cela n'avait aucun sens. Elle s'assit tout de même à la table et but son café, tout en réfléchissant à ce qu'elle allait faire. Elle avait quelques questions à poser au capitaine et, s'il avait un moment, elle savait qu'il reviendrait vers elle. Elle ne voulait pas trop l'ennuyer avec des choses qu'elle ignorait encore, alors elle voulait rédiger toutes ses questions, et elle démarrerait à partir de là.

Le problème, c'est qu'elle n'avait pas vraiment de piste à suivre. Elle avait besoin de trouver et de lire toutes les coupures de presse qui relataient l'affaire et, dans cette optique, elle se leva, se dirigea vers les dossiers de Solomon et consulta son index imprimé. Mais non, absolument rien sur la victime ou sur la fusillade elle-même.

— Bon, ce n'est d'aucune aide, bougonna-t-elle.

Son regard se posa sur un dossier « Henderson », mais ce n'était pas ce nom qu'elle cherchait. Elle avait besoin de « *Hanson* » ou de « *Hephtner* ». Toujours incertaine, elle réfléchit et se rendit compte qu'elle devait chercher dans les dossiers de Solomon par type de crime. Elle saisit son ordinateur portable et l'emporta à l'extérieur.

Elle fit apparaître les documents qu'elle avait scannés dans les dossiers de Solomon et commença à chercher des fusillades au volant. Bien entendu, les fusillades au volant pouvaient être mentionnées de différentes manières. À la fin de sa recherche, elle n'avait rien trouvé. Elle rechercha ensuite tout ce qui avait trait aux armes à feu, aux fusillades, aux décès, puis tout ce qui avait trait aux enfants. Avec cet ensemble de données, elle ne trouva que très peu d'informations liées aux mots-clés dans les dossiers de Solomon.

Elle se cala dans sa chaise.

— Je ne sais pas si je dois m'en réjouir ou m'en attrister, se marmonna-t-elle à elle-même.

Lorsqu'une voix se fit entendre, elle regarda autour d'elle.

— Je n'ai pas l'habitude de vous voir triste, nota Richard. Il faut marquer ce jour sur le calendrier.

Elle aperçut son voisin qui passait la tête par-dessus sa clôture et elle lui sourit.

— Bonjour, Richard. Comment ça va ?

— Si vous évitez les ennuis et que vous ne ramenez plus de touristes, alors ça ira, rétorqua-t-il.

— Vous savez quoi ? Je pense que votre air bourru n'est qu'une façade, dit-elle avec sourire.

— Pas du tout, répliqua-t-il, le regard noir.

— Je pense que si, insista Doreen.

— Non.

— Très bien, ce n'est pas une façade, rit-elle. Depuis combien de temps habitez-vous en ville ?

— Je suis né et j'ai grandi ici, donc toute ma vie, répondit-il fièrement.

— Vous allez parfois à Vernon ?

— Bien sûr, c'est la ville la plus proche. Beaucoup de gens y vont.

— Je sais. Vous souvenez-vous d'une fusillade au volant ayant eu lieu il y a quarante ans, impliquant deux enfants ?

— Le capitaine était l'une des victimes.

— En effet, on lui a tiré dessus. Je suis en train d'enquêter sur l'affaire.

— Pourquoi vous ? l'interrogea-t-il, les sourcils relevés.

— Pourquoi pas moi ? répliqua-t-elle avec ironie.

Il réfléchit, ne répondit pas, puis hocha la tête.

— Je suppose que vous êtes assez curieuse.

Elle lui lança un regard furieux et il se contenta d'esquisser un sourire.

— Je ne relèverai pas, mais savez-vous quelque chose à ce sujet ?

— Seulement ce que j'ai entendu à la radio, dans les journaux télévisés de l'époque. À l'époque, il n'y avait pas d'Internet. Les journaux papier étaient vendus tous les jours, mais les vieilles informations ne continuaient de circuler que si les gens s'y intéressaient, expliqua-t-il. Sinon, elles étaient rapidement reléguées au second plan. Même si nous achetions des journaux à l'époque et que nous les lisions attentivement, si aucune nouvelle n'était publiée, ces histoires ne restaient pas très longtemps dans l'actualité. Mais je pense qu'en raison de l'implication d'enfants, cette histoire a probablement été plus médiatisée que la plupart des autres.

— Je pense que je vais aller à la bibliothèque et voir si je peux trouver ces journaux, dit Doreen.

— À quoi cela va-t-il servir ? lui demanda-t-il.

— Je ne sais pas si ça servira à quelque chose, mais je ne dispose d'aucune information à l'heure qu'il est.

— Serait-ce la première fois que vous allez échouer ? se réjouit-il.

Doreen le fusilla du regard.

— Vous voulez vraiment que j'échoue sur ce coup-là ? Je veux dire, ça arrivera un jour ou l'autre, et Dieu sait que j'ai assez d'affaires dans ma cuisine pour me tenir occupée pendant quelque temps.

— Alors, pourquoi vous lancer dans celle-là ?

— Parce qu'on me l'a demandé, pour rendre service.

Il la dévisagea puis hocha lentement la tête.

— Je peux comprendre que ça le ronge, surtout qu'il est le capitaine et qu'il n'arrive pas à trouver de réponses. Mais, s'ils ne trouvent pas de réponses, qu'est-ce qui vous fait penser que vous pourrez y arriver ?

— Je ne dis pas que j'y arriverai. Mais je peux essayer.

Richard réfléchit à sa réponse, puis haussa les épaules.

— Vous perdrez au change.

— *Merci*, rétorqua-t-elle en levant les yeux au ciel, avant que son voisin ne disparaisse. Je suppose que vous n'êtes pas allé à Vernon à cette époque ?

Il remonta bruyamment sur la chaise de l'autre côté, et sa tête réapparut.

— Je n'ai certainement pas tiré sur ces enfants, s'étonna-t-il. Vous ne pouvez tout de même pas penser que j'aurais fait ça.

— Pas du tout. Je me demandais juste si vous vous étiez rendu là-bas à l'époque ou si vous connaissiez quelqu'un qui s'y serait rendu. J'ai besoin de quelqu'un à qui parler. Je dois chercher quelqu'un qui aurait pu se trouver dans cette ville à l'époque.

Richard l'observa en fronçant les sourcils.

— Vous vous raccrochez à n'importe quoi, non ?

Doreen le foudroya du regard.

— J'essaie d'aider le capitaine, donc toute aide de votre part serait appréciée.

— Je n'étais pas là-bas et je n'ai aucune information, répondit-il en haussant les épaules.

— C'est noté, marmonna la jeune femme en regardant la tête de son voisin disparaître de l'autre côté. Et votre femme ?

— Elle n'y était pas non plus ! cria-t-il derrière la clôture.

Un mystère planait autour de sa femme. Doreen ne savait même pas si elle était encore en vie ou non. De temps en temps, elle était tentée de passer la tête pour jeter un coup d'œil, mais ce n'était pas vraiment moral. D'un autre côté, Richard le faisait tout le temps. Elle y réfléchit un instant, puis se rendit compte qu'elle devrait choisir un meilleur moment pour le faire. Mais il fallait bien qu'elle trouve quelqu'un.

Sur ce, elle pensa à la mère de Mack. Elle prit son téléphone et l'appela. Quand la femme décrocha, Doreen s'annonça :

— Bonjour, c'est Doreen.

— Oh, Doreen. Je me demandais si vous pouviez venir jardiner aujourd'hui, au lieu de vendredi. Des dames viennent prendre le thé en fin de semaine.

— Pas de soucis. Vous êtes toute seule ?

— Oui, Mack est retourné au travail, et Nick est reparti sur la côte.

— Ah, dans ce cas, pourquoi ne viendrais-je pas tout de suite ?

Doreen consulta sa montre.

— Il est encore tôt, mais je ne sais pas si l'orage va se calmer ou non, précisa-t-elle.

— Oh, si vous pouviez venir maintenant, ce serait super. Je n'aurais plus à m'en préoccuper.

— J'arrive ! répondit joyeusement Doreen.

Et elle s'empressa d'attraper les laisses. Même si elle n'avait pas encore mangé, maintenant qu'elle s'était engagée, elle n'avait vraiment pas le temps de prendre un petit déjeuner. Elle se rendit donc, avec les animaux, chez la mère de Mack. Lorsque Doreen arriva, la vieille dame l'attendait sous le porche. Elle salua Millicent et lui demanda :

— Que voulez-vous que je fasse exactement ?

— Ces mauvaises herbes le long du chemin, indiqua-t-elle.

Il y en avait effectivement quatre – pas beaucoup – mais elles se trouvaient dans le champ de vision de la vieille dame.

Sachant que l'ex-mari de Doreen aurait été sur le dos du jardinier pour la même raison, Doreen acquiesça.

— Je vais aller chercher la brouette et on va s'occuper de ça.

Doreen s'exécuta, et trouva plusieurs touffes de mauvaises herbes à la base des rosiers, puis elle sourit.

— Il va falloir s'en occuper également.

Millicent lui faisant remarquer plusieurs choses qui la gênaient vraiment, Doreen finit par jardiner pendant une heure, puis elle tailla l'allée avec le coupe-bordure. Cela fait, elle se retourna vers Millicent et lui demanda :

— Qu'en dites-vous ?

— C'est parfait, approuva-t-elle avec ravissement. C'est

drôle comme un petit coup de nettoyage fait toute la différence.

— Je n'en doute pas, acquiesça Doreen. Et ce que nous voulons vraiment, c'est nous assurer que vous ne vous tracassez pas pour quelque chose qui n'a pas besoin d'ajouter à votre stress.

La femme âgée rit.

— Vous êtes si gentille avec moi.

— On veut juste s'assurer que tout va bien, dit Doreen avec un sourire.

Dès que la jeune femme eut terminé, Millicent désigna la table.

— J'ai préparé du thé. Vous vous joignez à moi ?

— Avec plaisir, accepta Doreen en s'asseyant à la table. Je suis certaine que vous avez profité de vos fils.

— Oh que oui. C'est dur d'avoir un de ses fils qui vit loin de chez soi.

— Mais au moins, vous avez Mack à proximité, souligna Doreen.

— C'est vrai, concéda Millicent avec un sourire. Et aucun d'entre eux n'est encore marié, donc je n'ai toujours pas de petits-enfants.

Doreen s'esclaffa.

— Je ne peux pas dire que ça me surprenne énormément. Ils sont focalisés sur leurs carrières.

— Oui, mais j'ai hâte d'avoir des petits-enfants. En attendant, je profite de mon thé sur ma terrasse et de mes amis.

— C'est agréable aussi. Je suis ravie de voir que vous profitez de beaucoup de choses.

— J'ai cru comprendre que vous aviez fait du paddle avec eux.

Doreen rit.

— Oui, enfin, ils ont fait du paddle et j'ai passé mon temps à *essayer* de monter sur la planche.

La vieille dame la regarda avec stupeur puis éclata de rire.

— Je vous adore. Votre présence est tellement agréable.

— Ils ont bien ri, mais ils se sont très bien occupés de moi.

— Bien. Et votre travail ?

— Ah, j'ai postulé à des emplois un peu partout, admit la jeune femme. Mais je ne suis plus aussi dans le besoin depuis que j'ai reçu la récompense pour avoir retrouvé le vrai diamant jaune.

— N'est-ce pas incroyable ? s'exclama Millicent. J'ai entendu dire que c'était une belle somme. C'est super. Et qu'allez-vous faire maintenant ?

— Je réfléchis à une nouvelle enquête.

— Et ? s'enquit Millicent, les sourcils relevés.

— Vous habitez à Kelowna depuis quarante ans, c'est ça ?

— Exactement, confirma la vieille dame. En grande partie dans cette maison. Pourquoi ? Il s'agit d'une affaire non résolue ?

Doreen opina du chef.

— Et apparemment, c'est une affaire dont on a entendu parler il y a une quinzaine d'années. Les autorités locales ont essayé d'obtenir des informations de la part des citoyens. C'est une affaire intéressante.

— Comment ça ?

— C'était une fusillade au volant, à Vernon, expliqua Doreen. Deux garçons ont été visés. L'un d'eux est mort immédiatement d'une balle dans la tête. L'autre a reçu une balle dans le bras.

— Le capitaine Hanson, lança aussitôt Millicent.

Doreen se cala dans son fauteuil et la regarda en souriant.

— Vous en avez donc entendu parler.

— Absolument. Le capitaine Hanson n'avait que 11 ans et il est le seul témoin. Il dit que c'était un pick-up bleu pâle, mais c'est tout ce qu'il se rappelle. Je m'en souviens, conclut-elle, son regard se perdant au loin, puis elle continua : je me rappelle l'époque où cela s'est produit, parce que nous avions emménagé ici depuis peu de temps. Je cherchais à fonder une famille et je me suis dit que c'était absolument terrible, vous savez, pour la mère de l'enfant. C'était… C'était tout simplement terrible qu'une telle chose puisse arriver. Ce n'est pas comme si c'était habituel par ici, mais nous en avions entendu parler dans d'autres régions.

— Tout à fait. Et il est toujours compliqué d'obtenir des réponses fiables sur des faits anciens.

— En effet, murmura Millicent avant de faire une pause pour y réfléchir. Quelques voisins étaient là, avec leur mot à dire, mais je ne me souviens pas de qui.

— Quand vous parlez de *voisins* avec leur mot à dire… il s'agit de vos voisins ici ou à Vernon ?

— À Vernon. Ce n'était pas le meilleur quartier, souligna-t-elle, si vous voyez ce que je veux dire.

Doreen opina.

— C'est drôle de voir le capitaine aujourd'hui et de se dire qu'il vivait dans une situation très différente à l'époque.

— Oh oui. Ses parents n'étaient pas diplômés et n'avaient pas de bons emplois. Je crois que son père travaillait dans une quincaillerie et sa mère dans une épicerie.

La vieille dame fit une pause et reprit son récit.

— Leurs emplois ne faisaient pas d'eux de mauvaises personnes, mais ils n'étaient pas riches. Donc, même s'ils étaient propriétaires de leur maison, ils n'habitaient pas dans un quartier chic non plus.

— D'accord. Donc vous voulez dire que c'était inattendu.

— Exactement. À l'époque, ce genre de chose était très inattendu. C'est juste que, vous savez, si vous vous lancez dans les recherches, vous devez comprendre que, leur quartier aurait pu être réputé pour ça.

— Je vois.

Doreen comprenait ce que Millicent voulait dire.

— Et connaissiez-vous des gens qui habitaient dans ce quartier ?

— Oui, mais je ne parviens pas à me souvenir du nom du couple. Et je ne les ai pas vus depuis longtemps, donc, évidemment, je ne sais pas s'ils seront d'une quelconque aide, même si je me souvenais de leur nom. Perdre la mémoire n'est vraiment pas amusant, soupira la vieille dame exaspérée.

— Moi aussi, j'oublie des choses, admit Doreen. Il m'arrive souvent de chercher quelque chose dans ma tête, et je lutte pour retrouver l'information.

— C'est pareil pour moi. Je sais qu'elle n'est pas loin. Si ça me revient plus tard, je vous téléphonerai.

— Entendu, consentit Doreen, et je vous en remercie. Si je pouvais trouver quelqu'un de toujours vivant qui vivait dans la zone à cette époque, et qui serait prêt à me parler, j'apprendrais s'il en sait plus sur la famille de Paul.

— Peut-être qu'après tout ce temps, cette personne serait prête à parler ?

— Beaucoup de gens ne disent rien sur le moment parce qu'ils ne veulent pas être impliqués, ou qu'ils ne veulent pas avoir d'ennuis, ou qu'ils veulent simplement que toute l'histoire disparaisse.

— Je le comprends parfaitement, acquiesça Millicent.

Doreen n'en doutait pas, compte tenu des problèmes qu'elle avait eus à l'époque.

— Le fait est que, au moins à ce stade, suffisamment d'années se sont écoulées pour qu'il y ait un délai de prescription, ajouta la vieille dame.

— Je ne crois pas, la corrigea Doreen. Ce petit garçon a été assassiné. Et il n'y a pas de délai de prescription quand il s'agit d'un meurtre.

Millicent releva la tête et opina.

— Je suis contente d'entendre ça. J'aimerais que justice soit faite pour ce petit garçon et sa pauvre mère, qui a vécu un véritable enfer à l'époque.

Elle se tut et réfléchit un instant.

— Vous savez quoi ? Je crois que c'était son unique enfant.

Doreen grimaça.

— Et ça a dû rendre ce drame encore plus terrible.

— N'est-ce pas ?

Les deux femmes restèrent assises dans un silence contemplatif.

— Maintenant que vous en parlez, dit Millicent, je n'arrête pas d'y penser.

— Je suis vraiment désolée, s'excusa Doreen. Je me demandais juste si vous connaissiez quelqu'un à qui je pourrais parler. Je veux dire qu'à ce stade, pour les affaires les plus anciennes, je dois vraiment parler aux habitants de longue date parce que personne d'autre n'est au courant de l'affaire.

Cela dit, Millicent observa Doreen puis hocha la tête.

— C'est très bien vu. Si nous ne résolvons pas l'affaire rapidement, plus personne ne s'en souviendra. Je ne sais même pas si les parents sont encore en vie.

— Je vais également devoir le découvrir, devina Doreen. Et ils n'apprécieront peut-être pas mon implication dans cette enquête, que je ravive leur douleur. Pourtant, si c'est ma seule option, je vais devoir leur parler.

— S'il s'agissait de mon enfant, déclara Millicent avec fermeté, je serais heureuse de savoir que quelqu'un se soucie encore de cette affaire pour enquêter.

— Espérons que la mère de Paul pense la même chose, affirma Doreen. J'ai son nom. Je veux juste m'assurer auprès du capitaine que ce sont les bons parents, et ensuite, je les appellerai.

— Rentrez donc chez vous, et faites ça. Cette mère a assez souffert. Ne la faites pas attendre un jour de plus.

# Chapitre 7

DÈS QU'ELLE FUT rentrée chez elle, Doreen rédigea un email à envoyer au capitaine, afin de lui demander des informations sur les parents de Paul, qui étaient en réalité son oncle et sa tante.

« Le dossier ne fait mention que de la mère. Savons-nous qui est votre oncle ? Il n'y a pas de rapport d'autopsie ni de lien. Il serait utile de savoir quel type d'arme a été utilisé. Je ne vois pas non plus cette information. Quelqu'un a parlé aux voisins ? Il ne semble pas y avoir beaucoup de déclarations recueillies par qui que ce soit lors de l'enquête initiale. J'ai quelques noms ici. Je les contacterai dès que j'aurai obtenu certaines de ces réponses. »

Elle l'envoya et reçut une réponse peu de temps après, le capitaine l'informant que sa tante était une mère célibataire. Le père n'avait jamais été présent, et la mère de Paul avait travaillé avec sa sœur, la mère du capitaine, à l'épicerie locale. Elles étaient toutes deux caissières.

Cela confirmait ce que la mère de Mack avait dit.

Le capitaine confirma que l'arme utilisée était une arme de poing de calibre 22, mais comme la balle avait atteint Paul à la tête et lui avait traversé l'œil, elle l'avait tué sur le coup,

"

alors que, dans le cas du capitaine, elle n'avait pas causé tant de dégâts que cela. Surtout à cause du point d'entrée de la balle. Il ajouta d'autres détails.

« À l'époque, cela a été considéré comme une fusillade au hasard et qu'elle n'était pas ciblée. Depuis lors, j'ai réfléchi à cette question, me demandant s'il y avait un moyen ou une raison pour que quelqu'un prenne l'un de nous pour cible. Je n'ai rien trouvé. Il n'y avait aucune raison. Nous n'étions pas de mauvais enfants. Nous n'étions pas des voyous ni des cambrioleurs. Nous n'étions que deux jeunes enfants ordinaires qui jouaient. Si vous avez besoin d'autre chose, envoyez-moi un email. »

Sur ce, elle passa en revue les réponses. Si c'était le cas, il n'y avait pas beaucoup de raisons de cibler les enfants. Ce qui signifiait que les parents devaient être examinés de plus près. Et, d'après le dossier et le capitaine, les premiers enquêteurs avaient cherché. Mais personne n'avait rien trouvé.

L'absence du père dérangeait Doreen. Un père ne devrait pas manquer à l'appel. Il faisait partie intégrante de la famille, alors où était-il, que faisait-il à ce moment-là, et avait-il été impliqué dans une dispute pour la garde de l'enfant ou quelque chose de ce genre ?

Elle feuilleta sa copie papier du dossier, mais elle ne repéra aucune mention d'un problème de garde ou du fait que le père ait quelque chose à voir avec Paul. Elle devait absolument parler à la mère de Paul. Ces notes, après tant d'années, n'avaient plus vraiment d'incidence. Ce dont elle avait besoin, c'était d'un témoignage direct de ce qui s'était passé. Ainsi, elle décrocha le téléphone et composa le numéro vieux de quinze ans, mais celui-ci n'était plus en service.

Doreen réfléchit pendant un long moment, puis renvoya un email au capitaine, en lui disant qu'elle avait besoin des coordonnées à jour de sa tante, car le numéro de téléphone figurant dans le dossier n'était plus actif. Cela prit un peu plus de temps, mais elle reçut une réponse avec un autre numéro de téléphone. Elle s'empressa de prendre son téléphone portable et de composer le numéro. Lorsqu'une femme répondit, Doreen expliqua qui elle était.

— Je ne veux pas vous déranger, mais je suis à nouveau en train d'enquêter sur la mort de votre fils.

Elle entendit un hoquet à l'autre bout du fil.

— Non, ça ne me dérange pas. J'espérais que quelqu'un se replongerait dans le dossier. Mais la police n'a jamais rien trouvé pour rouvrir l'enquête.

— Je ne suis pas certaine de trouver quoi que ce soit aujourd'hui, marmonna Doreen. Et je… je ne garantis rien, mais j'aimerais y jeter un nouveau coup d'œil.

— J'en suis ravie, répondit la tante à voix basse, mais j'ignore comment vous aider. Tout ce que je sais, je l'ai déjà raconté à la police à maintes reprises.

— Je comprends, et j'ai une copie du dossier de police sous les yeux, mais c'est très mince.

La femme éclata d'un rire brisé.

— Il n'y avait rien à ajouter pour l'étoffer, murmura-t-elle. C'était tellement triste. Je veux dire, les garçons étaient là en train de jouer, et puis mon fils est mort.

— Étiez-vous à l'intérieur à ce moment-là ?

— En effet, je préparais le repas. Henry était venu et devait rester pour le dîner, avant de rentrer chez lui. Nous étions voisins.

— Très pratique pour que les enfants puissent jouer ensemble.

— Tout à fait. Ils étaient scolarisés dans la même école, et ils habitaient l'un à côté de l'autre, donc pour nous, c'était parfait. Nous avions également des horaires différents au magasin, ajouta-t-elle, et ma sœur Marilyn et moi avions l'habitude de garder les enfants, selon les besoins.

Doreen nota que Marilyn était la mère du capitaine.

— Et votre mari ?

— Mon mari est parti alors que mon fils n'avait que 2 ans. Il n'est pas du tout impliqué dans cette histoire.

— Pourriez-vous me donner son nom ?

La femme hésita, puis répondit :

— Jon. J-O-N, Sawyer.

— Vous avez un nom de famille différent, fit remarquer Doreen.

— J'ai repris mon nom de jeune fille, expliqua la tante. Je m'appelais Sarah Sawyer, et maintenant c'est Sarah Hephtner.

— Vous avez donc également changé le nom de votre fils.

— Oui. Mon mari n'étant plus présent, il m'a semblé plus facile d'avancer dans la vie en portant le même nom de famille que mon fils.

— Votre mari vous versait-il une pension alimentaire ?

— Non, il voulait juste s'en aller, et il n'a pas fait les choses à moitié.

Devant l'amertume de Sarah, Doreen grimaça.

— Je pense que vous n'auriez pas été contre avoir de l'aide au fil des ans.

— En effet, du moins jusqu'au moment où l'aide n'était plus possible, soupira-t-elle. Ensuite, j'ai eu besoin d'aide pour enterrer mon pauvre Paul, mais la communauté s'est mobilisée et m'a aidée.

— Je suis vraiment désolée, murmura Doreen. Je n'ai pas d'enfants, mais c'est la pire chose qui puisse arriver.

— C'est le cas, affirma Sarah d'une voix plus forte. Et maintenant, la seule chose qui me maintient en vie, c'est l'espoir que quelqu'un résoudra ce problème avant que mon heure ne soit venue.

— Et êtes-vous… hésita Doreen.

— Non, je ne suis pas malade. Je ne suis rien, à part dégoûtée de la vie. C'est difficile de vieillir, surtout quand votre unique enfant est mort et que vous espériez l'avoir avec vous pour le reste de votre vie… Paul n'a jamais eu la chance de se marier, d'avoir une famille à lui. Ça me brise le cœur chaque fois que j'y pense.

— J'imagine. Honnêtement, je n'imagine même pas.

— Que puis-je vous dire de plus ? s'interrogea Sarah, avec une volonté navrante.

— Je prends des notes, et j'examine ce que j'ai en ma possession, indiqua Doreen. J'irai à la bibliothèque et je consulterai les journaux de l'époque pour voir ce qu'ils auraient pu publier.

— Et, ce n'est pas toujours la vérité, rétorqua Sarah.

— Avez-vous eu des problèmes avec les médias à l'époque ?

— Oui, c'était une nouvelle affaire, et ils cherchaient toujours de nouveaux points de vue, quelque chose qui expliquerait pourquoi mon fils a été pris pour cible. Je n'avais pas d'angle d'attaque pour eux… déclara-t-elle avec amertume. Je n'ai pas… mon fils n'a rien fait. Ce n'était pas lié à mon mari. Il n'y avait tout simplement rien.

— Votre mari était-il au courant de la mort de votre fils ? Ou pense-t-il toujours qu'il a un fils dans la nature ?

— Honnêtement, je ne sais pas, admit Sarah. S'il se tenait informé de l'actualité, il devrait le savoir, mais il ne m'a pas contactée.

Doreen entendit de nouveau cette pointe d'amertume.

— Je suis désolée. Ça aussi, ça a dû être difficile.

— Non, à ce moment-là, c'était juste… c'était mieux qu'il ne soit pas là. Ce n'est pas comme s'il pouvait faire quelque chose. Ce n'est pas comme s'il avait été là à temps ou présent pour aider. J'étais donc contente qu'il ne fasse pas partie du décor.

Et là encore, Doreen pouvait le comprendre, surtout à la lumière de ses propres problèmes de divorce.

— Et ses camarades de classe ? Y avait-il des conflits avec d'autres enfants ? Quelqu'un avait-il des problèmes avec Paul ou peut-être avec votre neveu Henry ? Vous êtes-vous disputée avec des collègues de travail ? N'importe quoi ?

— Non, rit Sarah. Paul était l'un des clowns de la classe. Il plaisantait toujours, il était brillant et joyeux. Je ne vois pas pourquoi quelqu'un aurait voulu le tuer.

— Le problème est de savoir si c'était lui la cible, ou bien le capitaine.

— Les autorités ont envisagé toutes ces possibilités, souligna Sarah, mais, sans véritable contexte sur la vie des garçons, autre que celui de leur école et de leurs parents, nous… nous n'avons jamais obtenu de réponses.

La voix de Sarah, même aujourd'hui, quarante ans plus tard, était tellement perplexe que Doreen grimaça.

— Je… Je m'attendais à ce que la police claque des doigts et obtienne des réponses, poursuivit Sarah. Ça a été un véritable choc de réaliser qu'ils n'avaient rien. Ils attendaient de moi que je leur donne des pistes, et moi je leur demandais d'aller sur le terrain et d'en trouver, mais il n'y avait rien. Et je sais que ça a beaucoup perturbé mon neveu. Depuis qu'il est entré dans la police, je l'encourage.

— Je suis heureuse de l'entendre, dit Doreen. Je sais que

ça l'a énormément dérangé pendant toutes ces années.

— Je sais. Et ce n'est pas sa faute, mais bien sûr, à l'époque, il s'est demandé pourquoi il était en vie et pas mon fils.

— Je ne pense pas que l'on puisse le comprendre sur le moment. Et je suis sûre qu'au fil des ans, il s'est rendu compte que, même si vous lui avez dit quelque chose à l'époque, c'était la douleur qui parlait.

— Peut-être… mais j'ai l'impression que je n'ai pas été aussi gentille avec lui que j'aurais dû l'être. Je ne voulais pas lui faire de mal. Je voulais juste retrouver mon fils.

Sarah se mit à sangloter.

— Je n'arrive plus à parler. Rappelez-moi plus tard, quand j'aurai eu le temps de me faire à l'idée que quelqu'un se penche à nouveau sur l'enquête.

— Bien sûr, acquiesça Doreen. Je ferai ça.

Sur ce, Sarah raccrocha.

# Chapitre 8

APRÈS L'APPEL, DOREEN se demanda si elle devait aller à
la bibliothèque ou non. Elle vérifia rapidement en ligne
et constata que la bibliothèque était ouverte pendant encore
deux heures. Déterminée à accomplir quelque chose, elle
enferma les animaux dans la maison et se rendit à sa bibliothèque préférée. Il y avait plusieurs succursales en ville, mais
celle-ci était un peu plus proche, avait un bon accès aux
fichiers microfiches et, bien sûr, il y avait les bibliothécaires.
Certains étaient meilleurs que d'autres. En général, ils étaient
habitués à Doreen, même si elle cachait encore ce qu'elle
faisait. Néanmoins, la dernière bibliothécaire avait été d'une
grande aide lors de l'affaire précédente de Doreen.

Alors qu'elle franchit la porte d'entrée, la même bibliothécaire serviable leva les yeux, fronça les sourcils, puis son
expression s'illumina.

— Hé, ça fait au moins quelques jours que je ne vous ai
pas vue, lança-t-elle avec une pointe d'humour.

— À qui le dites-vous. Certains jours, j'ai l'impression
qu'on me bouscule, et d'autres jours, il ne se passe absolument rien.

— Et pourquoi êtes-vous ici aujourd'hui ? Vous allez

enfin lire quelques livres ?

— J'y ai pensé, nota Doreen, mais je dois consulter les archives des vieux journaux.

— Une autre affaire ? l'interrogea la bibliothécaire, les sourcils relevés.

Doreen hocha lentement la tête.

— Oui, enfin je n'ai pas grand-chose à me mettre sous la dent.

— Intéressant. Allons voir ça.

Alors que Doreen suivait l'autre femme à un rythme rapide dans la zone arrière, où se trouvaient les machines à microfiches, la bibliothécaire lança :

— Vous semblez avoir pas mal de chance dans vos enquêtes.

— Et je pense que c'est ça, de la chance. Le problème, c'est que lorsque les gens commencent à compter sur moi pour avoir des réponses ou être en mesure d'en trouver, la pression monte et ça devient un gros souci parce que je ne peux pas tout résoudre, admit la jeune femme.

La bibliothécaire se tourna vers Doreen et opina du chef.

— Et personne ne devrait s'attendre à ce que ce soit le cas. Vous ne pouvez que faire de votre mieux.

Doreen apprécia son opinion, mais il était difficile d'expliquer qu'une partie de la grande pression était celle que Doreen s'imposait à elle-même. Lorsqu'elle s'approcha de l'une des machines, elle s'installa en vitesse et commença à faire défiler les pages.

— Je pense que vous ne pouvez pas me dire de quoi il s'agit, mais je pourrais peut-être vous aider, proposa la bibliothécaire avec hésitation.

— Dans ce cas, vous en savez probablement un peu sur l'affaire, si vous êtes dans le coin depuis un certain temps.

Doreen omit délibérément de mentionner la quarantaine d'années.

— Je crois que c'était il y a une quinzaine d'années que le capitaine Hanson a présenté cette affaire non résolue au public. Il cherchait désespérément des informations et de nouvelles pistes pour faire avancer les choses.

— Les affaires non résolues sont connues pour ça, n'est-ce pas ?

— En effet. Et, dans ce cas, il y avait un aspect personnel pour le capitaine Hanson.

À ce moment-là, la femme eut l'air surprise. Son regard se perdit dans le vide, puis elle hocha la tête.

— Je crois que je me souviens de quelque chose à ce sujet. Mais je n'ai pas de détails.

Elle regarda Doreen avec espoir. N'ayant aucune raison de ne rien dire, et ayant plus que besoin de l'aide de cette femme, Doreen expliqua l'intérêt que le capitaine portait à cette enquête.

— Oh là là ! s'exclama la bibliothécaire, horrifiée. Ça a dû être terrifiant.

— C'est certainement ce qui l'a conduit sur cette voie professionnelle. Il n'y a rien de tel que de voir son meilleur ami et cousin se faire abattre à côté de soi et de se rendre compte que personne n'a rien pu faire et que le tireur s'en est tiré à bon compte. Le capitaine a suivi l'affaire, cherchant lui-même des réponses pendant toutes ces années.

— Et maintenant, il vous demande de l'aide ?

— Il m'a plutôt fait comprendre que si je m'ennuyais et que j'arrivais à trouver des idées qui auraient pu lui échapper, il était tout ouïe, répondit Doreen, éludant la tournure réelle des événements parce que le capitaine ne voulait peut-être pas que quelqu'un soit au courant.

— D'accord, mais vous le comprenez sûrement. C'est une chose terrible qui peut arriver à n'importe qui, mais à des garçons de cet âge ? C'est tellement triste.

— Et Paul était l'enfant unique d'une mère célibataire qui attend toujours des réponses, ajouta Doreen.

La bibliothécaire frémit.

— Je ne peux pas imaginer quelque chose de pire.

Doreen ne se l'imaginait pas non plus.

— C'est pourquoi je vais faire de mon mieux pour trouver quelque chose.

— Et, après ça, la police pourra prendre le relais, affirma la bibliothécaire avec un sage hochement de tête. Voyons ce que nous pouvons vous trouver.

Puis elle disparut rapidement.

Doreen ne savait pas exactement ce que la bibliothécaire avait l'intention de faire. Cependant, en se retournant, Doreen remarqua la présence d'autres personnes dans la bibliothèque, qui avaient probablement besoin d'attention. Peut-être que la bibliothécaire était allée les aider, ce qui était logique.

Alors que Doreen se concentrait sur ses propres problèmes, elle dénicha finalement les articles de journaux sur ce meurtre commis quarante ans auparavant, mais il n'y avait pas grand-chose. Après avoir envoyé ces PDF à son adresse électronique, elle avança dans le temps jusqu'au moment où le capitaine avait évoqué l'affaire publiquement, à la recherche d'une aide quelconque. Elle trouva rapidement les articles datant d'il y a quinze ans.

Alors qu'elle était assise, en train de lire les informations, toutes étaient en corrélation avec ce qu'elle avait déjà découvert. Il n'y avait donc rien de nouveau, mais au moins cela confirmait ce que d'autres avaient dit à Doreen.

Quelqu'un devait forcément savoir quelque chose. Il était tout à fait possible qu'il s'agisse d'une fusillade aléatoire, et ça restait terrible. En consultant sa montre un peu plus tard, elle constata qu'elle n'avait plus que vingt minutes avant la fermeture de la bibliothèque. Et ce n'était pas une bonne nouvelle. Elle parcourut rapidement le plus grand nombre de sites possible, téléchargeant des documents pour les consulter plus tard. Alors qu'elle cherchait les derniers éléments, la bibliothécaire arriva derrière elle.

— Hé, désolée.

— Vous fermez, c'est ça ? lança Doreen en se retournant. Elle se leva et la femme confirma.

— Oui. J'ai trouvé quelques éléments, sûrement des doubles de ce que vous avez déjà, dit-elle en tendant à Doreen un dossier d'une dizaine de pages. Voilà.

Surprise et touchée, Doreen lui sourit.

— Merci.

— Cette affaire doit être résolue, déclara la bibliothécaire. Non seulement le capitaine Hanson a fait beaucoup pour nous, mais quelqu'un doit s'occuper de ce petit garçon abattu de la sorte.

Sur ce, elle se précipita en direction de la porte et l'ouvrit pour Doreen.

Une fois dehors, cette dernière se dirigea vers sa voiture, réfléchissant au changement d'attitude de cette bibliothécaire : d'une personne froide et dédaigneuse qui la surveillait constamment par-dessus son épaule, elle était devenue cette femme chaleureuse et attentionnée dont Doreen ignorait l'existence, même si elle aurait dû s'en douter.

Il était trop facile de juger les gens d'après leurs actes. Et pourtant, on ne sait jamais vraiment qui ils sont à l'intérieur ni quelles sont leurs motivations. Doreen était tout aussi coupable que n'importe qui d'autre. Elle soupira en pensant à un autre de ses défauts et rentra chez elle. Une fois à l'intérieur, elle ferma rapidement la maison à clé et alla se coucher. Demain était un nouveau jour, et elle s'occuperait de cette paperasse. Les jours passaient et elle n'avançait guère.

# Chapitre 9

*Mardi matin…*

LORSQUE DOREEN SE réveilla le lendemain matin, Mugs lui sautait dessus et lui aboyait au visage. Elle grommela en se redressant lentement avant de regarder son réveil : 8 h 30.

— Oh, je suis désolée, s'excusa-t-elle en bâillant. J'ai passé une nuit tellement horrible que je ne me suis pas réveillée. Tu as sûrement besoin de sortir, c'est ça ?

Il lui aboya une nouvelle fois au visage. Elle prit ça comme une réponse favorable à sa question. En raison de l'heure, elle descendit à la cuisine, sans même se changer, et ouvrit la porte arrière à son chien. Encore dans les vapes, elle lança la cafetière, puis remonta pour s'habiller.

Se sentant un peu mieux, plus éveillée et prête à entamer sa journée, Doreen redescendit et constata que tous les animaux étaient dehors. Elle les nourrit en vitesse, puis, sa première tasse de café à la main, elle saisit la pile de documents que la bibliothécaire lui avait fournie et se rendit sur la terrasse. Sous le soleil du matin, elle s'assit sur une chaise longue et commença à feuilleter le tout.

Certains correspondaient à des articles qu'elle avait enregistrés, mais elle était reconnaissante que la femme les ait imprimés. Il y en avait certains qu'elle n'avait pas lus la veille, ou du moins qu'elle ne se rappelait pas avoir lus. Elle avait parcouru tellement de documents, qu'à ce stade il lui était difficile de se prononcer. Elle les lut rapidement et nota quelques commentaires de voisins – l'un d'eux était un dénommé Thurlow. Elle fronça les sourcils et s'empressa de le noter sur son bloc-notes. Thurlow n'était pas un nom très courant.

Elle relut le même passage, puis appela Nan. Lorsque la voix claire et joyeuse de sa grand-mère retentit dans le combiné, Doreen ne put s'empêcher de sourire.

— Je suis contente que quelqu'un ait réussi à dormir cette nuit, maugréa-t-elle.

— Oh, ma chérie. Tu n'as pas dormi ?

— Si, mais je n'ai pas passé une bonne nuit, répondit Doreen en se frottant la tempe gauche. Je ne me sens pas très bien.

— Couves-tu quelque chose ? s'inquiéta sa grand-mère.

— Non, je ne pense pas. C'était juste une mauvaise nuit dont je n'arrive pas à me remettre.

— Bois un peu plus de café.

Cette suggestion fit sourire Doreen.

— J'essaie, tout en lisant des documents en rapport avec l'affaire sur laquelle je travaille.

— Tu veux parler de l'affaire du capitaine ?

— Oui, et j'ai relevé le nom d'un voisin : Thurlow. Sais-tu quelque chose à ce sujet ?

— Thurlow ? s'interrogea Nan, et durant la réflexion silencieuse, Doreen pouvait pratiquement entendre le cerveau de sa grand-mère s'agiter, puis cette dernière répondit : non, ça ne me dit rien.

— D'accord. J'ai trouvé ce nom dans l'un des articles datant d'une quinzaine d'années, mais c'était une famille de Vernon qui vivait dans le même quartier à l'époque, apparemment.

— Eh bien, je n'ai encore trouvé personne à qui parler, alors peut-être que ce serait une bonne solution, approuva Nan.

— Oui, il faut juste que je trouve un moyen de les contacter parce que je n'ai pas de coordonnées. Je n'ai pas encore cherché dans l'annuaire. On ne sait jamais ce qu'on peut y trouver. S'il n'y a rien, je chercherai en ligne.

— Laisse-moi réfléchir une minute. J'essaie de me souvenir qui, ici, a des liens avec Vernon.

— Vu que c'est la ville voisine, n'importe qui pourrait avoir des liens là-bas. Je vais me servir une deuxième tasse de café. Si tu trouves ou penses à quelque chose, rappelle-moi.

La jeune femme raccrocha et retourna dans la cuisine. Lorsqu'elle revint sur la terrasse, elle n'était plus seule. Mugs était occupé à prouver son amour à Mack. Elle soupira en s'asseyant à nouveau sur la chaise longue.

— Je ne sais pas s'il m'accueillerait de la même façon si j'étais absente pendant un certain temps, remarqua-t-elle.

Mack se tourna vers elle et lui adressa un sourire radieux.

— Non, il est évident qu'il me préfère.

Doreen lui lança un regard noir.

— Ce n'est pas drôle.

Le policier éclata de rire.

— Je ne le pensais pas, voyons, et il est évident que ce petit gars t'adore. Et tu ne reçois jamais ce genre d'accueil parce que tu ne le laisses jamais seul très longtemps.

— Peut-être.

Mack darda son regard sur la tasse de café que Doreen

tenait dans ses mains.

— C'est la dernière ?

— Non, répondit-elle prudemment. Comment va ton épaule ?

— J'ai vraiment besoin d'un café.

Elle fronça les sourcils. Le caporal se contenta de rire et ajouta :

— Je peux aller le chercher moi-même. C'est bon. Ne te dérange pas.

— Je n'en avais pas l'intention ! héla-t-elle tandis qu'il passait devant elle.

Il entra dans la cuisine et se dirigea vers la cafetière. Lorsqu'il la rejoignit quelques minutes plus tard, elle lui demanda :

— Alors, à quoi dois-je cette visite matinale ?

— Il y a un problème ? Je n'ai pas le droit de m'arrêter pour te dire bonjour ?

— Bien sûr que si, acquiesça Doreen. Mais normalement, tu as une raison.

Il lui lança un regard blessé, et elle lui jeta un regard en coin dégoûté.

— Tu sais que j'ai raison.

— J'ai peut-être une raison, avoua-t-il tranquillement.

— Je t'écoute.

— Je veux savoir comment ça se passe, répondit le policier en haussant les épaules.

Doreen fronça les sourcils.

— Tu veux savoir comment *je* vais ou si je fais des progrès ?

— Il y a une différence ? s'enquit-il, les sourcils relevés.

— Peut-être pas, déclara Doreen, un peu confuse elle-même. Je suppose que la suite logique des choses serait que tu espères que j'ai fait des progrès ou bien que tu craignes que j'aie des ennuis à cause de mon avancée.

Mack éclata de rire.

— Je suis quasiment certain que tu vas t'attirer des ennuis avec cette enquête. Ce que je voudrais savoir, c'est si tu as fait des progrès.

Elle secoua la tête.

— Non, pas vraiment. J'essaie encore de retrouver les gens qui habitaient le quartier à l'époque.

— Et que vas-tu découvrir grâce à ça ?

Elle savait que Mack ne cherchait pas à remettre en question ses méthodes, mais plutôt à savoir ce qu'elle pensait trouver.

— J'ai besoin d'avoir un aperçu du quartier à l'époque. Comment étaient les deux familles. S'il y avait un lien avec la drogue. S'il y avait un lien avec l'ex, le père, des choses comme ça.

Mack opina lentement du chef.

— Et tu comptes sur les voisins pour te renseigner ?

— Les voisins en savent souvent plus qu'on ne le pense, et ils observent régulièrement des choses dont ils ne réalisent pas l'importance, que ce soit sur le moment ou plus tard.

— C'est vrai, mais après toutes ces années, il sera difficile de corroborer les déclarations des témoins.

— C'est pourquoi je cherche à obtenir une idée générale de la zone. Ce n'est pas parce que Sarah m'a dit que son mari était absent qu'il l'a été longtemps ou qu'il n'y a pas eu beaucoup de remplaçants. Je suis allée à la bibliothèque hier soir et je me suis perdue dans les archives, essayant de trouver des bribes de journaux.

— Compris. Quelque chose est ressorti de tout ça ?

— Je n'ai pas vraiment eu de réponse, mais j'ai eu

quelques confirmations. J'ai trouvé un nom, Thurlow. J'ai interrogé le capitaine ce matin à ce sujet pour savoir si ce nom lui disait quelque chose. Il m'a répondu que non.

— C'était un enfant au moment de la fusillade, donc il ne connaissait pas forcément les protagonistes.

— Bien vu. Je vais rappeler la mère de Paul, Sarah Hephtner. Mais je voulais attendre d'avoir rassemblé plusieurs questions, pour ne la déranger qu'une seule fois.

— Bonne idée. Comment a-t-elle pris le fait que quelqu'un se penche de nouveau sur l'affaire ?

— Elle était enthousiaste, répondit Doreen. Je pense qu'elle avait perdu espoir, mais elle aimerait avoir des réponses avant de mourir.

— Naturellement. Je n'imagine pas ce que ça doit être de perdre un enfant comme ça.

— Je n'imagine pas perdre un enfant tout court, mais que ça arrive du jour au lendemain et ne pas avoir de réponses, rien ? La bibliothécaire m'a aidée hier soir et m'a déniché plusieurs articles.

Mack l'observa, un sourcil arqué.

— Je ne sais pas si je te l'ai dit, mais elle m'a donné du fil à retordre avant que je m'entende avec elle.

Il pouffa.

— Mais, tu as réussi à y parvenir, au fil du temps, comme tu l'as déjà prouvé auparavant.

— Mais il s'agit d'une affaire dans laquelle ton capitaine a été personnellement impliqué et ça influe sur l'aide que les gens sont prêts à m'offrir. Si je peux lui venir en aide, ils sont tout à fait d'accord pour me donner un coup de main.

Mack sourit.

— C'est l'une des raisons de ma présence. Je sais qu'il n'y a rien que je puisse faire pour aider, mais je suis là, si tu as besoin de mon aide.

— Eh bien, si je pensais avoir besoin de ton aide, je te le demanderais sans nul doute, ou j'irais voir ton patron, plaisanta Doreen.

Le policier lui adressa un regard ironique.

— Et cette fois, tu serais parfaitement dans ton droit.

— Je sais, affirma-t-elle en se frottant les mains. C'est un peu la course.

Il leva les yeux au ciel.

— Ne laisse pas tout ça te monter à la tête.

— Non, mais j'ai vraiment envie de l'aider.

— Et c'est dû à ta personnalité, souligna Mack avec un sourire. C'est notamment pour ça que tant de gens te parlent, tu as un bon fond. Enfin, si tu trouves quoi que ce soit…

— Je te tiendrai au courant. En plus, je suis persuadée que tu voudras que je te raconte tout avant tout le monde.

Cette remarque fit rire le policier.

— Plusieurs d'entre nous savent sur quoi tu travailles, donc nous sommes tous intéressés de voir si tu trouveras quelque chose.

— As-tu quelque chose à voir avec cette affaire non résolue ?

— Non. J'en ai passé en revue quelques-unes, mais pas celle-là, jusqu'à hier. Les affaires non résolues sont examinées de temps à autre, surtout s'il y a une nouvelle piste ou une nouvelle technologie, tout ce qui peut nous permettre d'aller de l'avant. Dans ce cas, nous rouvrons le dossier. Mais, concernant cette enquête, je suppose que la dernière fois que l'affaire a été revue, il n'y avait rien. Et maintenant que quinze années se sont écoulées depuis la dernière vérification, je pense que le capitaine a décidé de te demander d'y jeter un coup d'œil.

— Je suis honorée qu'il me l'ait demandé. En même temps, c'est un peu déconcertant parce qu'il y a de fortes chances que je ne trouve rien, déclara Doreen, avant d'ajouter prudemment : si tu trouves des pistes à explorer, il serait utile que tu m'en fasses part.

— Pas de problème, consentit-il avec enthousiasme.

— Tu es vraiment venu prendre de mes nouvelles, n'est-ce pas ? C'est le capitaine qui te l'a demandé ?

— Il en a parlé, s'amusa Mack, et je lui ai dit que je ne t'avais pas parlé ce matin.

— C'est donc lui qui l'a suggéré. C'est un problème. Cet espoir, cette… attente.

— Ne te mets pas la pression, lui rappela-t-il. Tu fais de ton mieux, et, si c'est une affaire que tu ne peux pas résoudre, alors qu'il en soit ainsi.

— Je n'ai pas dit que je ne pouvais pas la résoudre, répliqua Doreen en le fusillant du regard.

— Ce n'est pas ce que j'ai dit non plus, se défendit Mack gentiment. C'est juste pour te rappeler que, parfois, les choses peuvent s'avérer un peu plus compliquées qu'on ne le pensait.

La jeune femme s'esclaffa.

— Compliquées, oui. Mais pas nécessairement. J'hésite un peu quant à la marche à suivre. Le dossier est plutôt léger, conclut-elle en désignant ses notes.

— J'y ai jeté un coup d'œil hier, au travail. Et tu as raison. C'est léger. Lors de ton premier appel, la mère t'a-t-elle parlé de quoi que ce soit de pertinent ?

— Pas vraiment. J'essaie encore de localiser le père, mais Sarah affirme qu'elle n'est plus en contact avec lui.

— Tu as son nom ? demanda Mack en sortant un bloc-notes.

Doreen lui fournit l'information et ajouta :

— La mère a changé son nom après le départ du père. Elle m'a expliqué qu'il était absent depuis si longtemps qu'elle ne savait même pas s'il était au courant de la mort de leur fils.

Mack fronça les sourcils et elle haussa les épaules.

— Quand il l'a quittée, je suppose qu'il a décidé de ne pas faire machine arrière. Et ensuite… Peut-être qu'il est resté absent aussi longtemps parce qu'il n'avait pas le choix.

— C'est-à-dire ? l'interrogea Mack en prenant des notes.

La mine renfrognée, Doreen réfléchit et marmonna :

— Non, c'est trop étrange.

— Hé, tu sais que le côté étrange fonctionne souvent dans nos affaires, fit remarquer Mack. De quoi parles-tu ?

— Je veux dire… je comprends que, bien souvent, les hommes s'en vont, et on ne les revoit plus jamais parce qu'ils s'assurent qu'on ne les revoie plus jamais.

— Oui et ?

— Je me demande seulement s'il est parti pour toujours ou bien s'il n'a pas eu le choix. Peut-être qu'il a été tué.

Mack se cala dans sa chaise et dévisagea Doreen.

— Je sais. C'est un peu bizarre, concéda-t-elle en haussant les épaules.

— Non, mais… c'est une explication plausible. Mais ça ne veut pas dire que c'est forcément arrivé.

— Et il serait bon de savoir où il se trouve pour pouvoir au moins vérifier son alibi. D'après le dossier, il n'a jamais été localisé à l'époque et son alibi n'a donc pas pu être vérifié.

— Je me suis aussi posé la question quand j'ai vu ça, mais retrouver un individu quarante ans après ?

— Quarante-huit ans, même, précisa Doreen.

Mack la fixa du regard.

— Il est parti quand Paul avait 2 ans, continua-t-elle. Et la mère n'a pas eu de ses nouvelles depuis, pourtant, elle n'aurait pas refusé son aide. Ce n'était pas facile d'élever Paul seule. Elle n'était que caissière, comme la mère du capitaine.

— Je vois. Je me souviens que son père travaillait dans une quincaillerie, et l'une des choses qu'ils ont toujours inculquées au capitaine, c'est qu'ils travaillaient honnêtement, même s'ils n'avaient pas rapporté beaucoup d'argent. En fin de compte, c'était une famille heureuse.

— Exactement, approuva Doreen avant de grimacer. Si on avait son ADN, on pourrait vérifier la base de données.

— Quelle base de données ? s'enquit le policier avec hilarité. Le recueil d'ADN ne se faisait pas à l'époque. Et l'ADN de Paul n'était pas nécessaire, puisque nous le connaissions.

— Y a-t-il eu une analyse balistique ? Je n'ai rien vu à ce propos dans le dossier. Je suppose que les deux balles provenaient de la même arme.

Mack nota tout ça.

— Je suis d'accord, je vais vérifier ça également.

— Ce que je veux dire, c'est qu'il serait utile de savoir si cette arme a servi pour un autre meurtre.

— En effet. Je vais me plonger dedans au bureau, mais, si le coupable était malin, il aurait gardé l'arme.

— Et, si ça n'a pas déjà été fait, grâce au capitaine, on pourra sûrement vérifier la balistique ?

— Je vais également faire une demande pour ça, si ça n'a pas déjà été fait… Il est probable que tout ça nous mène à une impasse.

— On sera dans une impasse s'il s'agit d'un meurtre totalement aléatoire ou si cette personne a décidé du jour au lendemain de tuer quelqu'un et de ne plus jamais passer à l'acte. Mais si cette personne a réitéré le geste ? Et si elle avait jeté l'arme, que quelqu'un d'autre l'avait trouvée et utilisée ?

— Bien vu. Je vais vérifier tout ça.

Mack but une gorgée de son café.

— Qu'as-tu d'autre en tête ? demanda-t-il.

— Le père est un problème important. Mais je comprends. Il a probablement pris la fuite, mais c'est une de ces pistes que je ne peux pas laisser passer. Je dois aussi découvrir où il travaillait, quel genre de travail il faisait. Son travail lui permettait-il de se rendre aux États-Unis et d'y trouver facilement un emploi ? Ou est-il resté au Canada ?

— Tu veux vraiment te concentrer sur le père ?

— Je ne peux pas le rayer de ma liste, si je n'ai aucune information sur lui, mais j'aimerais pouvoir l'exclure.

— Tu penses vraiment qu'un père tirerait sur son propre fils ?

— Ça soulève une autre question. Peut-être que ce n'était pas son fils qu'il essayait de tuer, mais celui du voisin.

— Tu veux dire, le capitaine ? s'enquit Mack en haussant les sourcils.

— Ils étaient tous les deux là, et deux coups de feu ont été tirés. Donc, soit les deux garçons étaient destinés à mourir, soit le tireur ne s'est pas soucié de savoir qui mourrait, qui ne mourrait pas, ou si l'un ou l'autre mourrait. Peut-être que le tireur voulait les tuer tous les deux et qu'il n'en a tué qu'un. Enfin, comme nous ne connaissons pas le tireur, il est difficile de le savoir. Cependant, il doit y avoir une raison pour laquelle le tireur a choisi ces deux garçons, même si je pense qu'ils se trouvaient au mauvais endroit au mauvais moment.

— Et, comme tu le sais, nota Mack, ces meurtres au hasard finissent toujours par être les plus difficiles à élucider.

— Oui, parce que rien ne relie le tueur à la victime. Je dois quand même essayer.

Il lui adressa un beau sourire chaleureux et ajouta :

— Je sais, mon trésor. Et crois-moi. En ce qui concerne cette affaire, tout le monde est derrière toi au commissariat.

Doreen le regarda avec surprise, puis sentit son cœur de réchauffer.

— C'est vraiment très agréable d'entendre ça… Et je te le rappellerai quand je commencerai à te taper de nouveau sur les nerfs.

Le policier éclata de rire.

— Peut-être… ou pas.

— Oh que si ! s'amusa-t-elle.

— Au moins, tu n'as plus besoin d'argent pour l'instant, non ?

— Je suis à l'abri pour un petit moment, jusqu'à ce que cette histoire d'antiquités soit réglée… Et j'ai eu des nouvelles de l'expert des livres par email. Apparemment, il a un accord en préparation qui pourrait être très rentable pour moi.

Mack haussa les sourcils.

— Tu vas finir par devenir une femme fortunée.

Doreen rit.

— Je n'en suis pas certaine. Mais, tant que je ne meurs pas de faim, je suis heureuse.

— Bien, maintenant que mon frère est rentré à Victoria, que dirais-tu d'une nouvelle leçon de cuisine pour le dîner ce week-end ?

— Avec plaisir, acquiesça-t-elle, puis elle hésita avant de continuer. Tu pourrais m'apprendre à cuisiner quelque chose de nouveau ?

Mack souleva lentement la tête, puis opina du chef.

— Bien sûr. Que veux-tu apprendre ?

Elle réfléchit plusieurs minutes.

— Quelque chose d'un peu élaboré ?

— Oui, comme quoi ? Je veux dire, nous n'avons peut-être pas la même définition du terme « élaboré ».

Elle n'avait pas de réponse précise.

— Je reviendrai vers toi.

— Réfléchis-y. On a le temps.

Le caporal partit au travail une vingtaine de minutes plus tard.

# Chapitre 10

DOREEN SE CALA dans sa chaise, le sourire aux lèvres. Pour la première fois, elle avait l'impression que Mack et elle, et même le capitaine, coopéraient. C'était peut-être grâce au capitaine, mais elle lui en était tout de même reconnaissante. C'était formidable de pouvoir bénéficier de l'aide de Mack. Elle ne doutait pas que, si cette affaire devenait officielle, elle ne récolterait pas les lauriers. Mais si elle parvenait à la mener aussi loin que possible, elle serait heureuse, car elle aurait réussi à faire quelque chose que personne d'autre n'avait réussi à faire.

Ce n'était pas une question d'ego. Il s'agissait de rendre justice à ce pauvre petit garçon et d'aider le capitaine à surmonter un événement aussi terrible. Elle n'arrivait pas à imaginer comment il avait pu se remettre d'une fusillade à l'âge de 11 ans. Le syndrome de stress post-traumatique existait bel et bien, et il avait sûrement dû en souffrir. Mais l'éducation et le temps étaient probablement de bons remèdes, et pouvoir reprendre le contrôle de sa vie et des gens avait également dû l'aider.

Elle prit son téléphone et, après s'être excusée une nouvelle fois auprès de Sarah, Doreen expliqua qu'elle cherchait une famille nommée Thurlow.

— Thurlow… Thurlow… répéta Sarah calmement. Oh, c'étaient les voisins. Pas la porte d'à côté. Deux maisons plus bas.

— Donc c'étaient vos voisins à l'époque ?

— Oui. Pourquoi ? Ont-ils un lien avec tout ça ?

— Je ne sais pas. Leur nom a été cité dans l'un des articles que j'ai trouvés, et je voulais en apprendre plus sur eux.

— Je doute que quiconque s'en souvienne à ce stade, répondit Sarah avec tristesse. Tous les autres ont eu la chance de passer à autre chose. Et je le comprends. Je les envie.

— Et vous méritez cette même chance.

Doreen se demanda jusqu'où elle pouvait pousser son interrogatoire.

— Je suppose que vous ignorez s'ils habitent toujours là-bas, n'est-ce pas ?

— Eh bien, je n'y vis plus, donc je ne sais pas. Mais c'est possible.

— D'accord, pouvez-vous me confirmer l'adresse où ça a eu lieu ? Ensuite, j'irai parler à quelques personnes du voisinage.

Sarah s'empressa de donner à Doreen l'ancienne adresse, confirmant ainsi ce qui figurait dans le dossier. Elle posa ensuite quelques questions supplémentaires qui la préoccupaient.

— Votre fils faisait-il partie d'une équipe de sport à l'école ou d'un club local ?

— Non. Paul était doué pour le softball, et nous l'avons fait entrer dans l'équipe une année. Mais cette année-là, je n'avais personne pour le conduire aux entraînements et aux matchs. L'histoire aurait été différente si mon neveu avait joué lui aussi.

Puis la femme se mit à rire.

— Je l'appelle le capitaine depuis si longtemps que ça me paraît bizarre de penser que c'est le neveu qui est allé aux épreuves de sélection de softball avec mon fils.

— Le capitaine a-t-il passé les sélections ?

Sarah réfléchit un moment.

— Je crois que oui, mais je crois me souvenir qu'il n'a jamais joué, pour une raison que j'ignore.

— Certains enfants étaient-ils jaloux ? la questionna Doreen. Pensez-vous à d'autres scénarios cauchemardesques impliquant quelqu'un qui n'aimait pas votre fils ?

— Non. Et croyez-moi. Je n'ai pas cessé d'y penser. On se demande si, ne serait-ce qu'un petit affront ou une plaisanterie qui serait allée trop loin ou… On entend toutes ces histoires horribles, mais comme je ne sais pas ce qui s'est passé ce jour-là, je suis incapable de l'imaginer.

— Et quand il est rentré de l'école ce jour-là, il vous a paru normal ?

— Oui. Mais j'avais passé une mauvaise journée au travail, alors j'ai peut-être raté quelque chose. Je me suis détruite moi-même au fil des ans, à cause de chaque petit détail.

— Et ce n'est pas utile, affirma Doreen. Il est évident que chacun repasse tout en revue, mais il ne faut pas se jeter la pierre à cause de quelque chose que personne n'aurait pu prédire… Et je comprends. Je veux dire, je ne peux pas imaginer qu'un tel scénario se produise *sans* que l'on s'en veuille, mais, dans ce cas, essayons de rester positifs et d'être constructifs. Tellement d'années se sont écoulées qu'il faut rafraîchir la mémoire des gens.

— Mais s'ils n'ont pas réussi il y a quinze ans, s'exclama Sarah, je doute fort que vous y arriviez aujourd'hui.

— Je n'en suis pas si sûre, réfuta Doreen avec fermeté. J'ai résolu toutes sortes d'affaires, même si de nombreuses années s'étaient écoulées.

— Même après quarante ans ? demanda Sarah avec amertume.

— Oui. Tout à fait.

Un silence étonnant s'installa à l'autre bout du fil, puis Sarah hoqueta.

— Vous êtes la folle…

Elle hoqueta une deuxième fois.

— Oh là là, je ne voulais pas dire ça méchamment.

— Peut-être pas, acquiesça Doreen, essayant de ne pas prendre un ton trop grinçant, mais c'était compliqué quand tout le monde continuait à vous qualifier de la sorte. Et, oui, si vous parlez de la folle qui résout toutes ces affaires, c'est moi.

— Oh, mon Dieu, s'étonna Sarah. Dans ce cas, j'ai bon espoir.

— C'est parce que je l'ai aidé sur plusieurs affaires locales, ajouta Doreen avec douceur. Et comme celle-ci lui tient particulièrement à cœur et qu'il sait que le temps presse pour trouver des témoins, il m'a demandé d'y jeter un coup d'œil.

— C'est parfaitement logique, approuva Sarah d'une voix enthousiaste. Si vous saviez combien je suis heureuse que… vous fassiez cela.

— Pourtant, j'ai encore besoin de beaucoup de détails, la prévint Doreen. Je dois connaître le nom de ses professeurs. Je vérifierai auprès des gens de l'école qu'il fréquentait, parce que j'ai besoin de savoir avec quels autres enfants il a pu jouer et avec qui il interagissait. Je dois savoir tout ce qui s'est passé ce jour-là, cette semaine-là, ce mois-là.

Sarah resta silencieuse un instant.

— Vous pensez que c'est lié à sa scolarité ?

— Ce que je sais, c'est que c'est lié à quelque chose, et qu'il passait la majorité de la journée à l'école, n'est-ce pas ?

— Tout à fait, confirma la mère de Paul. Je n'avais pas vu les choses de ce point de vue… Je pensais que la question de l'école ne se posait pas puisque c'était un enfant.

— En effet, mais il est décédé étant enfant, donc nous devons étudier sa journée, qui était la journée typique d'un enfant.

— Écoutez. J'ai quelques… vieux carnets que j'ai gardés. C'était mon truc, soi-disant pour avoir une vie saine et toutes ces bonnes choses que vous devriez faire, avec des affirmations positives et d'autres choses du même genre. J'ai commencé à tenir un journal juste avant qu'il ne soit tué, mais j'ai quelques notes écrites après la fusillade.

— Vos notes seront peut-être utiles. Voulez-vous que je vienne chez vous les chercher ?

— Oh, vous seriez prête à faire le voyage jusqu'ici ?

— J'avais prévu de venir samedi. Je voulais parler aux voisins qui pourraient encore habiter le quartier – ou peut-être que je devrais venir demain.

Elle y réfléchit un instant.

— J'ai encore quelques recherches à faire ici, et peut-être que je ferai le trajet demain. Ce n'est pas si loin.

— Non, pas du tout, Vernon est à une quarantaine de minutes de Kelowna.

Doreen prit une décision soudaine.

— Vous savez quoi ? Je suis partante pour demain. Je passerai chez vous, si vous êtes d'accord ?

— Bien sûr. Ça me laissera le temps de retrouver les carnets, acquiesça Sarah avec enthousiasme.

Le rendez-vous étant fixé, les deux femmes raccrochè-rent. Doreen resta assise un long moment, puis décida qu'elle n'en parlerait pas à Mack. Il comprendrait peut-être, mais en même temps, il avait repris le travail et il ne pourrait pas l'accompagner, alors il s'inquiéterait. Elle se débrouillerait seule.

En y réfléchissant, elle se dit que ce serait appréciable d'avoir de la compagnie pour cette virée, et qu'il n'y avait en fait qu'une *seule* personne disponible. Sur ce, Doreen reprit son téléphone et appela sa grand-mère. Lorsque Nan répondit, sa petite-fille lui demanda :

— Ça te dirait de faire un tour demain ?

— Avec plaisir, acquiesça immédiatement Nan. Où al-lons-nous ?

— Je pensais aller à Vernon.

La vieille dame souffla de plaisir.

— Oh, oui ! Nous allons jouer les détectives ?

Doreen pouffa.

— Oui, en quelque sorte… Je dois me faire une idée de la région, de la scène de crime. J'ai besoin de parler à certains voisins, afin de voir si les habitants de l'époque sont toujours présents, ce genre de choses. On s'arrêtera également chez la mère de la victime. Elle a des carnets de l'époque.

— Oooh. Tu tiens enfin une piste.

— Une piste très floue, rectifia Doreen, c'est pourquoi je dois absolument aller sur les lieux. J'ai l'adresse de la fusil-lade, et je dois démarrer de là.

— Je comprends parfaitement. À quelle heure veux-tu partir ?

Doreen réfléchit.

— Je n'ai pas envie d'y aller à l'heure de pointe, alors qu'en dis-tu si je passe te prendre à 9 heures, demain matin ?

— C'est parfait. Et, puisque nous serons à Vernon, il y a un restaurant indien absolument divin là-bas.

— Génial, approuva Doreen, sentant déjà son estomac gronder d'impatience. C'est super.

Nan s'esclaffa.

— Quand on parle de nourriture, tu es toujours enthousiaste.

Doreen sourit.

— Tu as sûrement raison. Mais depuis quand est-ce une mauvaise chose ?

— Pas du tout ! Et, dans ton cas, tu as encore besoin de te remplumer. Mack aime ses petites amies avec quelques formes.

Cela dit, Nan raccrocha.

Doreen regarda son téléphone avec horreur.

— Tu n'as pas dit ça ! s'exclama-t-elle.

Mais Nan n'était plus là pour l'écouter.

La mine renfrognée, elle se leva et sortit dans le jardin, sentant une colère monter en elle. Elle baissa les yeux sur sa silhouette.

— Tu n'es pas maigre, se dit-elle à elle-même.

Elle entendit un ricanement s'élever.

Elle fit volte-face vers le côté de son voisin Richard.

— Vous pensez que je suis grosse ou maigre ? demanda-t-elle.

Lentement, la tête de Richard apparut au-dessus de la clôture.

— Ni l'un ni l'autre, répondit-il. Qui vous a dit ça ?

— Nan, dit Doreen avec dégoût.

Son voisin se mit à rire.

— Pourquoi vous souciez-vous de ce qu'elle dit ? l'interrogea-t-il avec un sourire en coin.

— C'est ma grand-mère. Mais ses paroles me font penser que quelque chose ne va pas dans mon apparence.

— Votre apparence est très bien, répliqua-t-il avec un regard étrange. Et depuis quand vous souciez-vous de ce que les autres pensent ?

— Comment ça ?

— Combien de fois vous ai-je demandé d'arrêter d'attirer toute cette vilaine attention ? Et pourtant, vous ne semblez pas accorder d'importance au regard des autres.

Doreen fronça les sourcils.

— Ce n'est pas tant que je me fiche de l'image que les gens ont de moi, mais j'essayais juste d'aider ces gens. Donc je ne voulais pas que ce que les gens pensaient de moi ait de l'importance. Je suis agacée du nombre de fois qu'on m'a traitée de folle ces derniers jours.

Il l'observa avec étonnement, mais elle vit un sourire en coin se dessiner sur son visage.

— Qu'est-ce que vous attendez ? demanda Richard. Vous vous promenez dans la ville, sans vous soucier du fait que vous avez toujours les animaux avec vous. Vous entrez dans les bâtiments avec eux. Vous avez un oiseau qui parle sur votre épaule, et il insulte même les gens.

— Il n'a pas fait ça depuis longtemps, rétorqua Doreen en adressant un regard noir à Richard. En plus, tout ce que j'essaie de faire, c'est d'aider les gens.

— Peut-être, mais ça ne veut pas dire que vous serez comme une personne singulière en ville.

— *Singulière*, répéta-t-elle pensivement. C'est un synonyme de folle ?

Son voisin éclata de rire.

— Dans certains cas, oui.

Il s'apprêtait à repartir quand elle lui demanda :

— Vous connaissez les Thurlow ?

Il passa de nouveau la tête par-dessus la séparation.

— *Thurlow… Thurlow…*

— Une famille qui vivait dans le quartier de la fusillade.

Il réfléchit puis secoua la tête.

— Non, mais ce nom m'est familier. Avez-vous regardé dans l'annuaire ?

— J'ai passé de nombreuses heures à étudier l'annuaire depuis que j'ai emménagé ici, mais, non, je n'ai pas cherché ce nom en particulier.

— C'est par là que vous devriez commencer, suggéra Richard, comme s'il lui donnait un conseil important.

Sur ce, il disparut derrière la clôture.

— Tout le monde est critique, même quand ils n'ont aucune raison de l'être, grommela-t-elle.

Il dut l'entendre, car il s'exclama :

— Attention !

Elle darda un regard meurtrier sur la clôture.

— Pourquoi ?

— Parce qu'on pourrait encore vous traiter de maigrichonne ! répondit-il avant de partir dans un grand éclat de rire.

Doreen soupira.

— Tu vois, Nan ? Regarde ce que tu as fait.

Mais elle ne pouvait guère en vouloir à sa grand-mère. Et, même si elle était trop maigre, elle avait essayé d'y remédier. Elle avait bien mangé ces derniers jours, maintenant qu'elle avait en sa possession la moitié de l'argent de la récompense à dépenser. On ne pouvait pas lui jeter la pierre.

En pensant à cela, elle se souvint que sa conversation avec Mack avait dérivé sur un dîner. Elle lui envoya une suggestion de repas.

**Boeuf Stroganoff.**

Elle reçut un point d'interrogation pour toute réponse.

**Est-ce que tu peux m'apprendre à cuisiner le bœuf Stroganoff ?**

Enfin, il lui envoya un pouce en l'air.

Elle sourit et se frotta les mains.

— Bien, on doit trouver des réponses, afin de pouvoir vraiment profiter de ce dîner de fête, car, en attendant – oh, oh, oh – cette affaire s'est avérée un peu frustrante.

Mais prenant la suggestion de Richard à cœur – de toute façon, c'était sur sa liste de choses à faire – elle prit l'annuaire et s'assit, cherchant le nom Thurlow. Elle en trouva trois. Elle appela le premier numéro et tomba sur une dame d'un certain âge, qui lui confirma qu'une partie de sa famille vivait à Vernon, son frère en l'occurrence. Mais elle ne pensait pas qu'il s'agissait des mêmes Thurlow que ceux qui avaient vécu dans le quartier de la fusillade.

— Et pourquoi pas ? demanda Doreen avec curiosité.

— Parce que je ne me souviens pas d'un tel meurtre, répondit la femme à l'autre bout du fil.

— Êtes-vous proche de la famille ?

L'interlocutrice hésita puis ajouta :

— Pas spécialement, mais s'il y avait eu une fusillade dans le jardin des voisins, tout le monde en aurait parlé.

— *Hmm.*

Doreen n'en était pas si sûre. Parfois, les gens faisaient tout leur possible pour laisser les autres dans l'ignorance concernant une fusillade ayant eu lieu à deux pas de chez eux, parce qu'ils auraient pu recevoir des critiques sur leur quartier.

— Savez-vous s'ils habitent toujours à Vernon ?

— En effet, mais ils ne vivent plus dans cette zone.

— D'accord, mais… Serait-il possible d'entrer en contact avec eux ? Que je puisse rayer leur nom de ma liste.

La femme hésita à répondre, puis céda.

— Très bien. Mais ne leur dites pas que je vous ai donné leur numéro.

Ainsi, elle le dicta à Doreen, qui les appela ensuite. Cette fois, une femme plus jeune répondit. Doreen lui expliqua qui elle était et ce qu'elle cherchait, et l'autre femme parut très surprise.

— Après tout ce temps, pourquoi appelez-vous ici ?

— Parce que j'ai cru comprendre que quelqu'un de votre famille, sûrement pas vous, avait vécu dans le quartier à l'époque de la fusillade.

— Wouah, c'était il y a très longtemps, mais vous avez raison… Je ne sais pas vraiment comment ça marche. Je suis de la génération suivante, et mon grand-père, Graham Thurlow, est en maison de retraite ici. J'ignore s'il pourrait vous fournir des informations parce que c'était il y a si longtemps.

— C'est vrai, reconnut Doreen. Dans la plupart des cas, la mémoire peut être défaillante, mais dans d'autres, certaines personnes se souviennent très bien des choses les plus étranges.

L'interlocutrice rit.

— Au passage, je m'appelle Paige, et vous avez raison. Grand-père ne se souvient pas de ce qu'il a fait le mois dernier, mais ce qui s'est passé il y a plusieurs décennies ? Il se souvient des noms, des dates, des lieux. Après ça, il ne se souvient pas de la série télévisée qu'il a regardée la semaine dernière.

— Je vois. Y a-t-il une chance que je puisse lui rendre visite et lui poser quelques questions ?

— Je ne voudrais pas qu'il soit perturbé, hésita la petite-fille.

— Moi non plus, convint Doreen. Cependant, le temps presse et j'ai besoin de réponses de la part d'éventuels témoins. La famille de Paul n'a toujours pas tourné la page.

— Oh, mon Dieu. Je pourrais vous retrouver à la maison de retraite. Ça vous irait que je sois avec lui ?

— C'est parfait. Ma grand-mère m'accompagnera également.

— Oh, bien, grand-père sera peut-être un peu plus à l'aise.

— Oui. Je veux juste clarifier certains détails, et je ne sais quasiment rien sur la famille de la victime. Bien sûr, obtenir des informations de la famille est toujours un peu compliqué parce qu'ils ne se voient jamais comme tout le monde les voit.

— C'est très vrai. On aimerait penser que nous sommes conscients de qui nous sommes, mais je le vois très souvent. Nous n'avons pas la même image que les autres.

— Et si vous connaissez quelqu'un d'autre de cette région ou de cette époque qui pourrait avoir des informations, proposa Doreen avec espoir, j'apprécierais beaucoup de connaître leurs noms afin de pouvoir les contacter.

— Vous devriez appeler mon grand-oncle.

— Comment s'appelle-t-il ? la questionna aussitôt Doreen.

— C'est un Thurlow, c'est le frère de mon grand-père. Ils n'habitaient pas dans la même rue que Paul, mais ils n'étaient pas loin.

— Parfait, s'enthousiasma Doreen. C'est peut-être lui que je cherche, quelqu'un d'assez proche pour avoir entendu quelque chose ce jour-là.

— Peut-être. Oncle Sterling n'est pas aussi vieux que mon grand-père, ajouta Paige en riant. Et il serait probablement en colère contre moi d'avoir évoqué ce jour-là, mais je sais qu'il a parlé de cette fusillade à de nombreuses reprises.

— Comment ça ?

— Il souhaitait simplement que l'affaire soit résolue parce qu'elle le troublait encore, expliqua Paige. C'est l'une des raisons pour lesquelles je veux vous aider, parce que je sais qu'il est encore bouleversé par cette histoire.

— Je pense que ce genre d'événement est difficile à vivre pour tout le monde, jusqu'à ce que le mystère soit élucidé. Parfois, ce que les gens font et ce qu'ils doivent supporter n'est pas logique.

— Vous avez raison. Bref, voilà son numéro, et je vous retrouverai à la maison de retraite demain matin.

— 11 heures, ça vous va ? proposa Doreen.

— 11 heures, c'est bien, approuva Paige.

Sur ce, Doreen raccrocha. Puis elle rappela Nan.

— Connais-tu un Graham Thurlow ou un Sterling Thurlow ?

— Je croyais qu'on avait convenu que je ne connais aucun Thurlow, répondit la vieille dame d'un air contrarié.

— Peut-être, mais ce Graham vit dans une maison de retraite. Je crois que c'est Windmill Manor ?

— Oh, nous avons fait des compétitions de bowling sur gazon avec eux. Tout ça pour le plaisir, bien sûr.

— Bien sûr, ironisa Doreen en levant les yeux au ciel. Tu as sûrement gagné beaucoup d'argent grâce à tes paris contre eux.

— Peut-être. Je ne m'en souviens pas.

Doreen éclata de rire.

— Eh bien, ce Graham, et son frère, Sterling, habitaient

le quartier à l'époque de la fusillade. Donc, si tu m'accompagnes demain à la maison de retraite, il parlera peut-être plus facilement. Apparemment, ses souvenirs ne sont pas très clairs.

— Comme nous tous, souligna Nan d'un ton qui ne surprit ni l'une ni l'autre. Le problème, c'est que tout change avec l'âge.

— Je suis désolée, Nan, dit Doreen avec douceur.

— Tu verras. Un jour, ce sera ton tour, déclara sa grand-mère joyeusement. Et je serai au paradis, à t'observer.

Doreen pouffa.

— Et tu sais quoi ? Je serai très heureuse de te savoir là-haut, à toujours garder un œil sur moi.

— Ah, comme tu es gentille. Mais on dirait que notre matinée de demain sera chargée.

— N'est-ce pas ? J'ai peur que ce soit un peu trop pour toi.

— Oh, ne commence pas, répliqua Nan. J'ai hâte. J'en ai déjà parlé à Richie, et il est très contrarié de ne pas pouvoir venir.

Doreen haussa les sourcils, inquiète.

— Il ne peut pas venir. Je ne vous supporterai pas tous les deux.

Sa grand-mère éclata de rire.

— C'est ce que je lui ai dit. Quand nous sommes ensemble, il faut nous suivre.

— Je te le confirme. Et le seul problème, c'est que nous devons nous concentrer sur les réponses. Sinon, nous allons manquer de temps.

— Compris. À demain matin, 9 h ! lança Nan avant de raccrocher.

C'était la deuxième fois de la journée qu'elle faisait ça, ce qui poussa Doreen à se demander ce que sa grand-mère préparait. Cela pouvait être n'importe quoi. Elle menait une vie si active et si remplie à Rosemoor que même Doreen n'aurait pas pu deviner combien sa grand-mère y était heureuse. Et cela aidait la jeune femme, qui n'avait plus l'impression de l'avoir mise à la porte. Et elle savait que son aïeule serait très fâchée de penser que Doreen s'inquiétait d'une telle chose.

Pourtant, l'essentiel était de savoir Nan heureuse et en bonne santé. Doreen ne voulait pas la perdre de sitôt.

# Chapitre 11

*Mercredi matin…*

LE LENDEMAIN MATIN, le soleil illumina le ciel. Doreen se leva, prit une douche, mangea un bon petit déjeuner – parce qu'elle ignorait quand elle rentrerait – et emporta une barre de céréales achetée lors de ses dernières courses, où elle avait réussi à acheter quelques boîtes en solde et à les mettre de côté pour sa réserve. Puis, une fois les animaux chargés, elle se rendit à Rosemoor. Les animaux aboyaient, miaulaient et criaient lorsqu'elle se gara devant l'entrée, impatients de sortir, mais Nan était déjà là, attendant sa petite-fille.

Lorsqu'elle monta dans la voiture, elle se tourna vers Doreen et sourit.

— C'est parti pour notre excursion ! lança-t-elle, gloussant presque de joie.

— En effet, acquiesça la jeune femme en observant sa grand-mère. J'en conclus que tu aimes ça.

— J'adore ça. Avant, je faisais beaucoup d'excursions dans le coin. Pas exactement comme celle-là, évidemment…

Elle leva les yeux au ciel avant d'ajouter :

— Mais quand même, c'était vraiment sympa. Nous

avons essayé de convaincre la maison de retraite d'organiser plus d'excursions de ce genre, mais c'est difficile pour eux de faire monter tout le monde dans un véhicule et de tenir un délai convenable. Ce serait bien qu'ils puissent faire quelque chose uniquement pour les plus jeunes, mais les plus âgés veulent participer aussi.

Que Nan donne l'impression qu'elle faisait partie du groupe des plus jeunes et que ceux de l'autre groupe soient encore plus vieux qu'elle inquiéta Doreen.

Alors qu'elles se dirigeaient vers Vernon, Nan demanda :

— Mack est au courant ? Je suis surprise qu'il ne t'ait pas accompagnée.

— Je n'ai rien dit à Mack, indiqua Doreen en jetant un coup d'œil à sa grand-mère. Il a repris le travail.

— Oh, tu crois vraiment qu'il sera content d'apprendre que tu as fait cette petite virée sans lui ?

Doreen secoua la tête.

— J'avais l'intention de lui dire après.

Nan se mit à rire à gorge déployée.

— J'espère que je serai présente quand ça fusera.

La jeune femme fusilla sa grand-mère du regard.

— Ce n'est pas très gentil. Mack ne peut pas me forcer à rester chez moi tout le temps, et je n'ai pas à suivre ses ordres à la lettre. Pour travailler correctement et efficacement sur cette affaire, je dois être libre de faire ce que j'ai à faire.

— *Tout à fait*, affirma sa grand-mère avec un large sourire.

— Tu penses que je vais m'attirer des ennuis ? soupira Doreen.

— Beaucoup d'ennuis, confirma Nan. *Énormément.*

Essayant d'ignorer les remarques de sa grand-mère, Doreen conduisit prudemment, mais avec une confiance tranquille, admirant le magnifique paysage qui l'entourait.

— Regarde ces lacs, soupira Nan de bonheur. Nous vivons vraiment dans un pays merveilleux.

— C'est vrai.

Il était difficile de contester la beauté de la campagne, et le trajet de Kelowna à Vernon était absolument ravissant. Lorsqu'elles atteignirent les limites de la ville, elle fut surprise d'être arrivée aussi rapidement.

— Ce n'est vraiment pas loin, n'est-ce pas ?

— Pas du tout. C'est pour ça que je t'ai conseillé de parler aux commerçants, car les gens viennent ici pour tout et rien, dit Nan avec un sourire.

— Naturellement. Et il y aurait trop d'argent perdu pour ignorer toute une ville.

Elle comprenait ce que sa grand-mère voulait dire, et elle avait tout à fait raison. À l'époque, comme aujourd'hui, il y avait suffisamment de jours où les choses allaient mal pour que l'on doive remplacer d'autres personnes, surtout en cas d'imprévus.

— La bonne nouvelle, c'est qu'on est arrivées. Donc on a un peu de temps avant de rencontrer Sarah, puis d'aller à la maison de retraite.

Ainsi, elle roula jusqu'à l'adresse de la fusillade.

Dès qu'elles arrivèrent sur place, Doreen ralentit et passa devant la maison qui abritait la scène de crime. Ensuite, elle fit demi-tour, repassa devant les lieux, se gara de l'autre côté de la rue, et scruta les environs.

— Je me demande si le quartier a changé, s'interrogea-t-elle. Malheureusement, je n'ai pas de photos de l'époque.

— Le temps a l'habitude de figer les choses, mais comme Vernon s'est développé, j'imagine que les gens ont abandonné leur maison et sont passés à autre chose.

— Et pourtant, regarde ces résidences, souligna Doreen. On ne dirait pas que ce quartier se soit vraiment développé.

Les deux femmes étudièrent les maisons, puis Nan opina du chef.

— Tu as raison. Elles n'ont pas l'air de dater d'hier, je dirais les années 1960, au moins.

— Ce qui signifie également que l'immobilier ici ne vaut pas grand-chose.

— Et la mère de Paul était-elle propriétaire de la maison ? questionna Nan. Ça changerait beaucoup de choses à l'histoire.

— Je ne crois pas. Ça fait partie des questions qu'on devra lui poser, mais je sais qu'elle était plutôt fauchée, donc je ne pense pas.

— Tout dépend de son mari, non ? Quand a-t-il disparu ?

— Exactement. D'autres questions à élucider.

Doreen nota mentalement de l'ajouter à sa liste.

— On va la rencontrer aujourd'hui. C'est notre deuxième arrêt.

— Donc elle n'habite plus dans la même maison ? demanda Nan, avant de secouer la tête. J'aurais du mal à quitter la maison où mon enfant est mort.

— Pas moi. Je voudrais me débarrasser des mauvais souvenirs.

— Et pourtant, c'est là que se trouvent tous les souvenirs des bons moments.

— J'imagine que tu as raison, dit Doreen, y réfléchissant. Je suppose que chacun fait son deuil à sa manière.

— Bien entendu.

— Je vais prendre les animaux et faire le tour du pâté de maisons, annonça la petite-fille en sortant de la voiture.

— D'accord, je vais t'attendre ici, avisa Nan.

Doreen sourit à sa grand-mère puis sangla Goliath et Mugs. Thaddeus était déjà perché sur son épaule. Elle se promena dans la rue, pour se faire une idée du quartier. Elle parcourut la rue dans les deux sens. Lorsqu'elle revint à son véhicule, Nan était à l'angle de la rue, en train de discuter avec quelqu'un. Doreen s'approcha et sa grand-mère lui fit un signe de la main.

— Je viens de rencontrer une vieille amie, dit-elle à Doreen en riant. Voici Lizzie.

Nan désigna une vieille dame aux cheveux blancs qui se déplaçait avec une canne.

— Bonjour, Lizzie, la salua Doreen avec un sourire.

— C'est vrai ? l'interrogea la dame en la dévisageant.

— Qu'est-ce qui est vrai ? demanda Doreen en se tournant vers sa grand-mère.

— Votre grand-mère m'a dit que vous enquêtiez sur le meurtre de ce petit garçon, précisa Lizzie.

— Oui, c'est vrai, confirma la jeune femme. Et ça a eu lieu il y a de nombreuses années, donc nous n'avons pas beaucoup d'éléments à notre disposition.

— Bien entendu. C'était une période tellement triste. Tout le monde avait tellement peur que tous les enfants ne sont plus sortis pendant des semaines. Puis, lentement, avec le temps, on oublie, et les enfants se sont remis à jouer à l'extérieur. C'est comme si la vie avait repris pour tout le monde, sauf pour cette famille. Pour eux, tout s'est figé.

— La mère vivait seule avec son fils, n'est-ce pas ? demanda Doreen à l'attention de Lizzie.

Celle-ci réfléchit un instant, les sourcils froncés.

— Je crois qu'un homme était présent, mais je ne sais pas s'il a survécu à la fusillade.

Doreen se rendit compte qu'elle n'avait pas demandé à la mère de Paul si elle avait un compagnon à l'époque.

— Je sais que le père est parti quand le petit Paul n'avait que 2 ans. Je vais bientôt rencontrer la mère. Je lui demanderai si elle avait un conjoint. Je n'y avais pas encore pensé.

— Oh, il le faut, affirma Lizzie. C'était un quartier assez difficile.

— Vraiment ?

— C'était un quartier pauvre, mais des gens honnêtes qui essayaient d'élever leur famille habitaient ici, expliqua-t-elle tranquillement. Vous savez que l'un d'entre eux a fini par devenir capitaine de police à Kelowna.

— Oui, je sais, dit Doreen, le sourire aux lèvres. Je lui ai déjà parlé de l'affaire.

Lizzie opina du chef, comme si c'était de l'histoire ancienne.

— Eh bien, je ne sais pas si je peux vous aider davantage, mais vous pouvez toujours m'appeler si vous avez d'autres questions. Je n'ai rien perdu de mes facultés cérébrales, se vanta-t-elle avec un sourire à Nan. C'est une bonne chose, non ?

Cette dernière acquiesça.

— C'est dur de voir partir tous nos amis, tu ne trouves pas ?

— Oh que oui.

Ainsi, les deux vieilles dames se mirent à se remémorer des souvenirs.

Doreen voulait absolument ramener la conversation sur le sujet qui l'intéressait, mais elle ne savait pas quelles questions poser à Lizzie.

— Je suppose que vous n'avez pas vu le véhicule utilisé pour la fusillade, n'est-ce pas ? demanda Doreen.

— En effet. On m'a dit que c'était un pick-up. Bleu clair. Mais quiconque possédait un pick-up bleu clair s'est présenté à la police afin qu'ils examinent le véhicule, de sorte de ne plus être suspect. Pourtant, même les personnes innocentes n'auraient peut-être pas fait cela.

— Exactement, et il aurait aussi pu s'agir d'un véhicule volé, releva Doreen.

— Il y a eu une vague de vols à l'époque, ajouta Lizzie. Donc, votre idée est logique.

Beaucoup de choses étaient logiques ; il s'agissait simplement de trouver le bon fil conducteur qui la mènerait à une piste.

— Eh bien, si vous pensez à quelque chose…

Elle tendit prestement sa carte.

Nan observa le petit bout de papier cartonné.

— Oh là là, je ne savais pas que tu avais fait faire des cartes de visite.

— Je les ai imprimées chez moi, rien d'extravagant, fit Doreen en haussant les épaules. Je devrais aller chez l'imprimeur pour en faire tirer quelques-unes, mais je ne veux pas que les gens pensent que c'est super officiel ou quoi que ce soit.

Nan lui fit un clin d'œil.

— Tu veux dire, en dehors du fait que c'est *super* officiel ?

— Peut-être, soupira sa petite-fille, avant de lui adresser un sourire et de se tourner vers Lizzie. Si vous pensez à quelque chose de pertinent, j'apprécierais que vous m'appeliez.

— Je suis ravie que quelqu'un se penche de nouveau sur cette affaire, s'enthousiasma Lizzie. C'était une période tellement horrible et traumatisante pour tout le monde.

— Vous avez dit que vous ne pensiez pas qu'un petit ami ait survécu à la fusillade, renchérit Doreen. Je suppose que vous ne savez rien sur l'identité de ce petit ami ?

— Si vous lui rendez visite, posez la question à Sarah, suggéra Lizzie.

— Oh, ce sera fait. Mais vous savez comme moi que tout le monde ne se souvient pas de tout, et certains choisissent d'oublier.

L'amie de sa grand-mère écarquilla les yeux.

— Vous avez raison ! approuva-t-elle, avant de pivoter vers Nan et de murmurer, elle est très douée.

Nan rayonna et Doreen soupira.

— Je vous serais reconnaissante de pouvoir m'aider.

— Naturellement. Et le petit ami avait un fils, ajouta Lizzie.

— Pardon ? s'enquit Doreen en se retournant vers elle.

— Son petit ami. Je crois qu'un autre garçon traînait tout le temps dans les parages, et je me souviens qu'elle a dit que c'était son beau-fils.

Doreen la dévisagea, puis hocha lentement la tête.

— Du même âge ?

— Peut-être un peu plus âgé, réfléchit Lizzie, les sourcils froncés. Je ne suis pas certaine.

— Très bien. Je m'en souviendrai.

En retournant du côté conducteur de sa voiture, Doreen sortit son carnet et prit quelques notes. Nan et Lizzie se raidirent, comme si elles avaient quelque chose d'utile à ajouter. Et c'était le cas, sans aucun doute. Mais Doreen ignorait ce qu'elles avaient à dire. C'était tout de même important, elle le savait. Et elle était heureuse de l'avoir découvert bien avant la rencontre avec Sarah et Paige.

— Si vous avez autre chose… rappela Doreen à Lizzie.

— Je vous appelle !

Sur ce, Doreen intima à Nan de remonter dans la voiture, car l'heure du rendez-vous à la maison de retraite approchait et elle devait encore passer chez Sarah pour les carnets et quelques questions. En partant, Doreen demanda à sa grand-mère :

— Comment l'as-tu abordée ?

— Je l'ai vue déambuler dans la rue. Honnêtement, je n'ai pas réussi à me souvenir de son prénom, alors je suis allée lui demander, admit la vieille dame. C'est un peu gênant de ne pas se souvenir de ce genre de choses. Puis je me suis rappelé qu'on se moquait d'elle à cause de son prénom. On l'appelait *lézard*.

— Oh, Nan, tu n'as pas fait ça, la réprimanda Doreen.

Sa grand-mère haussa les épaules.

— Elle récoltait ce qu'elle semait. C'est ce qu'il y a de bien avec les gens. En général, ils oublient ce genre de choses.

— Peut-être, marmonna Doreen.

Mais elle ne savait pas si quelque chose de la sorte avait pu se répercuter sur ces deux garçons. Car si la fusillade avait un lien direct avec eux – et qu'il ne s'agissait pas de coups de feu tirés au hasard – alors elle avait un lien avec quelque chose qui était arrivé aux garçons. Doreen se focalisa sur l'adresse suivante.

— Maintenant, allons rencontrer Sarah.

Elle conduisit jusque chez cette dernière. Lorsqu'elles se garèrent, une femme âgée semblait les attendre impatiemment sous le porche. Doreen sortit et descendit les animaux, Nan derrière eux.

Le visage de Sarah s'illumina.

— Waouh, je ne savais pas que vous voyagiez avec votre équipage.

— Ils font partie de l'équipe, affirma Doreen, le sourire aux lèvres. Je vous présente ma grand-mère, qui voulait participer à la virée.

Sarah opina du chef.

— Venez. Entrez. J'ai préparé une théière. J'espère que ça vous va.

— C'est absolument charmant ! déclara Doreen avec douceur, puis en entrant, elle demanda à Sarah : au passage, quand avez-vous emménagé dans cette maison ?

Sarah comprit où Doreen voulait en venir et répondit aussitôt.

— Je suis restée dans l'autre maison un certain temps, pensant que cela m'aiderait à rester proche de mon fils. Mais l'enquête n'a pas été résolue et mes hypothèses empoisonnaient ma vie. Je fixais les tournesols et détestais tout de ce monde parce que ça me rappelait sans cesse ce que je ne pouvais pas changer.

— Je suis vraiment désolée, murmura Doreen. Vous avez raison. Ça a dû être difficile.

Les femmes s'assirent pour boire le thé et, dès que Sarah eut une tasse à la main, elle se tourna vers Doreen avec impatience et lui demanda :

— Alors, qu'avez-vous découvert ?

Comprenant que Sarah ne les laisserait pas partir sans avoir appris quelque chose, Doreen haussa les épaules et répondit :

— Nous revenons de votre ancien quartier. Je suis toujours plongée dans ces recherches chronophages afin de comprendre ce qui s'est passé... Je sais que l'attente est frustrante pour tout le monde, mais j'ai encore beaucoup de questions.

— Il y a toujours des questions à poser, se plaignit Sarah.

Même des questions qui n'ont aucun sens pour nous.

— Je l'entends. Aviez-vous un compagnon à l'époque ?

— En quelque sorte… opina Sarah. On se séparait, puis on se remettait ensemble. Quand j'y repense, on aurait dû se séparer définitivement. Mais vous savez, quand vous vous sentez seul et que vous avez l'impression que votre vie restera misérable pour toujours, vous vous accrochez à n'importe quoi pour avoir une raison de sourire. Et parfois, vous avez tellement peur de la solitude que vous restez avec n'importe qui, même si vous ne devriez pas.

— Parlez-moi de lui, demanda Doreen en sortant son bloc-notes.

Mugs était couché à ses pieds, la tête entre ses pattes. Goliath était sur les genoux de Nan et Thaddeus était de nouveau perché sur son épaule, lorgnant ce qui ressemblait à des biscuits sur le plateau à thé. Craignant qu'il ne se serve lui-même, Doreen ajouta :

— Puis-je prendre un biscuit ?

Sarah réagit en parfaite hôtesse.

— Oui, bien sûr.

— Est-ce que ça vous dérange si j'en donne un petit bout à Thaddeus ? s'enquit la jeune femme en grimaçant.

Sarah sembla charmée par l'idée.

— Je vais lui en donner un !

Elle prit un gâteau, qu'elle posa dans une assiette vide, puis elle émietta rapidement le biscuit pour le perroquet.

— On dirait que vous connaissez les oiseaux, gloussa Doreen.

— J'en ai nourri énormément à l'extérieur, expliqua Sarah avec un sourire. J'ai toujours adoré les oiseaux.

Elle approcha l'assiette du volatile, et Thaddeus se pencha pour saisir un morceau, qu'il mâchonna avant de proclamer :

— Thaddeus est là. Thaddeus est là.

— Oh, et il parle ! s'exclama-t-elle avec ravissement.

— Oui, parfois trop, pouffa Doreen.

— J'imagine bien.

Laissant à Sarah quelques minutes pour se détendre, Doreen mangea une partie de son biscuit, en donna un morceau à Thaddeus, puis renchérit avec une question.

— Que disiez-vous déjà ?

— Ah, oui, reprit Sarah en fronçant les sourcils. Je n'aurais pas dû rester avec lui. C'était une de ces choses.

— D'accord, mais pouvez-vous préciser ce que signifie « *une de ces choses* » ?

Sarah grimaça.

— Il s'appelait Cleve. Je ne… Cleve…

Elle s'interrompit et fronça de nouveau les sourcils.

— C'était il y a longtemps.

Elle réfléchit encore un moment, puis sourit.

— Cleve Massey.

— Bien, et comment était votre relation avant que tout ceci ne se produise ?

— C'était bien. Facile. Je n'étais pas seule.

— D'accord, et après la fusillade ?

— Après la fusillade, je n'étais plus en état de fréquenter quelqu'un, honnêtement. Je l'ai pratiquement chassé de la maison. Un jour, il m'a dit quelque chose qui m'a blessée et je ne l'ai pas supporté. J'ai fini par ouvrir la porte et lui dire de partir, et franchement, c'est la meilleure chose que j'ai faite.

Nan opina machinalement du chef. Et elle acquiesçait sûrement parce qu'elle avait passé plusieurs années seule.

Après avoir entendu tous les détails, c'était la même rengaine. Il buvait beaucoup, elle, pas du tout. Il avait perdu son emploi, elle travaillait. Il ne payait aucune facture, et elle devenait folle en essayant de toutes les payer. Et, après la fusillade, qui lui avait arraché son fils unique, elle s'était effondrée, et il n'avait pas été présent pour elle.

— Et savez-vous ce qu'il est devenu ? l'interrogea Doreen.

— Il habite toujours en ville, répondit Sarah. Je l'ai croisé l'année dernière. Je suis passée devant lui sans rien dire. Je suis persuadée qu'il ne m'a même pas reconnue. Et c'était mieux comme ça.

— D'accord. Est-ce que ça vous dérange si nous lui parlons ?

Sarah la fixa du regard un instant, puis soupira.

— Quitte à enquêter, autant aller au fond des choses.

— Bien. Auriez-vous son numéro ?

— Non, c'était bien avant l'avènement des téléphones portables. Quand je l'ai mis à la porte, nous ne sommes pas restés en contact.

— Je vais essayer de le retrouver, dit Doreen.

Lorsqu'elle eut fini de poser toutes ses questions, Sarah se cala dans son fauteuil, l'air plus que fatigué.

— Je ne m'attendais pas à ce que ce soit aussi épuisant, avoua-t-elle à voix basse.

— Déterrer des choses aussi poignantes que ça est éreintant. Je regrette de devoir le faire.

— Non, objecta Sarah. Vous devez le faire. C'est le seul moyen de résoudre cette affaire, et j'aimerais vraiment tourner la page.

— Nous y travaillons, affirma Doreen avec un sourire, puis elle regarda sa montre et annonça : nous avons un deuxième rendez-vous à honorer.

Sarah se leva sur-le-champ et se dirigea vers la porte.

— Merci d'être passée.

La voix de Sarah était empreinte d'une telle gratitude navrante que Doreen se sentit mal à l'aise.

— Nous faisons ce que nous pouvons. Ne perdez pas espoir.

— Je sais. Et je sais que ça va… ça va finir par s'arranger. C'est juste que, vous comprenez, c'est tellement dur *d'attendre* que quelque chose se passe.

Elle sourit et, tandis que Nan et Doreen se dirigeaient vers l'extérieur, tendit un biscuit à cette dernière.

— Pour votre perroquet, plus tard, précisa-t-elle en caressant l'oiseau.

Thaddeus gazouilla et se balança d'avant en arrière, sa tête dodelinant avec intérêt, son regard rivé sur le gâteau.

Nan prit la friandise et la rangea dans son sac.

— Elle a dit pour *plus tard*, avertit-elle Thaddeus sur un ton qui ne prêtait pas à la discussion.

Le perroquet lui lança un regard noir. Le sourire aux lèvres, Doreen guida sa ménagerie déjantée jusqu'à la voiture. Une fois tout le monde installé, elle conduisit jusqu'à la maison de retraite.

— Tu es terriblement silencieuse, lança-t-elle en se tournant vers Nan.

— C'est une leçon d'humilité de te voir à l'œuvre, ma chère. Tu es très douce avec ces gens.

Doreen haussa les épaules.

— Ils ont tous subi de nombreux traumatismes. Comment peut-on être autrement que doux ?

— Tu vois ? C'est pour ça que tu es si spéciale, dit sa grand-mère, lui adressant un sourire.

— Je n'en suis pas si sûre. Mais, merci pour le compliment, s'esclaffa Doreen en se garant sur le parking de Windmill Manor. Allons rendre visite aux Thurlow.

— C'est parti. Et, au fait, je n'ai toujours pas eu de nouvelles de Mack.

Doreen dévisagea sa grand-mère en coupant le contact.

— Tu as contacté Mack ?

— Bien sûr que oui. Comme tu ne lui as pas dit où tu allais, j'étais bien obligée de le faire à ta place.

Doreen leva les yeux au ciel.

— Il a du travail, tu sais ?

— Oui, et une partie de son travail consiste à veiller sur toi, répliqua sa grand-mère, usant une fois de plus de son ton ne prêtant pas à la discussion.

— Nan, je n'ai pas besoin d'un gardien.

— Parfois, tu as besoin de plus que ça, rétorqua la vieille dame en riant.

— On appellera Mack après ça. D'abord, allons parler à ces gens.

# Chapitre 12

TOUJOURS DANS LA voiture devant la maison de retraite, Doreen se tourna vers sa grand-mère et lui demanda :

— Es-tu prête pour ça ?

Nan opina prestement du chef.

— Ça va être amusant. J'aime bien visiter d'autres maisons de retraite, et les comparer à celle où je vis.

— Oh, intéressant, souligna Doreen, avant de se tourner vers les animaux. Désolée, les gars. Vous devez rester ici pour cette fois.

Elle ferma soigneusement le véhicule, laissant les fenêtres légèrement ouvertes. Elle devait faire particulièrement attention à Thaddeus en faisant cela. Mugs ne pouvait pas passer par une fenêtre même entrouverte, mais c'était une autre paire de manches avec Goliath et le perroquet.

— J'espère qu'on ne restera pas trop longtemps.

— Si besoin, l'une de nous pourra revenir les voir, même les promener.

Cette idée en tête, Doreen se sentit mieux et elle ouvrit la voie vers la réception. Dès qu'elle entra, elle scruta autour d'elle et aperçut une femme, debout sur le côté, en train de parler au téléphone. Ignorant si c'était la personne qu'elle cherchait ou non, elle se dirigea vers la réception et demanda à voir M. Thurlow.

La réceptionniste lui sourit, puis désigna la femme au téléphone.

— Elle vous attend.

— Ah, parfait.

Doreen se dirigea vers elle, et la femme raccrocha aussitôt.

— Vous êtes Doreen ? demanda-t-elle.

— C'est bien moi. Vous êtes Paige ?

Celle-ci opina du chef.

— Merci de nous rencontrer.

— Je ne sais même pas pourquoi nous sommes là. Ce n'est pas comme s'il se souvenait de quoi que ce soit, dit Paige en haussant les épaules avant de regarder Nan avec curiosité.

— J'ai amené ma grand-mère, la présenta Doreen.

— C'est toujours agréable de faire une petite excursion, n'est-ce pas ?

Nan lui sourit.

— Tout à fait. Je ne sais pas si je connais votre grand-père ou pas. Nous faisons beaucoup de tournois de bowling sur gazon.

Paige regarda Nan avec surprise.

— Ils font ça ?

— Bien sûr. C'est incroyable le nombre de personnes qui aiment jouer au bowling sur gazon, et nous le pratiquons entre nous à Rosemoor, mais, de temps en temps, nous aimons affronter d'autres résidents.

— Vernon est assez loin, vous ne trouvez pas ?

— Je n'ai pas trouvé le voyage très long, objecta tranquillement Doreen. Le trajet a été plutôt rapide même. À peine parties, nous étions déjà arrivées.

— Il n'y a que quarante minutes de route.

— Après tout, je suis habituée au trafic de Vancouver, s'amusa Doreen. Il faut quarante minutes, rien que pour se rendre à un rendez-vous chez le médecin, sans même quitter la ville.

Paige frémit.

— Je n'ose même pas l'imaginer. Ce n'est pas le train de vie qui me convient.

— Je préfère clairement mon train de vie ici, approuva Doreen avec un large sourire. Alors, pouvons-nous parler à votre grand-père ?

— Bien sûr. Je l'ai prévenu que vous veniez ce matin. Il avait l'air excité, mais je ne sais pas s'il a vraiment compris.

— J'avais un tas d'autres choses à faire à Vernon, ce ne sera pas une venue inutile.

Paige eut l'air soulagé.

— D'accord, mais je vous aurai prévenue.

Elle les guida vers un espace ouvert.

— Les visites se font dans l'espace commun.

Nan renifla de dédain, et Doreen lui jeta un regard désapprobateur. Mais elle jouissait aussi d'un rôle différent et plus indépendant à Rosemoor, où elle avait un appartement avec une terrasse, ce qui lui donnait accès à l'intérieur et à l'extérieur, qu'elle y soit autorisée ou non.

Sa grand-mère lui adressa un sourire radieux et chuchota :

— Je me tiendrai bien.

Doreen pouffa.

Paige leur jeta un petit coup d'œil, l'air confus, comme si elle se demandait ce qu'il y avait d'hilarant.

— C'est un endroit magnifique, nota Doreen.

— Toutes ces maisons de retraite se ressemblent pour moi, rétorqua Paige. Et elles sont tellement déprimantes. Je n'aimerais pas finir ici.

— Il fait bon vivre dans certaines, ajouta Nan.

— Peut-être, mais j'ai ce même ressenti, vous voyez, c'est le *dernier arrêt avant la mort*. Qui a envie de ça ?

Doreen n'arrivait pas à croire que Paige dise tout cela devant Nan. Heureusement, sa grand-mère n'était pas du genre à se laisser abattre.

Paige pénétra dans une nouvelle pièce, puis s'arrêta et regarda autour d'elle.

— Grand-père est là-bas.

Elle désigna un coin dans le fond, où un homme était assis, regardant par la fenêtre.

Doreen avança prudemment. Elle avait vu beaucoup de résidents âgés assis près des fenêtres et sursauter lorsque les gens leur parlaient. Mais Nan n'hésita pas une seconde ; elle s'approcha de l'homme et lui tapota l'épaule.

— Qui êtes-vous ? bougonna-t-il, les sourcils froncés, après s'être retourné.

Nan se présenta et ajouta :

— Je suis de Rosemoor, à Kelowna.

Il l'observa un moment, confus.

— Le bowling sur gazon. Mince, on vous a battu à plate couture, lança-t-il en serrant le poing.

— C'est vrai, admit la vieille dame avec un sourire. J'espère qu'un jour, nous pourrons avoir notre revanche.

Le vieil homme éclata de rire.

— Et on vous battra encore une fois !

Puis il se tourna vers sa petite-fille et fronça de nouveau les sourcils.

— Je ne m'attendais pas à te voir aujourd'hui.

— Je t'ai dit que je venais, et nous en avons parlé ce matin.

Il se contenta de hausser les épaules avant de se tourner vers Nan.

— Ils pensent que nous sommes capables de retenir tout ça, maugréa-t-il, avant d'ajouter avec hésitation, c'est vous que j'attendais ?

— Ma petite-fille et moi, répondit Nan en désignant Doreen.

Il pivota vers celle-ci et, une nouvelle fois, fronça les sourcils.

Doreen lui sourit.

— Bonjour, je suis venue vous poser quelques questions sur cette fusillade au volant qui a eu lieu il y a de nombreuses années.

— Paul Hephtner, précisa-t-il, le regard verrouillé sur la jeune femme.

Il avait répondu si vite.

— Vous vous en souvenez.

— Comment oublier ? C'était une journée horrible, notamment pour cette pauvre mère.

— Que vous connaissez sous son nouveau nom de famille. Pas celui qu'elle portait au début.

— Elle a changé de nom quand elle habitait dans le quartier. Ça nous a tous perturbés parce que ça donnait l'impression qu'elle se débarrassait définitivement du père de son fils, et sa décision a donné lieu à un véritable chahut. Mais ça s'est vite calmé. C'était une femme bien. Elle n'avait pas d'argent, mais elle travaillait dur pour garder un toit au-dessus de la tête de son enfant.

— J'ai oublié de lui demander si elle était propriétaire de la maison, fit remarquer Doreen à voix haute. Mince.

— Elle ne l'était pas, précisa Graham Thurlow. Elle appartenait à l'un de mes voisins qui lui louait avant de la vendre, mais elle est quand même restée locataire.

— Ah, voilà. C'est intéressant que vous sachiez tout ça, s'enthousiasma Doreen.

— Je suis resté en contact avec un certain nombre de personnes de l'ancien quartier, expliqua-t-il en haussant les épaules. Ça nous a toujours peinés que personne n'ait jamais été arrêté pour ce meurtre.

— Et c'est pourquoi j'enquête dessus, répondit Doreen. Les habitants du quartier de l'époque pourraient oublier quelque chose d'utile si nous ne résolvons pas cette affaire.

— Ça fait bien longtemps que ça aurait dû être résolu, cingla-t-il, le regard noir.

— Je suis d'accord avec vous. Mais, il faut quelque chose de nouveau pour faire avancer l'enquête.

— Je comprends, maugréa-t-il, le regard perdu dans le vide.

— De quoi vous souvenez-vous ? l'interrogea Doreen.

— Vous testez ma mémoire ?

— Pas du tout. J'espérais que vous vous souveniez d'un détail, parce que beaucoup de gens ont tout oublié.

— Peut-être. Mon fils jouait avec ce garçon. Croyez-moi. Après cet événement, nous avons tous serré nos enfants dans nos bras et nous étions tous reconnaissants que ce ne soit pas le nôtre qui ait été abattu. Et je connais le capitaine. Nous l'appelons tous le capitaine. Nous l'avons toujours appelé le capitaine depuis que nous avons découvert ce qu'il était devenu il y a quinze ans. Il essaie vraiment de rouvrir l'enquête et de la résoudre. Mais on dirait que ça ne marche pas.

— Il m'a demandé d'y jeter un œil, dit Doreen.

— Ah bon ? s'enquit Paige, la mine renfrognée.

— Oui.

— Oh.

Cette information parut renforcer la confiance de Paige en Doreen, comme si sa visite était à présent justifiée. Paige se tourna vers son grand-père.

— Que peux-tu nous dire sur ce qu'il s'est passé ?

Il fronça les sourcils.

— Il n'y a pas grand-chose à dire. Les enfants jouaient dehors, un pick-up est arrivé et quelqu'un leur a tiré dessus. Le tueur n'a jamais été retrouvé.

— Et personne n'a reconnu le véhicule ? le questionna Doreen. J'ai du mal à croire que ce soit le cas dans une petite ville soudée.

— Comme beaucoup d'entre nous, honnêtement, étaya Graham. Mais la peinture était de mauvaise qualité, et nous nous sommes dit que c'était peut-être une peinture qui s'effacerait après coup.

— Ce qui rendrait ce meurtre prémédité, souligna calmement Doreen. Quelqu'un a donc délibérément traqué ce garçon ?

Graham la dévisagea.

— Ça me paraît évident, non ?

— Oui et non. Quand on y réfléchit, il est tout à fait possible que le coupable ait cherché peut-être à tuer l'autre garçon – le capitaine, comme vous dites.

— On y a pensé à l'époque, mais je ne pense pas que ce soit le cas.

— Pourquoi ? l'interrogea Doreen avec curiosité.

Il rassembla ses pensées avant de répondre.

— C'était tellement ciblé. Comme si le deuxième tir, qui visait le capitaine, était délibérément non mortel, comme si la personne voulait juste le blesser au lieu de le tuer. Faire passer un message. Et honnêtement, le capitaine était le plus populaire des deux. L'autre était un peu…

Graham se tut, grimaça et reprit.

— Je ne devrais pas dire du mal des morts.

— Personne n'aime dire du mal des morts, acquiesça Doreen, mais s'il s'agit de quelque chose d'important, je dois le savoir.

— Eh bien, Paul était du genre rapporteur. Vous savez, le genre d'enfant à qui vous ne voulez pas révéler vos secrets parce que tout le monde serait au courant par la suite ?

— Mais il n'avait que 10 ans, lui rappela Doreen.

— Je sais. Je sais, et c'était une partie du problème. Dès qu'il a été tué, personne n'a voulu dire quoi que ce soit de mal parce que vous passez pour le méchant, vous voyez ?

— C'est très vrai. Je suppose que c'est ainsi que beaucoup de gens voient les choses. Quand on dit quelque chose à l'encontre de quelqu'un, on a l'impression d'être en tort.

— Exactement. Donc beaucoup d'entre nous n'ont rien dit à l'époque.

— Et depuis ?

— Franchement, je n'ai pas grand-chose à ajouter. À cette période, après tout le mal qui a été fait, on ne pouvait rien dire sans dénigrer la victime.

— Peut-être, mais si vous aviez pu, qu'auriez-vous dit ? insista la jeune femme.

— J'aurais aimé dire qu'il était sournois, tricheur et que c'était le genre de garçon dont personne ne voulait dans son équipe.

— Et vous pensez que quelqu'un l'aurait tué pour ça ?

— C'est difficile de penser que quelqu'un serait capable de prendre autant à cœur ce que dit un simple garçon, mais c'était aussi le genre d'enfant qui espionnait par la fenêtre et voyait des choses qu'il n'aurait pas dû voir.

— Sa mère m'a dit que c'était le clown de sa classe.

Graham acquiesça.

— C'est vrai. C'était un plaisantin.

— Mais il n'était pas gentil ?

— Non, pas gentil.

— Intéressant. Un de vos voisins possédait-il un pick-up semblable à celui de la fusillade, si on oublie la couleur de la carrosserie ?

— Oui, nous avons trouvé beaucoup de véhicules de ce type. Nous nous sommes réunis pour tenter de résoudre le mystère à l'époque, et l'un d'entre nous a juré qu'il s'agissait du pick-up d'un voisin, mais le véhicule a disparu et, évidemment, nous n'avons jamais pu le prouver à l'époque.

— Et il lui ressemblait ?

— Oui, mais beaucoup de choses se ressemblent. Ça ne voulait pas forcément dire qu'il s'agissait de ce véhicule.

— Bien entendu.

Doreen réfléchit à sa prochaine question.

— Quelle est la probabilité que ce gamin ait vu quelque chose qu'il n'aurait pas dû voir ? intervint Nan.

Graham se tourna vers elle.

— Nous nous sommes posé la question, mais nous n'avions aucun moyen de le démontrer. Encore moins de nous interroger, à vrai dire.

— En avez-vous parlé aux adultes de l'époque ?

— Nous en avons parlé aux forces de l'ordre. Nous en avons parlé à tous les habitants du quartier et, bien sûr, tout a été envisagé, mais les policiers n'ont rien trouvé.

— Évidemment, trop peu de détails, marmonna Doreen d'un air songeur.

— Vous êtes perspicace, souligna Graham.

— Oui, mais je suis loin d'avoir quelque chose de concret.

— J'aimerais bien avoir des réponses avant de mourir, déclara-t-il. Beaucoup d'entre nous ont été ébranlés. C'est comme la perte de l'innocence, vous voyez ? Les enfants n'ont plus jamais eu le droit de jouer dans les jardins à l'avant. Ils devaient aller jouer à l'arrière des maisons, là où on ne pouvait pas leur tirer dessus.

Il la fixa du regard, puis hocha lentement la tête.

— De vous à moi, je suis persuadé que c'était ciblé, et la cible, c'était Paul.

— Mais vous en savez autant que moi. Parfois, il y a des fusillades au volant complètement gratuites, et c'est un aspect de l'enquête avec lequel j'ai du mal à composer.

— C'est l'heure de son traitement, annonça une voix féminine.

Graham lança un regard noir à la soignante.

— Vous ne voyez pas que je suis en pleine discussion ?

La femme soupira.

— Prenez vos médicaments, sans faire d'histoires, et vous pourrez continuer contre discussion.

Il grommela, mais s'exécuta sans rechigner.

La soignante se tourna vers Nan et Doreen, puis ajouta :

— Vous devriez venir ici plus souvent. Au moins, il se tient bien.

Doreen réprima un sourire, mais ce ne fut pas le cas de sa grand-mère.

Dès que cette dernière se retourna vers Graham, elle dit :

— Bravo. Battez-vous.

Il se revigora.

— Je sais. Je dois continuer à vivre assez longtemps pour

que votre petite-fille puisse résoudre cette enquête, renchérit-il avant d'agiter son poing. Ensuite, je pourrai vous botter les fesses au bowling sur gazon.

Nan éclata de rire.

— Jamais de la vie. Nous sommes trop forts.

Il rit.

— Tellement forts que je vous ai battus ?

— Nous nous sommes améliorés depuis, répliqua Nan joyeusement. Nous avons travaillé dur.

— Ce ne sera pas suffisant, affirma-t-il en souriant, avec l'arrogance d'un vainqueur.

Doreen gloussa.

— Si vous pensez à autre chose…, les interrompit-elle.

— Oui, je sais. Je vous appellerai. Mais j'ai besoin d'un numéro pour vous joindre.

Elle lui tendit l'une des cartes qu'elle avait imprimées.

Il l'étudia et la rangea dans sa poche.

— Ce pick-up est la clé.

— Oui, nous devons découvrir qui était avec lui et où Paul a pu se rendre durant les jours précédant le meurtre, précisa Doreen. Avez-vous entendu parler de lui quelques jours avant ?

Graham se figea, regarda Doreen, puis secoua la tête.

— Non, mais je sais qui a cette information.

— Quelqu'un que je vais devoir interroger, déclara la jeune femme d'un air entendu.

— Qui ? s'enquit Nan.

— Le capitaine, lancèrent Doreen et Graham à l'unisson.

M. Thurlow eut l'air aussitôt fatigué, comme si son médicament l'avait épuisé. Il se mit à bâiller et à marmonner.

Sa petite-fille soupira.

— C'est la fin de son moment de lucidité.

Elle se pencha pour embrasser son grand-père et le prévint :

— Nous reviendrons, d'accord ?

Mais le vieil homme avait le regard perdu dans le vide.

Nan observa la scène et frissonna.

— Est-ce que quelqu'un a vérifié ses médicaments ? demanda-t-elle. C'est étrange.

Intérieurement, Doreen était d'accord avec sa grand-mère, mais comme elle ne savait rien de la santé de Graham, elle ignorait s'il fallait étudier la question ou non. S'il s'était agi de son grand-père, elle l'aurait certainement fait. Elle regarda Paige qui les guidait dans l'autre pièce.

— Quelqu'un approuve-t-il ses médicaments ? lui demanda Doreen. On dirait que la réaction s'est produite très peu de temps après qu'il l'ait pris.

— Je n'en sais rien, répondit Paige, visiblement frustrée. Je ne suis pas sa tutrice légale. Je suis juste de la famille.

— Qui est le tuteur ? l'interrogea Doreen.

— Sa fille, ma tante, et c'est elle qui s'occupe de tout ça.

— Vous devriez peut-être lui dire que son traitement doit être révisé, ajouta Nan avec douceur. Personne ne devrait être sédaté de la sorte en plein milieu de la journée, ou même le soir… J'ignore tout de vos relations familiales et à quelle fréquence votre tante rend visite à Graham, mais je pense que quelque chose ne va pas.

Paige rit nerveusement.

— Personne ne vient le voir. Il n'y a que moi.

— Comme c'est triste, déclara Doreen.

Paige se tourna vers elle.

— C'est peut-être triste, mais ça arrive tout le temps. Je dois rentrer maintenant. Si vous voulez bien me donner votre carte, je vous appellerai si quelque chose me revient.

Doreen lui tendit prestement le papier.

— Merci. Au passage, comment pouvons-nous entrer en contact avec votre tante ?

Paige fronça les sourcils.

— Pourquoi voulez-vous la contacter ?

Doreen haussa les épaules.

— Pour la même raison que nous avons parlé à votre grand-père et que nous parlerons à votre grand-oncle. J'ai juste besoin de confirmer quelques détails.

Paige haussa les épaules et, dès que Nan eut sorti son téléphone, elle lui donna le numéro de téléphone à appeler.

— Je peux lui téléphoner tout de suite si vous voulez, proposa-t-elle en composant le numéro.

— Et où habite-t-elle ? l'interrogea Doreen, comme si elle s'attendait à ce que la tante réponde.

— À Kamloops.

Dès que la tante répondit, Doreen se présenta maladroitement et lui posa les quelques questions pour confirmer les détails qu'elle avait en sa possession. L'appel fut bref et peu courtois. Mais rien de suspect ne lui sauta aux yeux, c'était donc une bonne chose.

— Pourquoi la personne qui s'occupe de votre grand-père n'habite-t-elle pas en ville ? C'est à quoi, deux heures de route ?

Elle ne comprenait pas, mais n'avait pas voulu aborder le sujet au téléphone.

— La plupart du temps, tout va bien. Mais de temps en temps, ça ne va pas et ma tante fait appel à moi.

Sur ce, elle les salua d'une main pour leur dire au revoir.

— Maintenant, si vous voulez bien m'excuser.

Elle se dirigea vers sa voiture et disparut.

Doreen et Nan échangèrent un regard. Doreen parla la première.

— Eh bien, c'était une visite intéressante.

— En effet, mais maintenant, on doit trouver à manger.

— Tu as faim ?

— Oui, et maintenant que j'y pense, avec les animaux, on va devoir commander quelque chose et s'installer dans un joli parc. Ensuite, on pourra décider si on rentre ou pas.

— Ça me va, acquiesça Doreen.

Ainsi, elles se mirent en route.

# Chapitre 13

SUR LE CHEMIN du retour, Doreen jeta un œil à sa grand-mère et fronça les sourcils.

Nan, sachant presque instinctivement ce que sa petite-fille allait dire, agita une main et dit :

— Ça va. Juste un peu fatiguée.

— C'était une journée chargée, je te le confirme.

— C'était une belle journée. Et on devrait remettre ça.

— Ce n'est pas impossible. Le trajet jusqu'à Vernon n'est pas si long que ça.

— En effet.

— Il y a beaucoup d'autres petites villes dans les environs, nota Doreen. Je pense qu'on devrait s'efforcer de les explorer toutes. Surtout si ça n'a rien à voir avec les affaires, qu'en dis-tu ?

Nan s'esclaffa.

— Tu sais quoi ? Je suis persuadée que, d'ici peu, une affaire non résolue dans chacune de ces villes nous servira d'excuse pour nous y rendre.

— Et c'est toi qui m'as dit de venir à Kelowna parce que c'est un endroit si agréable où vivre, se remémora Doreen en ricanant. Qui aurait pu croire qu'il y avait autant de tueurs en cavale ici ?

— Pas moi. Tu m'as clairement ouvert les yeux sur la criminalité en ville.

— Et je ne pense pas que ce soit une bonne chose non plus, réfuta Doreen, ou que ce soit juste. Je veux dire qu'il y a beaucoup de gens ici qui sont beaux, généreux et aimants, et le crime ne faisait pas partie de leur monde. Et puis il y a toute une autre catégorie de personnes qui se trouvent exactement au même endroit, mais la vie ne les a pas épargnées et elles ont fait quelque chose qui – une fois engagées dans cette voie – est difficilement pardonnable.

Nan acquiesça lentement.

— Tu as raison. Maintenant que je suis assise, j'admets que je suis éreintée. Tu es d'accord pour que je fasse une sieste ?

— Bien sûr, approuva Doreen. Ferme tes yeux et repose-toi. Nous arriverons dans peu de temps.

Sur ce, Nan se cala confortablement dans son siège et ferma les yeux. Avec un doux sourire, Doreen reporta son regard sur la route. La journée avait été agréable, et le déjeuner fantastique. Cela faisait longtemps qu'elle n'avait pas mangé un repas indien comme celui-là, et elle s'était régalée. Certes, elle n'était pas beaucoup sortie ces derniers temps, à cause des souvenirs latents de son ex, de son manque d'argent et d'un million d'autres choses.

Elle avait essayé de payer son déjeuner, mais Nan ne voulait rien entendre. Même si Doreen avait l'argent pour payer, Nan n'avait eu de cesse de lui répéter qu'elle en aurait besoin et qu'elle devait donc le garder. Et cela lui faisait peur. Il semblerait que l'on ait toujours besoin de plus d'argent que l'on n'en a.

Même si elle faisait de son mieux pour respecter son

budget, elle n'allait pas très loin avec ses fonds. C'était probablement l'une des plus grandes leçons qu'elle avait apprises en se débrouillant seule. Prévoir une dépense d'un montant donné et la doubler automatiquement. Une bonne leçon pour l'avenir. Et toujours être reconnaissante d'avoir de l'argent.

Elle jeta un coup d'œil à ce qui semblait être une entrée vers un spa. Elle pensa à l'époque où les spas faisaient partie intégrante de sa vie et secoua la tête. Même le chèque de récompense ne lui permettrait pas de s'offrir un séjour dans un spa, pas dans un endroit comme celui-là, elle en était sûre. Et pourtant, elle n'était pas certaine de vouloir revenir à ce mode de vie. Pourquoi pas une journée au spa pour déstresser ou la partager avec une amie. Mais à son manque d'amis en ville s'ajoutait son manque d'argent.

Doreen savait que Nan accepterait ce genre de journée, mais aussi qu'elle devrait alors affronter sa grand-mère pour payer. Elle sourit en pensant à cela et scruta la circulation derrière elle, mais tout semblait avancer à un rythme régulier. Elle n'aimait pas la vitesse, et elle était heureuse de rouler à une vitesse correcte, pas comme une folle du volant. Elle resta sur la voie de droite, sachant que certains automobilistes voulaient toujours être devant tout le monde, plus rapides que les autres, et elle n'y voyait aucun inconvénient, tant qu'ils la laissaient tranquille.

Les autres voitures la dépassaient à un rythme assez soutenu. Elle continua sa route sur sa voie et n'était pas tentée d'accélérer parce qu'elle avait beaucoup d'espace dans sa voie. Elle n'avait donc rien à craindre. Elle roulait tranquillement et, alors qu'elle atteignait l'une des villes voisines de Kelowna, elle vit les marinas et les autres lacs s'étendre sous ses yeux, et elle soupira joyeusement.

— C'est vraiment beau ici, murmura-t-elle.

Nan ronflait doucement à côté d'elle et ne répondit pas.

Doreen jeta un coup d'œil à sa grand-mère et sourit. Puis elle reporta son regard dans le rétroviseur et fronça les sourcils.

Ce pick-up était derrière elle depuis un bon moment déjà. Il était d'un noir un peu terne, était resté à ses trousses et le conducteur commençait à s'énerver parce que Doreen se trouvait sur la voie lente. Ce qui n'avait aucun sens, car s'il avait voulu la dépasser, il aurait pu le faire. Non seulement il aurait pu, mais il aurait dû. Les voies de dépassement étaient faites pour ça.

Et peu importe ce qu'elle pensait de la conduite des autres, elle ne voulait pas qu'on la force à aller plus vite alors qu'elle n'était pas à l'aise avec la vitesse. Cela les aurait menés tout droit à la catastrophe.

Tout en gardant un œil sur lui, elle continua à rouler, augmentant un peu sa vitesse, mais elle était maintenant à la limite autorisée. La plupart des gens roulaient juste au-dessus de la limite, alors peut-être qu'elle l'énervait en n'allant pas un peu plus vite. Mais la voie de gauche était vide, et il aurait pu la dépasser à tout moment.

En réfléchissant à tout ça, elle essaya de ralentir légèrement afin de lire sa plaque d'immatriculation, avant de se rendre compte qu'il n'y en avait pas à l'avant. Elle pensa immédiatement à des tas de choses, mais rien de bon. Pourquoi ne pas avoir de plaque d'immatriculation à l'avant ? C'était illégal. Peut-être était-elle posée sur le pare-brise parce que son véhicule avait besoin d'être réparé ou qu'elle s'était détachée ?

Elle laissa son esprit ruminer un peu, jusqu'à ce que le véhicule se rapproche, puis se rapproche encore, jusqu'à la coller. Doreen commença à s'énerver. Et comme il ne bougeait pas, elle commença aussi à avoir un peu peur. Elle fronça les sourcils et ralentit encore, souhaitant qu'il la dépasse. Les autres véhicules les dépassaient allègrement, alors pourquoi pas lui ?

La seule réponse qui lui vint à l'esprit était qu'il aurait pu la doubler s'il avait voulu, mais il n'en faisait rien. Donc, il ne voulait pas la doubler. Cela signifiait simplement que cet automobiliste manigançait quelque chose. Elle fronça les sourcils, garda un œil sur les alentours, se demandant où elle pourrait s'arrêter pour le laisser passer. Un long et large accotement se présenta devant elle. Elle continua à rouler à la même vitesse, puis, au dernier moment, s'engagea sur le bas-côté. Le pick-up la dépassa et elle en fut reconnaissante. Elle attendit l'occasion de se réinsérer dans la circulation et, alors qu'elle s'engageait lentement sur la route principale, elle se rendit compte qu'elle tremblait.

— J'ignore ce qu'il vient de se passer, mais j'espère qu'il est parti, chuchota-t-elle en regardant ses mains.

Il y avait toutes sortes de possibilités avec un imbécile de la sorte sur la route. Aucune n'était bonne. Et elle savait que Mack se contenterait probablement de dire qu'il s'agissait d'un conducteur qui voulait l'effrayer un peu. Elle ne comprenait pas cette mentalité. Pourquoi vouloir faire peur à quelqu'un ? De plus, elle transportait une petite mamie, ce qui était injuste. Mais la plupart des gens s'en fichaient, tant que ça ne les concernait pas.

Pourtant, il ne s'était rien passé de grave et il était parti depuis longtemps. Elle poursuivit sa route, avant de se rendre compte que le pick-up s'était lui aussi garé sur le côté. Elle n'eut même pas le temps de s'en rendre compte qu'elle l'avait déjà dépassé. Alors qu'elle regardait attentivement dans son rétroviseur, il réapparut derrière elle. Elle hoqueta, et Nan se réveilla au même moment.

— Que se passe-t-il, ma chérie ?

— Il y a un chauffeur pas très sympathique qui n'a pas de plaque d'immatriculation.

Sa grand-mère la regarda avec curiosité, se retourna pour regarder derrière elles et s'enquit :

— Ce pick-up ?

— Oui, celui-là.

Doreen lui expliqua ce qu'il s'était passé un peu plus tôt. Nan écarquilla les yeux.

— Oh mon Dieu.

Elle se tut, réfléchit, et reprit :

— Qui aurions-nous pu énerver aujourd'hui ?

Doreen grimaça.

— J'espérais que tu ne ferais pas ce rapprochement.

La vieille dame rit.

— C'est difficile de ne pas le faire. Tu n'as jamais emprunté cette route. On va à Vernon pour poser des questions sur un meurtre commis il y a très longtemps, et maintenant tu as cette personne à tes trousses.

— Exactement. J'ai quitté la route une fois, mais il est juste assez loin derrière pour que, si je recommence, il se range derrière moi la prochaine fois.

— On peut toujours s'arrêter et lui parler face à face.

Doreen scruta Nan, qui haussa les épaules.

— On gagnerait du temps, tu ne crois pas ?

— Oui, à moins que ce ne soit une personne pas sympathique du tout, souligna la jeune femme.

Sa grand-mère la dévisagea, puis elle comprit ce que Doreen voulait dire, et elle écarquilla les yeux.

— Oh là là ! s'exclama-t-elle en s'agrippant à son sac à

main. Je n'avais pas pensé à ça.

— Ce n'était pas mon but, mais pourquoi ferait-il ça sinon ?

Nan sortit son téléphone et, sans même demander à Doreen, appela Mack.

— Nan, tu n'es pas obligée de téléphoner à Mack, grommela sa petite-fille. Ce n'est pas grave.

Mais Mack avait déjà décroché.

— Nan, il y a un problème ? demanda-t-il d'un ton vif.

— Quelqu'un nous suit, annonça celle-ci. Et il menace de nous faire sortir de la route.

Un silence choqué s'étira quelques secondes, puis Mack s'écria :

— Quoi ?

Nan avait un peu brodé l'histoire, mais, restant assez prudente dans sa description, elle relata au caporal ce qu'il venait de se passer.

— J'ai dormi pendant la majeure partie de l'incident et, zut, je le regrette. Toutes les choses intéressantes se passent quand on dort, vous le savez bien, reprocha-t-elle à Mack.

— Donnez-moi un numéro d'immatriculation si possible, maugréa-t-il.

— Nous avons essayé, répondit Doreen d'une voix forte, mais il n'y en a pas à l'avant. Et je l'ai dépassé trop vite alors qu'il était garé sur l'accotement pour voir s'il en avait une à l'arrière.

— Peux-tu me décrire le pick-up ?

— Ce n'est pas facile, on dirait un noir délavé. La peinture est un peu bizarre, expliqua Doreen, ce n'est pas vraiment… brillant.

— Ah, personnalisée donc, releva Mack.

— Ou faite par un enfant, répliqua Doreen aussitôt. Je

ne sais pas quoi dire. Je n'avais même pas l'intention de t'appeler.

Un grognement lugubre se fit entendre à l'autre bout du fil.

— Il faut donc que tu sois en présence de Nan pour être raisonnable ?

— Ne commence pas ! cingla Doreen. J'ai emmené Nan afin de pouvoir discuter à des gens habitant Vernon. On a passé une bonne journée, et on rentrait à la maison quand ce type est apparu.

— N'est-ce pas le moment idéal ? s'enquit Nan à l'attention de Mack. Je veux dire, de toute évidence, c'est quelqu'un qui nous poursuit. Et, par conséquent, c'est quelqu'un qui n'a pas aimé qu'on pose des questions.

— Et quelles questions avez-vous posées ? les interrogea-t-il avec curiosité.

Nan se tourna vers sa petite-fille.

— Tu as une réponse à lui donner ?

— Non. Tu sais sur quoi je travaille, dit Doreen à Mack, d'une voix plus forte que d'habitude, afin qu'il puisse l'entendre. On a parlé aux Thurlow, la petite-fille, le grand-père et la tante. Ainsi qu'à la mère de Paul. Je dois encore parler à Sterling Thurlow et une nouvelle fois à la tante de Paige. Mais à part ça, on a commandé à déjeuner dans un restaurant indien et on est allées dans un parc.

— Et c'était délicieux, intervint Nan, poussant un soupir de joie. Vous devriez vraiment sortir Doreen plus souvent. La vie d'une femme devrait être remplie de petits bonheurs.

Même Doreen entendit le soupir de Mack à l'autre bout du fil. Elle sourit.

— Oui, affirma-t-elle d'un ton suffisant. Nan a raison.

— Je viens vendredi soir pour ton prochain cours de

cuisine, que dirais-tu de sortir samedi ? proposa Mack avant de reporter son attention sur la vieille dame. Nan, pouvez-vous me décrire le conducteur ? Je vous le demande, car je ne veux pas que Doreen quitte la route des yeux.

Cette dernière foudroya le téléphone du regard, sans trop savoir comment éviter ce dîner en tête à tête. Entre eux deux, elle avait l'impression d'avoir été piégée. Mais Nan était déjà retournée, essayant d'observer le conducteur.

— Je vois sa tête juste au-dessus du volant, décrivit Nan. Qui que ce soit, il mesure à peine un mètre quatre-vingts.

— D'accord, donc plus petit, et dites-moi autre chose, requit Mack. Vous êtes douée pour cerner les gens, Nan. Est-ce un homme ou une femme ?

Elle étudia de nouveau le conducteur.

— J'aimerais pouvoir l'affirmer, mais je ne peux pas. Il porte une casquette.

— Ah, l'infâme casquette, soupira Mack. Celui qui l'a inventée a aussi inventé de nombreuses façons pour les méchants de se cacher.

— Peut-être qu'on pourrait les faire interdire, suggéra Nan.

Le policier éclata de rire.

— Malheureusement, c'est impossible.

— Si ça permet aux criminels de s'en tirer à bon compte, renchérit Nan, on pourrait penser qu'il n'est pas difficile de demander à nos députés d'apporter des changements de ce genre. Ils nous représentent, après tout.

Mack rit de plus belle.

Nan fronça les sourcils face au téléphone.

— Ne riez pas de mes idées, jeune homme.

— Oui, Mack, ce n'est pas bien de se moquer, pouffa Doreen.

Mais Nan n'en avait pas terminé.

— D'ailleurs, vous avez tous les deux besoin d'aide pour vous mettre ensemble, et si je dois être celle qui vous vient en aide, déclara-t-elle en reniflant de dédain, vous devriez sérieusement écouter les autres idées que j'ai.

— Désolé, Nan, s'excusa Mack sur-le-champ.

Pourtant, Doreen se l'imaginait parfaitement lever les yeux au ciel en même temps. Cependant, elle sourit parce qu'il se faisait réprimander, et pas elle. Du moins, elle l'espérait. Nan finirait par lui tirer les oreilles à elle aussi. Pendant qu'elles continuaient leur route, Doreen ajouta :

— Il reste derrière moi.

— Alors comment sais-tu que ce type vous suit ? la questionna Mack.

— Je vous ai raconté ce qui s'est passé tout à l'heure, répondit Nan. Il s'est approché si près qu'il a presque touché son pare-chocs, et elle a quitté la route pour s'engager sur le bas-côté, sans même freiner, parce qu'elle voulait s'écarter de son chemin.

— Et, oui, je suis sur la voie de droite, précisa Doreen. Et il n'y a pas beaucoup de circulation. Tout le monde me double, et il aurait pu se déporter à tout moment. Mais il a choisi de ne pas le faire.

— Bien, à quelle distance êtes-vous de Kelowna ?

Doreen lui donna les repères géographiques.

— Je suis en voiture, je vous rejoins, conclut Mack.

— À quoi bon ? l'interrogea-t-elle.

— Pour rien, sans doute, soupira-t-il. Mais je peux peut-être me faire une idée du véhicule et de son conducteur, avant d'essayer de le suivre.

— J'adore cette idée, s'enthousiasma Nan en se frottant les mains. C'est super, mon cher.

— Nous arrivons à la grande station essence, à l'entrée de la ville, indiqua Doreen. Et oui, il est toujours derrière moi. Mais s'il te voit, tu sais qu'il va s'enfuir.

— Il me verra en premier, nota Mack joyeusement. Maintenant, restez au téléphone avec moi. Et je veux que vous restiez sur la voie de droite et que vous continuiez à me donner des indications sur votre localisation.

Les deux femmes roulèrent encore quelques kilomètres, tandis que Mack avançait vers elles sur l'autoroute. En mesurant les points de repère, Doreen ajouta :

— Tu devrais bientôt arriver à notre hauteur.

— Je vous vois, confirma Mack. Et je le vois aussi.

— Bien, mais tu n'es pas dans la bonne direction.

— Si, la corrigea Mack. Je vous ai dépassées et j'ai attendu à un carrefour. Et maintenant je suis juste derrière lui sur l'autoroute.

— Oh, parfait, dit Doreen avec joie, avant de se taire. Où suis-je censée aller ? Je ne vais pas rentrer chez moi. Et il est hors de question que je laisse ce type me suivre jusqu'à Rosemoor, et je dois ramener Nan chez elle.

— Pourquoi n'iriez-vous pas au centre commercial ? suggéra Mack. À défaut d'autre chose, vous pouvez vous y perdre pendant quelques heures.

— Nan, oui, mais pas moi, fit remarquer la jeune femme avec humour.

— Tout à fait, c'est une bonne idée, acquiesça Nan. Il y a un grand parking, et il ne nous retrouvera jamais.

— Oh, il nous retrouvera facilement, rectifia tristement Doreen. Il observe notre véhicule depuis une demi-heure. De toute façon, il sait très bien où nous sommes parce qu'il est toujours derrière moi, collé à mon pare-chocs.

Le centre commercial approchant à grands pas, elle mit

son clignotant en soupirant.

— Bon, je me dirige vers le centre commercial, fit-elle savoir à Mack.

Bien entendu, le conducteur du pick-up activa son clignotant et resta derrière elles.

— Il arrive derrière moi.

— Je suis juste derrière vous, précisa Mack calmement. Je ne veux pas que vous sortiez du véhicule. Trouvez une place de parking à proximité, pour que je puisse garder un œil sur ce qu'il fait, et je veux que vous restiez dans la voiture.

— On ferait mieux d'entrer dans le centre commercial, dit Doreen. Je ne veux vraiment pas que Nan soit impliquée dans tout ça.

— Tout va bien pour moi, intervint celle-ci. C'est l'activité la plus palpitante de ma semaine.

Doreen grommela.

— Tu sais que tu n'es pas censée faire beaucoup d'activités palpitantes, n'est-ce pas ?

— Ah, ma chère, ne t'en fais pas pour moi. Mais, il vaudrait mieux sortir Doreen d'ici et l'emmener dans le centre commercial, non ? demanda Nan.

— Vous avez sûrement raison, malheureusement, opina Mack. J'ignore ce que cette personne recherche.

Doreen traversa lentement le parking, à la recherche d'une place proche de l'entrée.

— Je suis juste en face de la librairie, précisa-t-elle à Mack. Une place de parking vient de se libérer, je vais m'y garer et on ira à l'intérieur.

Elle se tourna vers Nan et lança :

— Allons-y. Vite. Elles défirent leurs ceintures, et Doreen pivota vers les animaux.

— Je ne peux pas les laisser ici.

Nan pivota à son tour et fronça les sourcils.

— Les chiens sont-ils autorisés à l'intérieur ? Mais je n'aime pas l'idée de laisser les animaux seuls non plus.

— Non, c'est interdit. Mack ?

— Restez où vous êtes dans le véhicule, leur ordonna-t-il, et quelque chose d'étrange envahit sa voix.

— Tu l'as vu ? demanda Doreen avec enthousiasme.

— Pas encore, je suis le véhicule en ce moment même, et il fait quelques tours dans le parking.

— Quelle est la probabilité qu'il ait compris que tu es avec nous ?

— Je ne sais pas, mais j'ai demandé des renforts pour encercler le pick-up sur le bas-côté, une fois que nous aurons trouvé le lieu idéal. Cependant, s'il repart, nous ne le retrouverons jamais.

— Je vois, déclara Doreen.

C'est alors que le véhicule passa devant le sien et se gara à proximité. Et avant même qu'elle ait pu dire quoi que ce soit, Mack était là, juste derrière, mais le conducteur était déjà sorti et fonçait à travers le centre commercial, laissant son véhicule derrière lui.

Doreen regarda sa grand-mère.

— Eh bien, les événements ont pris une tournure passionnante.

— Wouah, je n'avais pas réalisé que ta vie était aussi excitante.

Doreen gloussa.

— Ce n'est pas le cas. Du moins, pas tout le temps, marmonna-t-elle, avant de se tourner à nouveau vers les animaux. Je suis tentée de rentrer chez moi et de laisser Mack s'en charger. Parce que, si ce type ressort, il y a de fortes chances qu'il nous suive.

Mack dut l'entendre, car il approuva.

— Bonne idée. Allez-y !

Sur ce, elle sortit du centre commercial, prit la première sortie d'autoroute et retrouva rapidement le chemin jusque chez Nan. Sur le parking, elle se gara délibérément entre deux gros véhicules. Puis elle coupa le moteur. Elle se tourna vers sa grand-mère en soupirant.

— Est-ce que ça va ?

— Je ne me suis jamais sentie aussi bien ! s'esclaffa Nan. Attends que j'en parle à Richie. Il sera tellement vexé de ne pas être venu avec nous.

Doreen secoua la tête.

— Ce n'était pas censé se passer comme ça, tu sais ?

— Bien sûr, acquiesça la vieille dame avec un revers de la main. Mais je crois qu'avec toi, tout se termine comme ça. Viens boire une tasse de thé. Ça t'aidera à te détendre.

— Je suis parfaitement détendue, maugréa Doreen.

— Pas moi. En outre, les animaux ont besoin de sortir. La journée n'a pas non plus été facile pour eux.

— Je sais, opina la jeune femme en jetant un coup d'œil à son équipe.

Elle sortit et, les animaux sur ses talons, elle marcha jusqu'au logement de Nan, où elles s'assirent sur la terrasse. Goliath se roula à plusieurs reprises dans l'herbe. Doreen espérant seulement que le nouveau jardinier ne soit pas là, car il se mettrait en colère contre lui. Et juste à côté de Goliath, Mugs faisait de même. Comme s'il avait chaud et qu'il avait besoin de décompresser.

Doreen soupira.

— J'aurais dû conduire jusqu'à la maison et les promener le long du ruisseau. Ils ont besoin de sortir et de se dépenser.

Presque immédiatement, Goliath se dirigea vers un monticule de sable et s'en servit comme d'une litière.

— *Oh, oh.* Nan, tu as des sacs à crotte ici ? J'ai laissé les miens dans la voiture.

Nan secoua la tête.

— Non, je n'en ai pas ma chérie.

— D'accord, surveille-les pendant que je vais en chercher un.

Elle se rua vers sa voiture, d'où elle sortit les sacs qu'elle gardait toujours à portée de main. Puis elle alla ramasser les besoins de Goliath. Alors qu'elle pensait s'en tirer à bon compte, un rugissement retentit derrière elle. Elle se retourna et vit le jardinier se précipiter vers elle.

— J'aurai essayé, dit-elle en se tournant vers Nan.

Cette dernière leva les yeux au ciel.

— Ce n'est pas grave. Ne t'inquiète pas pour ça. Je vais m'en occuper.

Doreen porta le sac à l'avant de la résidence et le jeta dans l'une des grandes poubelles. Lorsqu'elle tourna les talons, le nouveau jardinier était en train de réprimander Nan. Et celle-ci avait l'air franchement intimidée. Furieuse, Doreen revint en courant.

— Vous n'avez pas le droit de lui parler comme ça ! Comment osez-vous ? On appelle ça de la maltraitance envers les personnes âgées !

Le jardinier fronça les sourcils en se tournant Doreen.

— Vous ! s'exclama-t-il en la pointant du doigt. Comment osez-vous laisser votre chat faire ses besoins ici ?

— Avez-vous déjà essayé d'arrêter un chat qui a besoin de se soulager ? Ce n'est pas facile.

Il la dévisagea, comme s'il n'arrivait pas à croire qu'elle

ait dit ça.

Elle soupira et ajouta :

— Regardez, j'ai nettoyé.

— Non, vous n'avez pas nettoyé ! Cette odeur restera là pour toujours !

— *Pour toujours ?* répéta Doreen, un sourcil arqué.

— *Pour toujours !* affirma le jardinier en plantant son doigt dans la poitrine de la jeune femme.

— Si j'étais vous, je retirerais rapidement votre doigt d'ici, gronda-t-elle.

— Et pourquoi ? demanda-t-il avec dégoût.

— Parce que je n'aime pas qu'on me touche ! asséna Doreen. Surtout les gars surprotecteurs envers un petit bout d'herbe. Je nettoie volontiers les besoins de mes animaux. Leur présence ici n'a jamais posé de problème à personne auparavant.

— *Auparavant !* répéta-t-il, en posant ses mains sur ses hanches. Maintenant, c'est mon domaine, et je m'occupe de ces jardins ! Qu'est-ce que vous allez y faire ?

C'est alors que la folie s'empara de tous les esprits.

# Chapitre 14

D E RETOUR CHEZ elle, Doreen fit descendre les animaux en vitesse et lança une cafetière avant de se servir une grande tasse de café. Les animaux dans son sillage, elle se dirigea vers le ruisseau et s'effondra sur la berge. Quelle journée, quel après-midi, quelle fin. Elle avait réussi à s'échapper de chez Nan assez rapidement, surtout après que la situation avait dégénéré, à commencer par Richie qui était venu réprimander le jardinier, et Nan qui s'en était pris à ce dernier en enfonçant son index dans son torse pour avoir osé toucher Doreen.

La situation n'avait fait que s'envenimer après ça.

La direction avait été appelée et Doreen en avait profité pour disparaître. À présent allongée sur l'herbe sous le soleil de fin d'après-midi, elle était fatiguée, épuisée, et toujours inquiète pour Mack. Elle sortit son téléphone et lui envoya un SMS pour lui demander s'il allait bien. Comme elle n'eut pas de réponse immédiatement, son inquiétude et sa colère s'enflammèrent. Mugs s'approcha et s'assit à côté d'elle, frottant sa tête contre sa cuisse. Elle le gratta doucement, et même Thaddeus vint se percher sur son ventre.

— Je ne sais pas, les gars. La journée avait bien commencé, et tout allait encore bien à midi, mais le chemin du retour et après ça ? Ce n'était pas très amusant.

Elle ne comprenait toujours pas ce que le conducteur voulait, mais la bonne nouvelle était que les questions qu'elle avait posées avaient dérangé quelqu'un, et c'était énorme. Pas dans le bon sens du terme, car dès que quelqu'un commençait à s'inquiéter de ce genre de choses, Doreen était forcée de se demander jusqu'où cette personne était prête à aller pour empêcher le grand public de découvrir ce qu'elle redoutait que Doreen découvre.

Ces gens étaient-ils prêts à la tuer ? C'était la grande question, car, si c'était le cas, elle était à nouveau dans le pétrin. Et elle ignorait comment elle continuait à s'attirer ce genre d'ennuis, mais elle savait que si Mack pensait que c'était si grave, il mettrait complètement fin à son enquête. Le capitaine le soutiendrait également.

Mais d'un autre côté, si elle parvenait à obtenir suffisamment de détails sur cette affaire pour qu'ils puissent poursuivre l'enquête de leur côté, ils n'auraient plus besoin d'elle et pourraient se lancer seuls à la poursuite du coupable. Mais essayer de retrouver quelqu'un qui était maintenant perdu dans le centre commercial était une tout autre histoire.

De plus, si le conducteur n'avait pas besoin de ce pick-up, il le laisserait derrière lui et l'oublierait. Peut-être avait-il été volé, auquel cas il lui suffisait d'en voler un autre pour s'enfuir. Le centre commercial offrait beaucoup de possibilités. Allongée, elle gémit, essayant de faire le vide dans son esprit et de laisser flotter librement tout ce qui s'était passé.

Il lui restait encore un certain nombre de coups de téléphone à passer afin d'obtenir des réponses précises. Et l'un de ces coups de fil devait être passé au capitaine. Il fallait que cela se fasse tôt ou tard, de préférence tôt, avant que Mack ne le contacte et ne lui raconte la folie de la journée.

C'est dans cette optique qu'elle se leva, retourna à l'intérieur pour prendre ses notes et appela le capitaine. Lorsqu'il répondit, il était distrait.

— Bonjour, capitaine. C'est moi.

— Oh, Doreen. Quoi de neuf ?

— J'ai quelques questions à vous poser, commença-t-elle. Comme vous êtes la seule personne que je connaisse à avoir été présente dans les jours qui ont précédé tout cela, il faut vraiment que je vous parle.

— Je vous écoute.

Elle entendit un stylo tomber sur le bureau, comme s'il se calait dans son fauteuil, essayant de détourner son attention de ce qui l'occupait.

— J'étais à Vernon, où j'ai parlé à plusieurs personnes liées à cette époque, raconta-t-elle, toute la matinée, en fait.

— Intéressant, mais je doute fort qu'il y ait eu quoi que ce soit à trouver.

— J'ai entendu certaines choses, et tout le monde n'avait pas la même opinion que vous sur votre cousin.

Après un moment d'hésitation, il soupira.

— Il avait un côté pas si génial que ça, mais n'oublions pas que c'était encore un enfant. Et les enfants font toutes sortes d'erreurs.

— Tout à fait. Et ils ne devraient pas être tués pour ça.

— En effet, acquiesça le capitaine.

— Ainsi, lorsque vous parlez de cet *autre côté*, les mots que j'ai entendus en référence à lui étaient : *sournois, tricheur, quelqu'un qui rôdait, se moquait des autres, et très probablement espionnait depuis des fenêtres alors qu'il n'aurait pas dû.*

Le capitaine hoqueta.

— Oh, wouah. Vous avez vraiment parlé à des gens qui

ne l'aimaient pas.

— Et c'est l'une des choses qui se produisent lorsque nous enquêtons, fit remarquer Doreen. Tout le monde a un point de vue différent, et il est important que je me fasse une idée globale. Pour vous, c'était un cousin, un meilleur ami, quelqu'un que vous voyiez tous les jours. Vous étiez donc habitué à ces aspects de sa personnalité. Pour sa mère, il était parfait. Elle m'a dit que Paul était le clown de la classe, qu'il était bon à l'école, qu'il était tout simplement un de ces enfants formidables et polyvalents.

— Oui, et je suis d'accord avec elle.

— Et qu'en est-il de l'autre côté que certains de vos voisins ont vu et qui n'était pas aussi agréable ? s'enquit-elle curieusement. Seriez-vous d'accord pour dire que Paul était sournois et qu'il était du genre tricheur ? Paul était-il un enfant qui allait jeter un coup d'œil par les fenêtres alors qu'il n'était pas censé le faire ?

— Vous devez comprendre, expliqua le capitaine d'un ton grinçant, que nous étions des enfants. Je l'ai fait aussi. Je n'en étais pas fier, mais je le faisais parfois et, oui, il le faisait un peu plus souvent que moi.

— Alors il faisait des choses de la sorte même quand vous n'étiez pas avec lui, c'est ça ?

— Parfois, oui. Et, oui, il aimait espionner les gens. Il se prenait pour James Bond, déclara le capitaine. En y repensant, je me rends compte que tout ça n'était qu'amusement et jeux. Il n'y avait pas d'animosité ou de méchanceté en lui. Paul était juste l'un de ces gamins qui s'imprègnent du rôle et le jouent à fond. Et, bien sûr, n'oublions pas que Paul n'était qu'un enfant de 10 ans.

— Certes, concéda Doreen. Mais nous savons aussi que les enfants de 10 ans qui ont des secrets et qui n'aiment pas les garder ou qui aiment tourmenter les gens à propos de leurs secrets peuvent aussi s'attirer beaucoup d'ennuis.

— Est-ce qu'il a fait ça ? demanda le capitaine d'un ton plus dur. Je ne me souviens pas avoir entendu parler de cela à l'époque.

— Et c'est là une partie du problème, souligna-t-elle. À l'époque de l'enquête initiale, tout le monde craignait d'avoir des ennuis en parlant mal d'un enfant mort.

— À l'époque, je comprends, mais qu'en est-il il y a quinze ans ? s'enquit-il d'un ton hargneux. Ils pensaient vraiment que ça poserait encore problème ?

— D'une certaine manière, oui. Mais je ne sais pas si j'ai compris ce qui s'est passé.

— Mais vous semblez avoir soulevé des questions auxquelles personne n'a répondu librement à l'époque.

— Peut-être, mais n'oubliez pas non plus que vous êtes le cousin de Paul. On vous a tiré dessus le même jour. Je ne pense pas que quelqu'un se serait ouvert à vous au sujet de l'*autre côté* de Paul, supposa-t-elle. Et je peux vous dire qu'après cette journée, nous avons clairement contrarié certaines personnes.

— Vous parlez d'un enfant mort, appuya le capitaine. Ça va de soi.

— Vous marquez un point.

Doreen hésita, se demandant si elle devait lui parler de son retour en ville avec le pick-up qui l'avait suivi, puis décida de se taire. Mack aurait probablement assez à dire à ce sujet comme ça.

— Ce que j'ai besoin de savoir, c'est quelles étaient les activités de Paul dans les jours et les semaines qui ont précédé sa mort ?

— Les activités ?

— Oui, que faisiez-vous après l'école ? Que faisait-il si vous n'étiez pas là ? Vous parlait-il de ce qu'il avait fait ? Des choses comme ça.

— Ce que vous essayez de comprendre, c'est s'il est allé chez quelqu'un et s'est attiré des ennuis, pensant qu'il n'y avait rien de grave, alors que quelqu'un a pensé que c'était grave.

— En général, c'est *grave* si quelqu'un est prêt à tuer pour ça, nota Doreen avec gentillesse.

— Je l'entends. Laissez-moi y réfléchir. On pourrait penser que certaines de ces choses sont gravées dans ma mémoire, mais j'ai l'impression que c'était il y a des années et hier à la fois.

— Je vois ce que vous voulez dire.

— Et où êtes-vous ?

— J'étais assise au bord du ruisseau derrière chez moi, expliqua-t-elle à demi-voix, en train de boire une tasse de café, mais je suis rentrée dans la maison parce que j'avais en tête toutes ces questions auxquelles il fallait vraiment répondre.

— D'accord, voici un souvenir, annonça le capitaine. Une semaine, nous devions rendre un devoir en cours de science et il n'avait pas vraiment envie de le faire.

— Et c'est là que vous allez me parler de son côté tricheur. Qu'a-t-il fait ?

— Il a décidé qu'un de ses devoirs de science de l'année précédente pouvait être modifié.

— Et vous diriez que c'est de la triche ?

— Certaines personnes diraient que oui. D'autres non. Dans son cas, Paul a dit que c'était être malin, s'esclaffa le capitaine. Et, je veux dire, de son point de vue, ça l'était. Nous étions des enfants. Nous voulions jouer. Nous ne voulions pas passer trop de temps à faire nos devoirs. À quoi bon repartir de zéro si vous avez quelque chose d'utilisable ?

— Et le professeur l'a découvert ?

— Non, le professeur ne l'a pas découvert, mais plusieurs enfants étaient au courant.

— Évidemment. Bien, et le côté sournois ?

— Eh bien, c'est une des choses pour lesquelles il n'était pas très sympa, reconnut le capitaine avant de soupirer. J'avais oublié certaines choses. Mais quelqu'un a fait pareil, et Paul l'a dénoncé.

— Il a dénoncé quelqu'un qui a fait la même chose que lui ?

— Oui, grommela le capitaine. Comme je l'ai dit, j'avais oublié.

— Naturellement, parce que vous le voyiez sous son meilleur jour. Et quel rôle avez-vous joué dans tout ça ?

— Aucun. J'ai fait mon devoir de mon côté. Un tout nouveau. Et je peux vous dire que j'ai eu l'impression d'avoir été traité injustement à l'époque.

Doreen éclata de rire.

— N'est-ce pas terrible de tout faire correctement et de ne pas récolter les lauriers ?

— Paul a, en effet, récolté les lauriers. C'est aussi ça le problème, ajouta le capitaine. Paul était vraiment doué pour que tout le monde le croie. Et dans cette situation, il a rendu un si bon devoir, qu'il avait déjà rendu l'année précédente et qu'il avait juste un peu peaufiné, qu'il a fini par recevoir un prix pour ça.

— Aïe, je parie que ça a dû agacer certaines personnes.

— Absolument. Ça a énervé les autres élèves.

— Qu'en est-il des parents des autres enfants ?

Le capitaine hésita à répondre.

— Un père ne l'a pas bien pris.

— C'est compréhensible. Je veux dire, surtout si vous avez été témoin des efforts de votre fils avant de découvrir que quelqu'un d'autre n'en faisait pas.

— Je sais, et quand j'en ai parlé à Paul et que je lui ai dit que tout ça était injuste, il m'a dit de grandir, que c'était la vie et qu'il fallait juste tirer le meilleur parti possible des choses.

— Intéressant, murmura-t-elle.

— Je ne suis pas très satisfait de notre attitude à l'égard des devoirs de science aujourd'hui, mais c'est quelque chose qui vient avec l'âge. Et à l'époque, nous n'étions pas très vieux.

— Non, et tout est pardonnable quand on est un enfant – ou devrait l'être, nota-t-elle. Qu'il soit au fait de ce genre de choses est intéressant. Et où a-t-il appris une chose pareille ? Sa mère était-elle comme ça ?

— Non, elle était très droite, mais son petit ami était un électron libre.

— Le petit ami de la mère ? devina Doreen, les sourcils froncés.

— Bien que je ne me souvienne pas de tous les détails, je me souviens qu'il buvait beaucoup.

— Oui, je pense que c'était une partie du problème, convint-telle. Trop d'alcool, pas assez de soutien, pas de travail. C'est pour ça que votre tante Sarah l'a mis à la porte.

— Il avait un travail, rectifia le capitaine. Mais j'ai oublié ce qu'il faisait.

— Je l'appellerai dès que possible, mais je n'ai pas son numéro.

— La police lui a parlé à l'époque, mais je crois qu'ils n'ont rien tiré de cet entretien.

— Bien sûr, mais les numéros de téléphone ne sont plus à jour – à moins que vous ne l'ayez contacté il y a quinze ans, et qu'il ait peut-être encore le même numéro de téléphone portable.

— Attendez une minute.

Elle entendit quelques bruits à l'autre bout du fil et le capitaine reprit :

— J'ai un numéro, mais je ne sais pas s'il est encore attribué.

Il lui dicta et Doreen nota.

— Parfait. Maintenant, de quoi vous souvenez-vous à propos d'autres personnes, des voisins, des choses comme ça ?

— Je ne me souviens pas de grand-chose, mais je pense que les voisins ne savent grand-chose de Paul ou même de moi à cette époque, répondit le capitaine.

— Et ces histoires d'espionnage malvenu ? Rien de tel ne s'est produit le week-end précédent ou les semaines précédant la mort de Paul ? Êtes-vous déjà entrés dans, je ne sais pas, disons, des maisons vides ? Avez-vous déjà écouté des conversations ? Est-ce qu'il a déjà, je déteste le dire, espionné sa mère ?

Un silence de plomb s'installa à l'autre bout du fil.

— J'ignore s'il a espionné sa mère, mais il a été contrarié pendant un moment.

— Contrarié ? Pourquoi ?

— À cause de la séparation de sa mère et de son petit ami. Paul était proche de lui.

— Sarah m'a dit que son petit ami et elle avaient déjà eu des problèmes avant la mort de Paul, il est donc logique qu'elle l'ait quitté après avoir perdu Paul.

— Mais a-t-elle signalé que Paul était contrarié par la

rupture ? lui demanda le capitaine.

— Non, mais elle a dit qu'elle aurait dû le quitter bien avant. Donc, à moins de lui demander précisément s'ils ont eu des problèmes de couple, je ne sais pas si ça pourrait faire avancer l'enquête. J'ai aussi ses carnets ici, mais je n'ai pas eu l'occasion de les feuilleter.

— Elle tenait un carnet ?

— Oui. J'ignore si elle vous en a parlé il y a quinze ans ou non, mais elle les a retrouvés il y a quelques années, les a rangés et les aurait simplement jetés à la poubelle si le meurtre de son fils avait été résolu, mais ce n'est pas le cas.

— Évidemment. J'aimerais bien les voir.

— Je vais les scanner, pour que nous ayons une copie numérique.

— Bonne idée. Et j'aimerais en avoir une copie.

— Je peux vous envoyer ça, acquiesça Doreen, mais ce ne sera pas pour tout de suite. Je dois passer des appels, et ensuite je m'attellerai aux scans. Je suis épuisée par cette journée.

— Autre chose ?

— Non, je ne… je ne pense pas.

— Et, oui, vous avez raison. Paul pouvait être un sale gosse. C'était mon ami, alors je ne voyais pas les choses de cette façon. Mais maintenant, quand j'y repense, eh bien, oui, je comprends les mauvaises impressions de certains à cause de son comportement.

— Je ne pense pas que c'était si grave que ça, tempéra Doreen. Parfois, la vie est ainsi faite.

— Ça va *plus loin* que ça. Et même moi, quand je re-mémore toute cette histoire, je peux prendre du recul, avoir une meilleure vue d'ensemble. Et je ressens toujours de la culpabilité.

— Pourquoi ça ?

— Parce que je n'ai pas réussi à élucider le meurtre de Paul, répondit-il. Quoi d'autre ?

— C'est justement ce que j'essaie de vérifier, déclara Doreen à voix basse. Enfant, avez-vous été impliqué dans quelque chose qui aurait pu jouer un rôle dans cette affaire ?

— Non. Et mes parents me surveillaient de près.

— Sortiez-vous le soir avec Paul ?

— Seulement si nous restions à l'avant de la maison ou dans le jardin, mais seulement jusqu'à 20 heures. Je devais rentrer tous les soirs à cette heure-là.

— Et Paul ?

— Ce n'était pas son cas. Tante Sarah travaillait et faisait parfois partie de l'équipe de nuit. Paul restait donc dehors très tard.

— Et ça lui plaisait ?

— Oui et non. C'était à la fois amusant et pénible parce qu'il se retrouvait seul tout le temps.

— Et le petit ami dans tout ça ?

Le capitaine réfléchit.

— Parfois il était là, parfois non, mais je ne me rappelle pas où il se trouvait à ce moment-là. Mes parents étaient très stricts, ce qui n'était pas le cas de la mère de Paul et de son petit ami.

— Bien, dit Doreen, se demandant comment un enfant comme Paul pouvait avoir une vision très différente de la vie. C'est probablement tout pour le moment. Si j'ai d'autres questions, je vous rappellerai.

— Vous m'avez donné beaucoup à penser, et je vous en remercie.

— Je pense que nous sommes parfois certains de tout savoir d'une situation, et lorsque nous parlons à d'autres personnes et entendons d'autres points de vue, nous nous demandons si nous connaissions vraiment la même personne. Je n'essaie pas de gâcher votre journée, mais nous ne devons pas avoir d'idées arrêtées.

— Je suis d'accord avec vous. C'est juste que je ne me rendais pas compte que je le protégeais dans ma tête. C'était mon cousin, mais aussi un bon ami, et donc, parce qu'il était mort, il ne pouvait pas faire de mal.

— Dans ma tête, quelqu'un s'en est pris à un enfant, et la seule raison de s'en prendre à un enfant est qu'il sait quelque chose, qu'il a fait quelque chose ou qu'il va faire quelque chose, ajouta Doreen. Donc, si Paul a parlé à quelqu'un, a signalé quelque chose à quelqu'un, a reçu beaucoup d'argent de quelque part, ou a obtenu un laissez-passer pour quelque chose, vous devez réfléchir à cette hypothèse un moment.

— Rien de tout ça ne m'est familier, marmonna-t-il, mais vous avez raison. Je vais y réfléchir et voir ce qui en ressort.

— Bien, je vous rappelle bientôt.

Doreen raccrocha.

Presque immédiatement, elle saisit à nouveau son téléphone et, alors qu'elle s'apprêtait à passer un coup de fil, elle entendit un bruit derrière elle. Mugs bondit et se mit à aboyer. Lentement, très lentement, elle se retourna, mais il n'y avait personne. Mugs courut dans la cuisine et elle le suivit, se demandant si elle avait même pensé – car elle était épuisée – à fermer la porte d'entrée à clé.

Mack s'en donnerait à cœur joie si elle ne l'avait pas fait. Elle se dirigea vers la fenêtre à l'avant de la maison et ne vit personne, mais Mugs continuait d'aboyer terriblement à la porte d'entrée. Même si elle détestait ça, elle jeta à nouveau un coup d'œil par la fenêtre et ne vit rien, mais il ne faisait aucun doute que quelque chose dérangeait Mugs. Elle ouvrit la porte et le laissa sortir, puis zieuta à l'extérieur, mais ne trouva personne. Mugs se précipita sur les marches du porche, reniflant fortement, puis les descendit jusqu'à l'allée et se rendit au bout. Là, il tourna en rond.

— Il y avait quelqu'un ici ? murmura-t-elle.

Elle le rappela, mais il mit un moment à se calmer avant de revenir vers elle, et les poils de son dos étaient toujours hérissés.

— Eh bien, qui que ce soit, tu n'as pas du tout aimé sa présence ici. Non seulement ça ne t'a *pas* plu, mais tu étais furieux.

En soupirant, elle tourna les talons et le ramena à l'intérieur, et cette fois, elle ferma à clé et enclencha l'alarme. À présent, elle n'avait plus envie de retourner au ruisseau. Elle se servit une deuxième tasse de café et se dirigea vers son ordinateur portable. En regardant dehors, elle vit quelqu'un marcher le long du ruisseau, devant sa propriété, sans regarder dans sa direction.

Bizarrement, elle devint méfiante. Bien sûr, elle craignait maintenant que celui qui les avait suivis en ville depuis Vernon ne l'ait également suivie jusqu'à sa maison. Comment cela était-il possible ? Elle se rappela alors qu'elle avait laissé son véhicule dans le garage, mais qu'elle n'avait pas encore fermé la porte. Et ce n'était pas bon signe.

Elle se leva aussitôt pour remédier à ce problème.

Cependant, cela signifiait que si quelqu'un était à sa recherche, il ou elle aurait pu facilement reconnaître son véhicule et savait maintenant où elle vivait.

# Chapitre 15

PLUS TARD DANS la soirée, vers 19 h 30, Mugs se leva d'un bond et se mit à aboyer comme un fou. Doreen le dévisagea, se leva lentement de sa chaise et se dirigea vers la fenêtre du salon, où elle jeta un coup d'œil. Son aboiement avait quelque chose d'étrange, mais en même temps, c'était un aboiement plus calme, plus joyeux. Et c'est avec soulagement qu'elle vit Mack se garer devant chez elle. Elle ouvrit la porte d'entrée et sortit.

— Hé, tout va bien ? l'interrogea-t-elle.

— Oui et non.

— Ah, ce qui veut dire que vous ne l'avez pas attrapé.

Il secoua la tête.

— Il a disparu dans le centre commercial, et on a eu beau essayer, on n'a trouvé aucune trace de lui.

— D'accord. Avez-vous localisé le véhicule au moins ?

— Il a été volé, mais il y a si longtemps, répondit-il en la regardant attentivement, comme si ça suffisait pour qu'elle comprenne. Donc on n'a aucune piste de recherche.

— Et les gens à qui on l'a volé ?

— Tous deux décédés, l'informa-t-il en grimaçant.

— Mince.

Doreen croisa les bras et tapota ses doigts dessus. Elle étudia le policier, tandis qu'il avançait lentement vers elle.

— Qu'est-ce que tu ne me dis pas ?

Il reposa son regard sur elle.

— Le véhicule a été volé il y a quarante ans.

Les sourcils de la jeune femme s'envolèrent vers la racine de ses cheveux.

— Et, sous la peinture noire, je suppose que la carrosserie est d'un bleu gris pâle ?

Mack grimaça.

— On n'a même pas eu besoin de regarder de trop près ou de gratter de la peinture parce qu'ils n'avaient pas fait un très bon boulot et que la sous-couche était encore visible à certains endroits.

— Alors, j'ai vraiment énervé quelqu'un aujourd'hui, n'est-ce pas ? s'enquit-elle, avant de sourire. Et c'est une bonne nouvelle.

Il la fusilla du regard.

— C'est toi qui le dis. Je vais parler au capitaine et lui demander de mettre un terme à tout ça.

— Je ne ferais pas ça si j'étais toi, conseilla-t-elle en lui lançant un regard noir. On doit résoudre cette enquête. Joins-toi à nous si tu le souhaites. Mais me retirer de l'enquête ? Non.

Il mit ses mains sur ses hanches en secouant la tête.

— Tu peux t'énerver autant que tu veux, déclara Doreen en haussant les épaules. Le capitaine m'a demandé de me pencher sur la question, et il est évident que ce que j'ai fait est utile.

— Comment peux-tu dire que c'est utile ? demanda-t-il d'un ton menaçant.

— Parce qu'on sait tous les deux que quelqu'un a peur.

Le regard du caporal se perdit au loin.

— Je parlerai au capitaine demain matin.

— Si tu veux, je l'ai appelé tout à l'heure. Je lui ai posé un tas de questions, car j'avais besoin de réponses. Je sais qu'il réfléchit à sa relation avec son ami d'enfance.

Mack reporta son attention sur Doreen.

— C'est-à-dire ?

— Disons simplement que tout le monde avait un point de vue différent sur ce garçon.

— Donc il méritait d'être tué ?

— Non, bien sûr que non, objecta-t-elle en fronçant les sourcils. Et tu es là maintenant, alors autant entrer.

— Y a-t-il une raison pour laquelle tu ne veux pas rester dehors ? la questionna-t-il.

— Oui, c'est une journée étrange.

La croyant sur parole, le policier entra et s'assit sur une chaise de cuisine.

— Maintenant, raconte-moi ce que tu as découvert.

Elle hésita, alors Mack plissa les yeux.

— Tu ne peux plus faire cavalier seul, la prévint-il. Quelqu'un t'a suivie jusque chez toi.

— *Littéralement,* renchérit-elle à voix basse. Du moins, je l'envisage.

— Comment ça ?

Elle lui raconta ce qui s'était passé quelques heures plus tôt.

— Mais j'avoue que c'est peut-être mon stress qui me joue des tours. La journée a été rude.

Mack réfléchit quelques instants.

— Mais tu n'as pas fermé ton garage, donc si cette personne a vu ta voiture…

— Si elle l'a vue, elle l'a sûrement reconnue. Mais ça

demanderait un effort considérable pour venir jusqu'ici et me retrouver.

— Il n'y a pas de corrélation directe, déclara Mack, les sourcils froncés, il est donc assez inhabituel que quelqu'un vienne dans cette impasse et découvre qui tu es ou ton adresse.

— Tout à fait. Je n'ai donc pas l'impression que c'est un problème.

— Et pourtant, tu es inquiète.

— Non, je suis fatiguée. La journée a été longue, et j'étais inquiète au centre commercial parce que tu t'es rué à l'intérieur, et j'ignorais ce qui s'était passé.

— Et je ne sais pas non plus si on a des réponses à t'apporter à ce stade.

— Et qu'est-ce qu'on fait pour le pick-up, s'il y a quelque chose à faire ? le questionna Doreen tranquillement.

— Il va être remorqué et la scientifique va l'examiner, mais ils n'ont pas beaucoup d'espoir.

— Bien sûr. Ce n'est pas parce qu'il a été volé il y a quarante ans qu'il a forcément un lien avec cette affaire.

— Et pourtant, comment ne *pas* le supposer ?

— Crois-moi. Je comprends. Je veux dire, j'ai parlé à beaucoup de gens aujourd'hui, et la liste est encore longue.

— Qui reste-t-il ?

Elle lui parla du petit ami de Sarah. Elle avait encore quelques questions à poser au grand-père, et elle voulait demander à la fille de Thurlow qui avait la procuration.

— C'est intéressant que tu sois entrée en contact avec eux.

— J'ai trouvé leur nom dans un article de journal. Ils avaient parlé au journaliste de l'époque, et c'est ce qui m'a mis la puce à l'oreille.

Mack hocha lentement la tête.

Doreen se leva, sortit les documents que la bibliothécaire lui avait imprimés et les montra à Mack.

— Je dis la vérité.

— Je te crois, répliqua-t-il avec un sourire. Qu'a dit le capitaine à propos de ce que tu as trouvé ?

— Je pense qu'il a été chamboulé, car il a été forcé de se rendre compte que ce cousin, son ami d'enfance, n'était peut-être pas le citoyen parfait dont il se souvenait.

— C'est le problème avec les amis. On croit tout savoir sur eux, jusqu'à ce que quelque chose se produise, et leurs vies sont bouleversées.

— Et, dans ce cas, Paul n'était peut-être pas un enfant si gentil que ça, ajouta-t-elle. A-t-il eu la possibilité de grandir et de changer ? S'il avait vécu, oui. Je ne lui reproche rien, et il était souvent seul, pendant que sa mère était au travail, et bien entendu sous l'influence d'autres adultes.

— C'est-à-dire le petit ami et peut-être son fils.

— Le petit ami a certainement eu un rôle à jouer, pensa Doreen. Mais j'ignore son degré d'implication.

Mack la fixa du regard un long moment.

— Tu le penses sérieusement ?

La jeune femme fronça les sourcils.

— Disons que j'ai besoin de lui parler avant de déterminer le rôle qu'il joue dans cette affaire. Je ne sais pas. Servait-il juste de baby-sitter ? Quelle est la probabilité qu'il ait été impliqué dans un trafic de drogue et qu'il ait fait des affaires dans la maison ? Sarah était absente tout le temps et, si ce petit ami essayait de gagner un peu d'argent – et je ne sais pas si c'était le cas parce que, selon elle, il ne travaillait pas et ne faisait rien –, comment un homme adulte peut-il faire cela ? Il avait un véhicule. Comment a-t-il payé l'assurance ?

Je veux dire, je n'ai pas beaucoup d'expérience sur le sujet, mais je doute fort que Sarah ait eu l'argent nécessaire pour payer l'assurance de sa voiture en plus de la sienne.

— Ce sont de très bonnes questions, constata Mack. Je pense qu'à l'époque, il avait un travail.

— Peut-être, mais elle m'a dit qu'il ne travaillait pas. Alors, travaillait-il, ou pas ? Ou était-ce un de ces emplois où il avait des tâches ponctuelles ?

— C'était très répandu à cette époque, approuva le policier. Donc, du point de vue de Sarah, ça peut signifier qu'il ne travaillait pas *assez*.

Doreen sourit.

— Tu vois ? C'est le problème. Tant que je n'aurai pas parlé au petit ami, je ne sais pas ce qu'il aura à dire. La police l'a interrogé il y a quinze ans, quand l'affaire est revenue sur le tapis.

— Et le capitaine ne s'est souvenu de rien à l'époque ?

— Non, rien. Et je ne dis pas que tout cela aurait pu aider qui que ce soit à se souvenir. Ce que nous avons, c'est un enfant mort. Maintenant, je ne sais pas si ce garçon était au mauvais endroit au mauvais moment – et le capitaine aussi – ou si c'était un avertissement ou une leçon.

Elle leva les deux mains en signe de frustration.

— On n'a pas encore assez d'informations.

— Et pourtant, ajouta Mack, tu as réussi à créer plus de problèmes en peu de temps que n'importe qui n'a réussi à le faire il y a des années.

— Et je pense que cela dépend en partie des personnes à qui l'on parle – et qui posent les questions – de sorte que l'on obtient une perspective totalement différente sur l'enquête. Il faut donc poser des questions différentes. Au moment de l'enquête initiale, tout le monde a dit que Paul était un enfant merveilleux.

— Malgré tout, ce Thurlow ne pense pas la même chose.

— Lorsque j'en ai parlé au capitaine, il a compris que d'autres personnes avaient peut-être un point de vue différent. Pour lui, Paul était incroyable, et après sa mort, il aurait dû être immortalisé pour ce qu'il était. Mais les gens d'aujourd'hui, grâce au temps écoulé depuis le meurtre, n'ont pas l'impression de faire quelque chose de mal en donnant une version différente de la vérité, et Paul n'est plus vu sous le même angle.

— Et nous voyons ça souvent, n'est-ce pas ? soupira Mack.

— Toujours avec les affaires non résolues. On se demande quel est l'état d'esprit de ces personnes lorsque de telles affaires se produisent. Ils font tout ce qu'ils peuvent pour préserver la mémoire de la victime, et pourtant un tueur est toujours en liberté.

Mack resta un moment, puis il se leva lentement, s'étira et annonça :

— Je dois rentrer chez moi. J'ai plusieurs rendez-vous tôt dans la matinée.

— Et j'ai besoin de dormir, acquiesça Doreen. Mon cerveau arrive à saturation.

— Tu vas passer ces appels ce soir ?

Doreen fronça les sourcils.

— Je pense attendre demain matin. Je ne veux pas déclencher autre chose ce soir.

— Quelle bonne idée, ironisa le policier.

Elle lui décocha un regard noir.

— Je ne cherche pas les problèmes, tu sais ?

Il l'attira à lui et la serra dans ses bras.

— Je sais. Tu as juste ce don particulier.

Elle grommela.

— Et pourtant, on doit s'attendre à une certaine riposte.

— C'est vrai. Et que tu remues tout ça est à la fois bien et mal, on le sait tous les deux. Mais pour aller au fond des choses, on doit s'assurer que ce qu'on remue remonte à la surface avant de s'en débarrasser. On ne peut pas laisser cette affaire retomber dans l'oubli pendant encore quinze ou quarante ans.

— Absolument, consentit Doreen en l'accompagnant sous le porche avant de le regarder partir.

Juste avant de monter dans son véhicule, il lança :

— Vendredi soir, on cuisinera du bœuf Stroganoff. Et samedi, on sort, tu te souviens ?

Il monta dans son pick-up sans la regarder, mais elle savait qu'il attendait une réponse.

— Oui.

Il lui adressa un sourire radieux, lui fit un signe de la main et partit.

# Chapitre 16

*Jeudi matin...*

DOREEN SE RÉVEILLA le lendemain matin, patraque, fatiguée, comme si elle avait couru toute la nuit. Et c'était probablement le cas, du moins dans son esprit, s'avoua-t-elle. Tout flottait dans son cerveau, donnant l'impression qu'elle courait deux fois plus vite et qu'elle n'arrivait à rien. Pourtant, elle savait que ce n'était *pas* la vérité, car quelqu'un progressait, mais elle ne savait pas si cette personne arrivait à son but. Et cela lui provoquait également un sentiment étrange.

Actuellement, il se passait quelque chose d'extrêmement bizarre, et pourtant ce qu'elle savait, c'est que des secrets étaient découverts, et que des choses qui avaient été cachées ne le seraient plus, et cela inquiétait quelqu'un. D'autant plus que le délai de prescription n'était pas envisageable pour une accusation de meurtre sous prétexte que cela avait eu lieu quarante ans plus tôt.

C'était le bon côté des choses. Le mauvais, c'est qu'elle savait que le moment le plus dangereux était à venir. Elle prépara rapidement du café, ouvrit la porte arrière et sortit sur sa terrasse. Accompagnée de ses animaux, elle bâilla – et son équipe n'était pas encore tout à fait réveillée – alors qu'ils s'asseyaient tous les quatre à l'extérieur et essayaient d'émerger.

Elle regarda Mugs.

— Je ne sais pas où est passée la nuit, mais j'ai l'impression de ne pas avoir dormi.

Il aboya, comme s'il approuvait.

— Gentil chien, dit-elle avec un sourire et elle le caressa doucement.

Il bâilla, s'étira, tel un roi surveillant son domaine. Elle regrettait qu'il ne puisse pas exprimer ce qu'il pensait, car il était très perspicace. Il était insensé de penser qu'un chien pouvait résoudre ces crimes, mais parfois elle était persuadée que s'ils pouvaient communiquer, il pourrait résoudre beaucoup de ces affaires. Les chiens savent des choses, et parfois ils en savent plus que les humains.

Enfin, son cerveau se mit en marche après sa deuxième tasse de café. Elle sortit son téléphone, prit ses notes et composa rapidement le numéro du petit ami, Cleve Massey. Lorsqu'une voix grincheuse répondit à l'autre bout du fil, elle grimaça.

— Je suis désolée. Je vous ai réveillé ?

— Bien sûr que vous m'avez réveillé, répliqua Cleve. Personne n'est debout à cette heure-ci.

— Certains d'entre nous, si, soupira Doreen.

— Qui êtes-vous et que voulez-vous ? cingla-t-il.

Elle grimaça de nouveau.

— J'étais à Vernon hier. Et j'ai rouvert le dossier du meurtre de Paul Hephtner.

Un long moment de silence s'ensuivit à l'autre bout du fil.

— Bon sang, pas encore ces absurdités, marmonna Cleve.

La jeune femme se hérissa.

— Eh bien, étant donné qu'un jeune garçon est mort, que c'était il y a longtemps, et que ceux qui désirent encore des réponses n'ont plus beaucoup de temps à vivre, oui, ces *absurdités* sont de nouveau d'actualité.

— Écoutez. Je ne cherche pas à être insensible, mais je n'ai rien à voir avec ça. Et même si j'ai toujours désiré que cette affaire soit résolue, je ne peux pas vous aider.

— Je comprends. J'essaie juste de mettre les points sur les i.

— À l'évidence, grogna Cleve, et c'est pour ça que vous m'appelez.

— Tout comme j'ai appelé toutes les autres personnes. Alors, ne pensez pas que vous êtes spécial, rétorqua Doreen.

Il éclata d'un rire ironique.

— J'aurais préféré ne pas avoir un rôle spécial dans ce scénario. Les flics se sont bien penchés sur moi la dernière fois.

— Mais ils vous ont laissé partir, donc je suppose qu'ils n'ont rien trouvé, répliqua-t-elle du tac au tac.

— Oui, c'est parce qu'il n'y avait rien à trouver. Paul était un bon garçon.

— Ce n'est pas ce que pensent certains.

— Comment ça ? s'enquit Cleve d'un ton tranchant. Qui pourrait dire du mal de lui ?

— Ce n'est pas tant que les gens disent du mal de lui, mais aujourd'hui, avec le temps, les gens sont un peu plus ouverts à parler du fait que Paul n'était peut-être pas tout à fait l'enfant parfait que tout le monde a été amené à croire au début.

— Ce n'était qu'un enfant. C'est tout ce qu'il y a à savoir. Il n'est responsable d'aucun de ses actes. Ce n'était qu'un gamin qui essayait de comprendre la vie.

— Et je suis tout à fait d'accord avec vous, affirma Doreen tranquillement. Je ne blâmerai jamais un enfant, quoi qu'il arrive.

Cette déclaration sembla apaiser son interlocuteur.

— Alors, ne dites pas que c'est lui qui est responsable de tout ça.

— Ce n'est pas ce que j'ai dit, pas du tout. Mais je me demande dans quoi il était impliqué, étant donné qu'il était connu pour être secret et se faufiler partout, tricher sur diverses choses, et embêter les gens à propos de secrets qu'il s'était donné du mal à découvrir.

Cleve fulmina.

— Et, oui, ça a été corroboré par plusieurs personnes, ajouta-t-elle. Je me demande qui son comportement a pu énerver ou rendre méfiant, s'imaginant que Paul avait pu dénoncer ou voir quelque chose qu'il n'aurait pas dû entendre ou voir.

Un étrange silence s'installa.

— Je me suis toujours posé la question, avoua Cleve.

— Quelle question ? l'interrogea Doreen, dont la curiosité avait été piquée.

— Je me suis toujours demandé s'il avait vu quelque chose. Il était doué pour se faufiler partout. D'ailleurs, j'ai eu recours à lui plusieurs fois pour des affaires.

— Quel genre d'affaires ?

— Je n'étais pas dans le trafic de drogue, si c'est ce que vous pensez. Cependant, j'ai eu quelques emplois où j'étais payé pour obtenir des informations, et parfois je demandais à Paul d'écouter des conversations quand je n'étais pas là, afin que je puisse savoir ce qu'ils disaient de moi. Ce n'était peut-être pas judicieux d'impliquer Paul, car ça a pu lui causer des ennuis. Je m'en suis souvent inquiété. Il n'y a rien de tel que le temps qui passe pour vous faire prendre conscience que vous auriez dû faire les choses autrement.

— Quelqu'un dans votre groupe d'amis, de connaissances, de collègues ou d'employeurs aurait-il remarqué ce que faisait Paul ?

— Je ne sais pas.

— Et pourquoi n'avez-vous rien dit à l'époque ?

— Qu'est-ce que j'étais censé dire ? répliqua-t-il. J'ignorais si ça avait un rapport avec l'affaire. Je l'ignore toujours.

— D'accord, mais nous avons maintenant une vision très différente de ce garçon et de ce qu'il aurait pu faire dans les jours qui ont précédé cette fusillade. Auriez-vous eu parmi vos connaissances à l'époque quelqu'un qui aurait pu posséder une arme et qui aurait pu être impliqué dans quelque chose de ce genre ?

— Je ne connais personne qui possède une arme, mais beaucoup de gens chassaient. Donc beaucoup de gens avaient des fusils.

— Dans quel domaine travailliez-vous exactement à l'époque ?

Cleve hésita avant de répondre.

— S'il y a une chance d'élucider le meurtre de Paul, insista Doreen, c'est maintenant qu'il faut le dire. Nous n'avons plus aucune option, plus personne à qui parler, et ceux qui restent comme témoins potentiels meurent rapidement.

— Je ne faisais rien de mal.

— Très bien. Cependant, si c'est lié d'une manière ou d'une autre à ce meurtre, nous devons le savoir.

— J'ai déjà tout dit à la police.

Doreen haussa les sourcils.

— D'accord, c'est bien. Vraiment. Je l'espérais.

— Mais je pense qu'ils n'ont pas compris.

— Que voulez-vous dire ?

— Je travaillais pour une entreprise de construction et j'ai fait beaucoup de choses pour eux, expliqua-t-il, mais je n'étais pas à plein temps. Je travaillais donc quand il y avait du travail et je ne travaillais pas quand il n'y en avait pas.

— Et quand il n'y avait pas de travail, que faisiez-vous ?

— Je laissais traîner mes oreilles pour avoir des informations, déclara-t-il à contrecœur après une hésitation.

— Intéressant. Quel genre d'informations ? Et avez-vous été payé pour cela ?

— Oui, quand les informations étaient satisfaisantes.

— Quel genre d'informations ?

— Des trucs, comme ça, vous voyez.

— Des *trucs*, répéta-t-elle. Où traîniez-vous pour entendre ces choses ?

— Dans les salles de billard.

— Curieux. Quel genre d'informations trouviez-vous là-bas ?

— C'était ça le truc. J'y passais beaucoup de temps et, lorsque je n'obtenais pas les informations souhaitées par le patron, il me payait un peu pour que je persévère. De temps en temps, je trouvais des informations intéressantes, et le salaire était correct.

— C'était vous qui trouviez ces informations, ou c'était Paul ?

— C'était Paul, admit Cleve à contrecœur.

— D'accord. Paul a donc découvert quelque chose et vous en a parlé. Puis vous êtes allé voir ce type, votre patron, vous lui avez raconté et il vous a payé. C'est bien ça ?

— Oui, mais ça n'a vraiment rien à voir là-dedans.

— De quoi s'agissait-il ?

— Juste un type qui avait une liaison.

— Et pourquoi cela intéressait-il quelqu'un ?

— Parce qu'il était haut placé dans une entreprise qui donnait du fil à retordre à mon patron.

— Ah, le chantage.

— J'en sais rien ! s'emporta Cleve. Ce n'étaient pas mes affaires. Le patron voulait en savoir un peu plus. J'ai eu les informations qu'il voulait, et c'est tout.

— D'accord, je comprends, mais qu'est-ce que Paul a dû faire pour le découvrir ?

— La maîtresse de ce type était enseignante dans son école.

Doreen tiqua.

— Et comment s'appelait-elle ?

— Shelley. Shelley Brewster.

— Bien, et ça a donné l'occasion à Paul de faire quoi ? Écouter une conversation qu'elle a eue ?

— Non. Un jour, le gamin l'a suivie jusque chez elle. Et je l'ai récupéré là-bas.

— *Génial*, ironisa Doreen en grimaçant. Et donc ?

— Ça a confirmé qu'elle avait bien une liaison avec ce type, et mon patron était ravi parce que ce gars lui avait causé tout un tas de problèmes et ne voulait pas approuver certains permis de construire. Alors, mon patron cherchait des informations pour faire pression, mais personne ne tuerait pour ça. Ce n'est pas comme si on avait fait quelque chose d'illégal.

Elle fronça les sourcils.

— Je ne sais pas si c'est illégal. Mais ce n'était clairement pas moral.

— Il n'y avait rien de moral dans cette situation. Et je savais que Paul ne faisait que s'amuser en prétendant être James Bond, qui était son idole à l'époque.

— D'accord. Donc il voulait être un espion, et vous lui avez donné quelqu'un à espionner, mais il a fini par mourir.

— Je n'ai rien à voir avec ça.

— Oui, je l'entends, mais ça semble être un lien probable.

— Vous n'en savez rien. Vous ignorez tout de cette histoire.

— En effet, et pour ça, vous allez devoir continuer à m'en parler. Est-ce que sa mère était au courant ?

— Non, bien sûr que non, répondit Cleve précipitamment. Elle m'aurait remis les pendules à l'heure sinon. Pour elle, Paul réussirait dans la vie. Il aurait été flic ou quelque chose du genre.

— OK. Et que voulait-il faire ?

— Il voulait travailler pour les services secrets.

— Ce n'est pas vraiment ce que répondent les enfants à l'âge de 10 ans.

— Je ne pense pas qu'il aurait réussi, mais Paul s'est beaucoup amusé lorsqu'on faisait nos affaires.

— Et vous ? Vous avez un fils ?

— Oui, mais il n'était pas tout le temps avec nous. Il passait la plupart du temps chez sa mère.

— Et qui était sa mère ?

— Lilly Madison. Ça change quelque chose ?

— J'essaie juste de rassembler tous les éléments. À quelle fréquence voyiez-vous votre fils ?

— Tous les week-ends. Et la mère de Paul travaillait la plupart des week-ends, alors mon fils passait son temps avec Paul et moi.

— Avez-vous aussi impliqué votre fils dans votre activité secondaire ?

Il y eut un moment de silence, puis Cleve grommela.

— Oui.

— Comment s'appelle votre fils ?

— Jack Madison. Lilly lui a donné son nom de famille parce qu'on n'était pas mariés.

— Et comment était Jack ?

— Un bon garçon, s'empressa-t-il de répondre.

— Bien sûr, c'était sûrement un bon garçon, mais vous l'avez aussi mêlé à cette histoire.

Doreen entendit Cleve hoqueter à l'autre bout du fil.

— C'est injuste.

— Peut-être. Mais pour l'instant, vous et moi savons que tout ça a pu jouer un rôle dans la mort de Paul. Qui était ce type sur lequel vous essayiez d'obtenir des informations ?

— Il s'appelait Peter Hall et était marié. Sa femme avait une place importante dans l'une des usines locales, et il ne voulait pas détruire son mariage. Il était donc primordial de ne pas ébruiter l'affaire.

— Que s'est-il passé après avoir fourni ces informations à votre patron ?

— Il était très content et on a reçu une prime. J'ai offert des bonbons aux enfants.

— Bien, et combien de jours avant la fusillade tous ces échanges d'informations ont-ils eu lieu ?

— Deux jours… soupira-t-il. Deux jours plus tard, Paul était mort.

— Et où était Jack à ce moment-là ?

— Il était retourné chez sa mère. Je l'ai dit à mon patron le samedi. Jack est rentré chez lui tard le dimanche. Paul a été abattu le lundi.

Doreen opina du chef, même si Cleve ne pouvait pas la voir.

— Et parlez-moi un peu plus de Jack à l'époque. Quel âge avait-il ? Des caractéristiques physiques qui le distinguaient des autres ?

— Il avait deux ans de plus que Paul, mais Jack était petit pour son âge.

— Donc ils faisaient à peu près la même taille ?

— Quoi ? Vous pensez qu'ils ont confondu Paul et Jack ?

— Non, ce n'est pas ce que je dis, objecta-t-elle, mais elle était persuadée que c'était une bonne hypothèse, bien que *trop tôt* pour la confirmer. Écoutez. Je transmettrai cette information à la police. J'ai donc besoin que vous restiez près de votre téléphone. Et dites-moi. Est-ce que l'un de ces hommes, votre patron ou Peter Hall, conduisait un pick-up bleu clair ?

— Non. Mais ça ne veut pas dire qu'ils ne connaissaient pas quelqu'un qui conduisait un pick-up bleu clair.

— Et vous y avez beaucoup réfléchi ces dernières années, n'est-ce pas ?

— Peut-être, admit Cleve, la voix grave. Paul était un gentil garçon. Je ne voudrais pas être à l'origine de ce qui lui a été infligé.

— C'est sûrement trop tard.

— Mais ça n'a aucun sens, sinon Jack aurait dû être tué lui aussi à l'époque.

— Vous avez parlé à Jack depuis, non ?

— Oui, répondit-il, mais une hésitation pesait dans sa voix.

— Vous ne paraissez pas sûr de vous.

— Jack a été tué dans un accident de voiture. Il y a... Je

ne sais plus, trente ans peut-être.

— Oh, mon Dieu. Je suis vraiment désolée. Vous pensez qu'il y a un lien ?

— Non, je ne pense pas. Je ne vois pas pourquoi il y en aurait un.

— Jack s'entendait-il bien avec Paul ?

— Parfaitement. Et si vous aviez dit que Jack était un peu commère et bavard, ajouta Cleve, j'aurais été d'accord avec vous. Sa mère, Lilly, était comme lui. Elle répandait des ragots sur tout.

Doreen grimaça.

— Y a-t-il une possibilité que Jack ait dit quelque chose à sa mère ?

Cleve prit une profonde inspiration.

— Je ne sais pas. Vous pensez que… c'est lié à cette information qu'on a découverte ?

— Je ne peux ni vous le confirmer ni vous l'infirmer. Connaissez-vous quelqu'un qui a un pick-up avec une peinture terne – qui ne brille pas, sans éclat. Comme si un gamin avait utilisé une bombe de peinture.

— Non, je ne crois pas, répondit-il, surpris. Pourquoi ?

— Comme ça. Il s'est passé quelque chose ici il y a quelques jours.

— Je sais que beaucoup de ces gars avaient des pick-up, et certains d'entre eux en avaient des vieux. Mais vous savez quoi ? C'est pas vraiment le genre de véhicule dans lequel on a envie de traîner. Ils étaient tous très *fiers* de leurs pick-up.

— Je vois. Comme je l'ai dit, restez près de votre téléphone. Je suis certaine que des gens voudront vous parler.

Puis elle raccrocha.

Elle réfléchit à cette information, tout en finissant sa deuxième tasse de café, et décida qu'il serait probablement plus facile de parler au capitaine et à Mack au poste. Elle envoya un SMS à ce dernier.

**Je peux venir vous voir, le capitaine et toi ?**

**Oui. Est-ce que tout va bien ?**

Elle allait bien, mais en même temps, ne se sentait pas au meilleur de sa forme. Elle lui répondit avec un pouce en l'air.

**Peux-tu organiser la réunion de façon à ce que je puisse vous parler à tous les deux en même temps ? Ça nous évitera des ennuis.**

**Tu as découvert quelque chose ?**

**Peut-être.**

**Très bien, viens donc. Le capitaine et moi serons au poste pendant une heure, mais ensuite je dois partir.**

Elle observa sa cuisine avec regret et réalisa qu'elle devait partir maintenant, car si Mack devait s'absenter d'ici une heure, elle n'aurait pas l'occasion de terminer l'histoire.

Ainsi, elle se tourna vers ses animaux, fronça les sourcils et lança :

— Oubliez ça. Venez, les gars.

# Chapitre 17

DOREEN ATTRAPA LES laisses, chargea tout le monde dans sa voiture et se rendit au poste de police.

Mack l'attendait à l'extérieur et se rua vers elle quand il la vit.

— Est-ce que ça va ?

— Ça va, répondit-elle avec un sourire.

— Pas d'autres événements étranges cette nuit ?

— Je ne crois pas. Je n'ai rien remarqué en tout cas. J'ai mis tout le monde dans la voiture et je suis venue.

— Bien, déclara le policier avant de s'arrêter et de se tourner vers elle. As-tu fermé la porte du garage ?

Elle fronça les sourcils puis acquiesça.

— Je pense que oui, mais je n'en suis pas sûre. Je n'y ai pas pensé, j'étais tellement préoccupée à l'idée de venir ici et de vous parler.

Mack haussa les épaules. Il la conduisit dans une petite salle de réunion et annonça :

— Le capitaine sera là d'ici une minute.

Lorsque celui-ci entra, il demanda aussitôt :

— Doreen, avez-vous des informations sur le meurtre de Paul ?

Elle hocha la tête.

— Dans ce cas, faisons venir l'équipe ici.

Doreen grimaça.

— Les informations doivent être confirmées. Je me disais juste que vous vouliez sans doute avoir votre mot à dire.

— En effet, affirma le capitaine, mais allons là-bas.

Il la guida dans une grande salle de conférence, et ordonna à tout le monde de venir s'y entasser.

Elle fut surprise par son attitude désinvolte, acceptant ce qu'elle avait à dire sans aucun détail.

— Et si je me trompe ? demanda-t-elle à Mack.

— Tu penses que c'est le cas ?

— Tu sais que ça finira par arriver, marmonna-t-elle avec un regard noir.

— Espérons que ce ne soit pas sur cette affaire, s'esclaffa-t-il.

— Je te le confirme.

Elle secoua la tête, puis pivota et vit Arnold, Chester, Jim et quelques autres policiers qu'elle connaissait.

— Bonjour, Doreen, la saluèrent-ils tous.

— Bonjour tout le monde.

Après ça, elle lâcha les laisses.

Mugs alla tous les saluer sur-le-champ, ce qui fit sourire la jeune femme.

— On pourrait croire que ce chien ne reçoit jamais d'attention. Bien que la journée d'hier ait été difficile.

— Et à ce propos, intervint le capitaine en lui jetant un regard furieux, vous auriez pu m'en parler.

— Je me suis dit que Mack ferait un rapport officiel dès son retour au bureau. Et je ne voulais pas m'écarter du sujet lors de notre conversation téléphonique.

Il écarta un bras.

— Eh bien, la parole est à vous. Qu'avez-vous à nous proposer ?

Elle prit une profonde inspiration et se lança.

— En dehors du fait que le trajet pour rentrer de Vernon hier fut charmant, j'avais encore quelques coups de fil à passer. Un au capitaine, puis j'ai appelé l'ex-petit ami de Sarah.

— D'accord, et qu'avait à dire le petit ami ? l'interrogea le capitaine en la regardant curieusement. Vous savez que nous l'avons interrogé à plusieurs reprises.

Doreen opina.

— Mais au moment où vous l'avez cuisiné, vous l'avez fait en pensant que votre ami d'enfance était un super gars, n'est-ce pas ?

Il la regarda et acquiesça lentement.

— Et je ne suis toujours pas prêt à affirmer le contraire.

— Bien entendu, concéda Doreen, le sourire aux lèvres. Et je suis encline à croire qu'un enfant de 10 ans, peu importe le genre d'ennuis dans lequel il s'était fourré, ne comprenait pas les risques que cela impliquait.

— Il faut que tu reviennes en arrière et que tu nous fournisses tous les détails, demanda Mack en jetant un coup d'œil au capitaine. Tu devrais commencer par ce qu'il s'est passé hier après-midi.

Doreen grommela.

— D'accord, j'ai besoin d'un café alors.

Il leva les yeux au ciel, mais se leva et lui servit une tasse. Elle en but une gorgée hésitante, puis se rendit compte qu'il n'était pas aussi mauvais qu'elle s'y attendait. Elle relata ensuite ses activités de la veille : la visite de la scène de crime, sa rencontre avec Sarah et la remise de ses carnets, la rencontre plus tard dans la matinée avec les Thurlow, puis le trajet du retour, afin que tout le monde soit sur la même longueur d'onde. Elle n'avait bien évidemment pas oublié de mentionner Lizzie sans qui elle n'aurait pas eu connaissance du fils de Cleve.

À ce moment-là, Chester la regarda avec inquiétude.

— On dirait que vous êtes à nouveau en danger. Il faut que ça s'arrête.

— Oh, je suis d'accord, acquiesça-t-elle. Mais le bon côté, c'est qu'on dérange quelqu'un.

— Vous dérangez beaucoup de gens, marmonna-t-il en s'affaissant.

Elle lui lança un regard noir et il se contenta de lui sourire avec impudence. Elle leva les paumes et soupira.

— Très bien. Pour en revenir à mon histoire, j'ai clarifié avec le capitaine certains points concernant le caractère de Paul, puis j'ai téléphoné à l'ex-petit ami de la mère. Il travaillait dans le bâtiment, puisqu'ils avaient besoin d'un ouvrier supplémentaire, mais il n'était pas vraiment employé à plein temps. Lorsqu'il y avait des travaux de construction, il travaillait, et lorsqu'il n'y avait pas de travail, il ne faisait rien. C'est ce qui explique en partie les conflits entre sa petite amie, la mère de Paul, et lui. Étant donné que c'était sa petite amie qui mettait un toit au-dessus de sa tête, il faisait quelques travaux à côté. Cependant, si vous aviez confirmé qu'il travaillait bien dans le bâtiment, vous auriez obtenu le premier récit, mais pas le second.

Le capitaine redressa les épaules et la foudroya du regard.

Elle leva une main et expliqua :

— C'était une taupe et il était payé en échange d'informations.

Le silence se fit dans la pièce.

— Pour dénicher ces informations, il faisait parfois appel

à son fils Jack et au fils de Sarah, Paul.

— Oh, Seigneur ! s'exclama le capitaine en la dévisageant d'un air choqué.

— Et les informations qu'il a obtenues concernaient une certaine Shelley Brewster, qui était enseignante dans votre école primaire, indiqua-t-elle en se tournant vers le capitaine.

— Je me souviens d'elle. Elle était belle. On était des gamins, mais on était tous fous d'elle.

— Apparemment, elle avait une liaison avec un homme marié, assez important en ville et dont la femme dirigeait quelques usines du coin.

— Peter Hall ? s'enquit le capitaine.

— En plein dans le mille ! confirma Doreen en riant.

Ils se tournèrent tous vers leur chef.

— Comment l'avez-vous deviné ? demanda Doreen.

Il s'affaissa contre la table, et répondit :

— Parce que Paul en parlait tout le temps. Il riait et disait qu'il connaissait un secret. Je n'y ai même pas pensé, même après que vous ayez évoqué cet aspect de sa personnalité, et j'aurais encore juré qu'il ne savait absolument rien. Mais dès que vous avez mentionné le nom de cette enseignante… Paul et moi voyions Hall à l'école de temps en temps, mais on ne les a jamais vus *ensemble*.

Le capitaine se mit à faire les cent pas.

— C'est juste que, vous savez, Hall venait forcément à l'école, puisque son fils y était inscrit lui aussi. Mais ces gens n'étaient pas nos amis. On était les enfants pauvres qui habitaient dans les mauvais quartiers, alors qu'eux étaient les enfants riches, ceux qui avaient une *chance* dans la vie et qui étaient assurés de réussir. Moi, au moins, j'avais deux parents stables qui m'ont offert une enfance correcte, et Paul n'a même pas eu le droit à ça. Non seulement il n'avait pas ces avantages, mais ce petit ami – un homme que Paul admirait beaucoup – et son fils Jack étaient également impliqués dans tout ça.

— Et on ne peut même pas parler à Jack, nota Doreen.

— Pourquoi ? l'interrogea Arnold.

— Il est mort dans un accident de voiture, il y a quelques années. Ce que j'aimerais savoir, c'est si le véhicule que vous avez saisi hier… dit Doreen avant de se tourner vers Mack, s'il y a un moyen de savoir si ce pick-up a été impliqué dans un accident de voiture, il y a environ trente ans, ou si sous toute cette peinture noire et terne est cachée la peinture bleu clair du véhicule de la fusillade ?

— Mais ça n'explique toujours pas pourquoi on m'a tiré dessus, intervint le capitaine.

— Si, réfuta Doreen tristement. J'imagine que Paul et vous ne faisiez pas la même taille, si ?

— J'étais un peu plus grand. Pourquoi ?

— Parce que Jack et Paul vivaient dans la même maison, surtout le week-end, et que vous étiez devant la maison de Paul. Et Jack et lui étaient connus pour être impliqués dans cette histoire de taupe, expliqua-t-elle. Je pense donc que celui qui vous a tiré dessus s'est dit qu'il avait trouvé le bon endroit avec les bons garçons. Il a tiré et il est parti, sauf que l'un était le bon garçon, mais pas l'autre. Vous étiez au mauvais endroit au mauvais moment parce que le fils de Cleve était déjà rentré chez sa mère pour la semaine. Il n'était là que durant les week-ends. On a tiré sur Paul et vous le lundi.

— C'est vrai, avisa le capitaine en hochant lentement la tête. Jack passait beaucoup de temps là-bas. Les enquêteurs de l'époque lui ont parlé, et je suis sûr qu'il était tout aussi traumatisé.

— Ce qu'il faut également prendre en compte, c'est comment cette personne a démasqué les enfants. Paul et Jack étaient connus pour dévoiler des secrets, et Jack était réputé pour répandre beaucoup de ragots. Sa mère était pire que lui. Il est donc tout à fait possible que Jack ait raconté à sa mère ce qu'il se passait, et qu'elle s'en soit pris à son fils, ou qu'il lui ait donné une version tronquée de l'histoire, et que cela se soit ébruité. À ce moment-là, le tireur savait qui étaient les coupables, et il s'en est pris aux deux garçons.

Le capitaine la dévisageait avec stupeur. Il tourna la tête vers Mack, puis de nouveau vers Doreen, avant de se lever et de sortir de la pièce.

Elle ouvrit la bouche, puis la referma, et se tourna vers Mack.

— Je suis désolée.

Il avança vers elle et passa un bras autour de ses épaules qu'il serra légèrement.

— Ce n'est pas ta faute.

Elle voûta le dos.

— Si. C'est toujours ma faute. Tu le sais.

Mack lui sourit.

— Réfléchis. On va peut-être pouvoir tirer toute cette histoire au clair.

Il observa les autres policiers, qui prenaient encore des notes.

— Et c'est pour ça que vous vouliez venir ce matin, n'est-ce pas ? s'enquit Chester. Je pensais que vous alliez nous reprocher de ne pas avoir encore trouvé le propriétaire du véhiculé abandonné au centre commercial.

— Il a été volé, souligna Doreen, ce qui est logique. Mais il a aussi été détenu par quelqu'un pendant toutes ces années. Donc cette personne doit avoir de la place pour l'entreposer pendant tout ce temps. Quelqu'un qui possède une bombe de peinture hideuse… Et je ne sais pas si cette personne a été engagée pour tirer sur Paul ou sur un des acteurs ayant pris part à ce bazar. S'agit-il de la petite amie institutrice avec laquelle le riche Peter Hall avait une liaison, ou peut-être de Peter lui-même ? Ou – je déteste dire ça – une épouse très mécontente qui a décidé de tirer sur le messager ? Et le reste de sa riche famille ne souhaite peut-être pas non plus que ce secret soit rendu public.

— En effet, approuva Chester, tandis que les hommes présents dans la salle continuaient de prendre des notes. Au moins, vous nous avez laissé un peu de pain sur la planche.

Il conclut sa remarque avec un rictus.

— Je vous ai laissé beaucoup à faire. En plus, je suis per-suadée que quelqu'un est venu chez moi hier soir, deux fois, soit pour voir si je vivais là, soit pour voir si je représentais un danger. Donc plus vite vous trouverez ce crétin, mieux ce sera.

Ils la regardèrent tous avec inquiétude.

Elle haussa les épaules.

— Jamais rien de bon ne sort de ces histoires, fit-elle remarquer tranquillement. L'autre chose qu'on doit garder à l'esprit, c'est que quelqu'un qui a tué une fois peut très bien l'avoir fait deux fois, voire plus. On a une autre mort suspecte, celle de Jack Madison. Et je ne sais même pas si les autres personnes impliquées sont encore vivantes au-jourd'hui.

Elle pivota vers Mack.

— Pour ce que j'en sais, le couple avec le mari infidèle a divorcé depuis, et qui cela intéresse-t-il aujourd'hui ? Pourtant, quelqu'un essaie de couvrir ses traces depuis tout ce temps. Et c'est ce quelqu'un que je veux faire tomber, insista-t-elle en regardant chacun des policiers. Vous savez tous que le capitaine a besoin de ça pour tourner la page lui-même.

Ils opinèrent tous lentement du chef.

Doreen se leva, rendit la tasse à Mack et lança :

— Le café n'est pas si mauvais, mais je vais aller voir Nan et me remonter le moral.

Sur ce, elle salua les autres d'une main.

— Si vous avez d'autres questions, notez-les et appelez-moi, conclut-elle avant de quitter le poste de police.

# Chapitre 18

C'ÉTAIT DIFFICILE À admettre, mais Doreen avait le cœur lourd à l'idée que quelqu'un puisse tuer un enfant à cause de quelque chose qu'il avait entendu et répété à quelqu'un d'autre. Et Doreen ne savait même pas s'il ne s'agissait que de la liaison ou si quelque chose d'autre était impliqué dans le meurtre de Paul… Ce dont elle avait vraiment besoin à cet instant, c'était de quelque chose qui lui remette du baume au cœur. Les animaux inhabituellement calmes à ses côtés, elle se gara chez elle et marcha jusqu'à Rosemoor.

Mugs s'empressa de traverser la pelouse en courant, sauta par-dessus la petite barrière pour entrer sur la terrasse de Nan et se mit à aboyer à la porte. Goliath, pour ne pas être en reste, courut dans la direction opposée, fit demi-tour et revint en courant, comme pour indiquer à Mugs qu'il allait dans la mauvaise direction.

Les pitreries de Goliath ne firent qu'empirer : il traversa la pelouse en courant, fit une drôle de pirouette, puis repartit en courant. Doreen ne pouvait qu'espérer l'absence du jardinier. Thaddeus perché sur son épaule, elle déambula sur les dalles, s'assurant de ne pas marcher à côté, jusqu'à la terrasse de Nan.

Nan avait ouvert la porte-fenêtre et accueillait Mugs avec beaucoup d'affection, comme d'habitude. Elle leva les yeux vers Doreen et lui demanda :

— Que me vaut cette visite inattendue ?

— Disons que j'ai besoin d'une tasse de thé, répondit Doreen en haussant les épaules.

Nan, toujours aussi perspicace, la regarda et fronça les sourcils.

— Aïe. Mauvaise journée ?

— C'est une belle journée, rectifia Doreen, mais parfois l'Homme est horrible.

Nan la dévisagea un long moment, puis fit signe à sa petite-fille de s'approcher.

— Viens. Assieds-toi. Je vais faire chauffer la bouilloire.

Elle disparut ensuite à l'intérieur, Mugs sur ses talons.

Ce n'était pas une journée ensoleillée, mais ce n'était pas non plus une journée grise. Il faisait suffisamment beau pour que s'asseoir dehors soit un plaisir. Doreen s'assit sur une chaise et arracha machinalement quelques mauvaises herbes des jardinières de sa grand-mère.

En sortant, celle-ci gloussa.

— Tu ne t'arrêtes jamais de travailler ?

— Je sais. C'est bizarre, non ? Parce que je n'ai jamais eu l'occasion de travailler pendant que j'étais mariée.

— Beaucoup de femmes auraient apprécié.

Doreen sourit en observant Nan.

— À l'époque, je ne savais même pas ce que je manquais.

Puis elle aperçut une autre mauvaise herbe et l'arracha. Elle tendit le tout à sa grand-mère et lui demanda :

— Peux-tu mettre ça à la poubelle ?

— Bien sûr.

Nan scruta autour d'elle, vit le jardinier au loin et sous les yeux de ce dernier, jeta les mauvaises herbes sur la pelouse.

— Oh, Nan, soupira Doreen.

— Tu aurais pu le faire en même temps, suggéra Nan avec un large sourire.

— Est-ce qu'on essaie de l'énerver ?

Alors que le jardinier levait le poing, Nan se tourna vers Doreen.

— Tu sais qu'il va m'accuser.

— Il n'a pas intérêt. Il est sur la sellette de toute façon.

— Oh, Nan, qu'est-ce que tu as fait ? se lamenta Doreen.

— Personne ne veut te voir être martyrisée quand tu es ici, et tout le monde adore voir les animaux. Tu as tellement fait pour cet endroit que ça ne pose aucun problème de laisser le chien et le chat se rouler dans l'herbe. Qui aurait cru que cela posait problème un jour ? conclut sa grand-mère en levant les yeux au ciel.

— Pour une personne qui n'aime pas les animaux, ce serait un problème, supposa Doreen. Et j'essaie de ne pas contrarier les gens en ville.

— Trop tard, répliqua Nan, le sourire aux lèvres.

Doreen soupira.

— Comment se fait-il qu'il soit toujours trop tard ? marmonna-t-elle.

Nan s'assit et prit la main de sa petite-fille dans la sienne.

— Ça ne me plaît pas que tu dises ça. Que se passe-t-il ?

— C'est cette affaire.

— Ah.

Au loin, Doreen entendit le sifflement de la bouilloire. Nan se leva, disparut à l'intérieur et ressortit rapidement avec une théière et des tasses sur un plateau, le tout accompagné de biscuits.

— Où as-tu trouvé ces biscuits ? s'esclaffa Doreen.

— J'ai mes sources, dit Nan en souriant. En outre, les biscuits sont le nectar des dieux. Ils devraient être normalisés. Je ne comprends pas pourquoi tout le monde pense qu'ils sont mauvais pour la santé.

— Parce que les gens prennent du poids en les mangeant, maugréa la jeune femme.

— Ce n'est pas ton problème, alors mange.

Doreen rit.

— Si je continue à manger des biscuits, ça va devenir un problème.

— Tu es trop maigre de toute façon, lui rappela sa grand-mère.

Sur ce sujet, Doreen n'avait aucun intérêt à argumenter. Thaddeus était grimpé sur la table, lorgnant les biscuits.

— Ce ne sont pas tes biscuits, lui dit Doreen d'un ton sérieux.

Il la regarda, comme pour dire : *Ah bon ? D'après qui ?* Il tendit son bec et, plus vite que l'éclair, vola un biscuit entier. Il se pavanait maintenant sur la table, se retournant, se pavanant à nouveau, comme s'il défilait. Et il ne pouvait pas vraiment crier, car son bec était plein.

Doreen lui lança un regard noir.

— C'est de la gourmandise, le réprimanda-t-elle.

Il posa le biscuit et ses « *he-he-he-he* » résonnèrent sur la terrasse, tandis qu'il dodelinait de joie.

— Je ne devrais vraiment pas te laisser t'en tirer comme ça, murmura-t-elle avec un sourire, mais j'accepte tout ce qui me fait sourire aujourd'hui.

— Tout à fait, approuva Nan. Parfois, c'est nécessaire.

Doreen contempla sa grand-mère.

— C'est vrai, mais ce n'est pas chose aisée.

— Est-ce dû au fait qu'il s'agisse d'un enfant ?

— En effet. J'ai lu le journal de la mère. Le capitaine aussi, et il en a tiré la même conclusion. Des parents indignes et des adultes sans intérêt. Ça n'a ni queue ni tête. Tout m'est tombé dessus aujourd'hui.

Nan la dévisagea, inquiète, et poussa les biscuits vers sa petite-fille.

Doreen gloussa.

— Qu'est-ce que c'est ? Une thérapie alimentaire ? plaisanta-t-elle.

— Exactement. Et si les biscuits font l'affaire, c'est une thérapie qui ne coûte pas cher.

— Tu as raison, et j'adore être ici avec toi. J'avais juste besoin d'aller quelque part, là où je savais que je serais la bienvenue, et où je savais qu'il y aurait des rires et de la joie, ajouta Doreen.

— Comme c'est gentil de dire ça, se ravit Nan. Je suis si reconnaissante que tu vives près de chez moi.

— Moi aussi, opina Doreen. Parfois, les choses ne se passent pas comme nous l'aurions souhaité, c'est tout.

— Oh, ma chérie, tu n'as vraiment pas le moral.

— Tout va bien. Je veux dire, je m'en remettrai.

— Bien entendu, affirma Nan d'un ton ferme. Mais parfois, on a besoin d'un peu d'aide, et les biscuits sont un moyen idéal de se remonter le moral.

Doreen rit, prit un biscuit et, dès que ses doigts le touchèrent, Thaddeus s'exclama :

— Ne touche pas à ça. Ne touche pas à ça.

Elle se tourna pour lui adresser un regard noir. Puis il reprit ses « *he-he-he-he* ».

Nan rit de plaisir.

— Je ne sais pas où il va chercher tout ça, mais je m'amuse tellement quand il est là.

— Jusqu'à ce qu'il s'attaque à tes doigts.

Doreen fusilla le perroquet du regard, chaparda un biscuit et mordit avec force dedans.

Thaddeus arracha un morceau de son propre biscuit et le picora.

— Il ne va pas manger tout le biscuit quand même ? s'inquiéta Doreen. Ce n'est pas très sain.

— En effet, je ne pense pas que ce soit très sain, approuva Nan. Et qu'ils soient à base de flocons d'avoine n'aide pas non plus.

— Pas du tout, confirma Doreen, avant de soupirer. Mais tu sais quoi ? Je ne suis pas prête à affronter cette bataille pour l'instant.

Nan s'esclaffa.

— Pas si tu veux garder tous tes doigts.

— Est-ce qu'il t'a déjà mordue ? demanda Doreen.

— Non, mais il ne m'a jamais répondu non plus.

Et cela ne fit qu'empirer l'état de Doreen. Elle était assise, d'humeur morose, à manger ses biscuits et à boire son thé.

— Maintenant, veux-tu bien me dire ce qu'il se passe ? l'interrogea Nan après qu'elle eut terminé son biscuit.

— C'est cette affaire. J'ai eu une réunion avec le capitaine et son équipe au poste de police ce matin, répondit-elle, comme s'il s'agissait d'une banalité.

Nan, qui n'avait pas connaissance de la matinée de Doreen, ouvrit la bouche et lança :

— Sérieusement ?

Doreen opina du chef.

— Oui, je devais discuter de certaines informations avec Mack et le capitaine, alors il a fait venir tout le monde, et je n'ai eu à tout raconter qu'une seule fois.

— C'est logique, mais je n'avais pas imaginé que tu assistais à des réunions avec tout le monde.

— Ce n'était pas vraiment une *réunion*, mais c'est comme ça que ça s'est passé. D'ailleurs, je les ai simplement mis au courant des informations que j'avais. Ce n'est pas comme s'ils m'avaient rendu la pareille avec les informations qu'ils ont, dit Doreen en levant les yeux au ciel.

— Évidemment. Ce sont les affaires de la police.

— Oui, mais ce n'est pas juste.

— Leur as-tu demandé ?

Doreen réfléchit puis secoua la tête.

— Non. Pas du tout. Je pensais à quelque chose de complètement différent. Et comment te sens-tu après notre virée d'hier ?

— Aux anges ! répondit sa grand-mère en se frottant les mains. Quand veux-tu recommencer ?

Doreen fixa Nan du regard, qui semblait sincèrement intéressée par une nouvelle sortie.

— C'était charmant. De sortir et, surtout, ça m'a donné des sujets de discussion avec tout le monde ici.

— Des sujets de discussion ? répéta Doreen avec précaution, les sourcils froncés.

— Tu sais, quelque chose à leur raconter, quelque chose pour que tout le monde écoute. On marque beaucoup de points quand on a la meilleure histoire ici. Et puis tout le monde veut se rapprocher de toi et apprendre à te connaître.

— Tu exerces donc ta popularité sur eux ? la questionna Doreen d'un ton sec.

— Tout à fait ! s'exclama Nan avant de partir d'un rire joyeux.

— Nan, je ne pense pas que tu aies besoin de sujets de discussion.

— Non, bien sûr, mais c'est toujours agréable d'en avoir quelques-uns. Et le fait d'être ta grand-mère m'a valu beaucoup de reconnaissance ici, ajouta-t-elle avec un petit rire. Tout le monde veut savoir ce que tu fais, où tu en es dans les différentes affaires. Ils veulent aussi avoir des nouvelles des affaires précédentes. Parfois, je ne sais vraiment pas quoi leur répondre.

— Et je n'ai pas beaucoup de réponses non plus, fit Doreen en hochant la tête. Tu sais que ces choses-là avancent très lentement dans le système judiciaire.

— *Très* lentement, reconnut Nan. Trop lentement si tu veux mon avis. Comment se fait-il que les criminels puissent devenir des criminels et s'en tirer si vite, mais que la justice mette tant de temps à les rattraper ?

— Je pense que la police fait tout ce qu'elle peut, répondit Doreen. Je leur en ai fait voir de toutes les couleurs avec mes pistes sur ces affaires non résolues, et c'est injuste.

— Injuste, *mon œil*, gloussa Nan avec un revers de la main comme pour dire : « *En amour comme à la guerre* ».

Nan n'avait peut-être pas tort non plus, pensa Doreen.

— Je devrais rentrer chez moi, annonça-t-elle après avoir fini son thé et remarquant que les animaux s'ennuyaient.

— Sauf si tu n'en as pas envie, déclara sa grand-mère.

Doreen lui sourit.

— C'est gentil, mais ça va mieux. J'avais juste besoin d'un petit remontant.

— Je ne sais pas si je t'ai bien remonté le moral. Tu as toujours l'air un peu déprimée.

— C'est pourquoi je vais rentrer à la maison, prendre un livre, m'allonger dans le jardin et oublier tout le monde.

Doreen se leva et les animaux se postèrent aussitôt à ses côtés.

Le perroquet battit des ailes et cria :

— Thaddeus est là. Thaddeus est là.

Elle lui sourit, l'attrapa et le posa sur son épaule.

— Rentrons jouer au bord du ruisseau.

Thaddeus poussa des cris de joie.

Le sourire aux lèvres, elle se pencha et serra sa grand-mère dans ses bras avant de déposer un baiser sur sa joue.

— Je t'appelle bientôt.

Sur ce, elle partit.

Dès qu'elle atteignit le ruisseau qui menait à sa maison, elle se sentit un peu plus apaisée. L'eau semblait lui apporter une certaine satisfaction et évacuer une grande partie du stress qui l'habitait. Et ce n'était pas tant du stress aujourd'hui que de la tristesse. De la tristesse à l'idée que les gens soient simplement… des gens. Pourquoi devaient-ils être… des gens ?

Elle secoua la tête, sachant qu'elle racontait n'importe quoi, mais tout cela était parfois un peu trop difficile à comprendre. Lorsqu'elle rentra chez elle, elle se sentit inhabituellement fatiguée. Pourtant, elle était déterminée à mettre en œuvre ce qu'elle avait dit à sa grand-mère. Elle s'empara donc d'un livre qu'elle n'avait pas trouvé le temps de lire dernièrement. Avec ce livre en main et une grande bouteille d'eau, elle retourna au bord du ruisseau au bout de son jardin et, au lieu de s'asseoir sur son banc, s'allongea dans l'herbe.

Sans laisse, les animaux pataugeaient délicatement dans le ruisseau à côté d'elle. Mugs profita de cette occasion pour se mouiller et se rouler par terre. Le niveau de l'eau étant bas, ils ne risquaient rien aujourd'hui. Elle pouvait donc se détendre elle aussi. Elle se redressa, sourit au monde qui l'entourait et ouvrit son livre. Elle s'y plongea quelques instants. Lorsque son téléphone sonna, elle étudia l'écran et vit qu'il s'agissait de Mack.

— Hé, Mack. Tu as trouvé quelque chose ?

— J'ai trouvé beaucoup de choses, répondit-il, mais rien de concret.

— Bien sûr. Ce serait trop facile. Je suppose que tu ne peux rien me dire, devina-t-elle en riant.

— Sans parler de ça. On n'a pas grand-chose de concluant.

— Une idée de l'identité de ce type ?

— On suppose qu'il est lié à Peter Hall, nota Mack à voix basse. Mais il y a un problème à ce sujet.

— Je t'écoute ? s'enquit-elle, avant de hoqueter, car elle avait compris. Oh non, ce n'est pas bon.

— Quoi ? l'interrogea-t-il avec une pointe d'humour. Je n'ai encore rien dit.

— Je pense déjà savoir.

— Laisse-moi au moins l'énoncer, ajouta-t-il d'un air exaspéré. Ensuite, on pourra décider quoi faire.

— Très bien. Peter Hall ?

— Est mort, confirma Mack.

— C'est bien ce que je pensais.

# Chapitre 19

D OREEN FUT QUELQUE peu choquée d'entendre ces mots sortir de la bouche de Mack. Ce dernier avait raccroché peu de temps après, en précisant qu'il passerait plus tard. Elle l'espérait, car c'était une journée si étrange pour elle que tout servirait de bonne distraction. Mais s'il lui apportait d'autres nouvelles de ce genre ? Eh bien, ce n'était pas ce qu'elle souhaitait.

Elle s'assit devant son ordinateur portable dans la cuisine et tapa le nom de Peter Hall dans son moteur de recherche. Il y avait un article sur sa mort, laquelle selon ses calculs, avait eu lieu trente-cinq ans auparavant. Paul était le premier décès, une quarantaine d'années plus tôt. Puis la mort de Jack, trente ans en arrière. Elle secoua la tête. Alors, quelqu'un tuait-il tous les cinq ans ou s'agissait-il vraiment « d'accidents » ?

En lisant cet article de journal, elle apprit que Peter Hall était également mort dans un accident de voiture. Elle soupira. Ce détail plomba son humeur. Et elle ne croyait pas aux coïncidences. Elle envoya un texto à Mack.

**Trop similaire à la mort de Jack.**

**Je sais. On y travaille.**

Elle prit cela comme une rebuffade, une façon pour Mack de dire : *Hé, tu nous as présenté cette affaire, et nous essayons de la mener à bien, alors reste en dehors ça.* Mais elle ne voulait pas rester en retrait. En peu de temps, elle découvrit qui était la femme de Peter Hall : une certaine Henrietta Toko. Qui possédait de multiples usines valant plusieurs millions de dollars. Tout comme Cleve l'avait souligné dans son histoire d'adultère, l'homme était marié à une femme super riche. Doreen fronça les sourcils.

— Alors Toko, Henrietta, murmura-t-elle, avez-vous quelque chose à voir avec cette mort ?

Ce serait beaucoup plus difficile à découvrir. Doreen continuait de parcourir la presse, à la recherche d'informations sur ce sujet, mais il n'y avait pas grand-chose à se mettre sous la dent. Mais bien sûr, à l'époque… Elle se leva, enferma les animaux, ferma la porte d'entrée à clé, puis courut à la bibliothèque.

Une autre bibliothécaire était de service, qui ignora complètement Doreen lorsqu'elle franchit la porte, ce qui lui convenait parfaitement. Elle se dirigea vers les archives et chercha rapidement tout ce qui avait trait à Henrietta Toko. Elle avait probablement repris son nom de jeune fille après la mort de Peter Hall.

Doreen trouva un faire-part, daté cinq ans avant la fusillade des garçons, indiquant que Peter Hall et Henrietta Toko s'étaient mariés. Après cela, le nom d'Henrietta disparut des journaux, jusqu'à ce que Doreen en arrive à la mort de Peter Hall.

Elle obtint d'autres informations sur « l'accident », mais très peu, la plupart se contentant d'indiquer qu'il s'agissait d'un accident de la route et que la vitesse et la chaussée glissante en étaient les facteurs. Ces accidents mettaient

Doreen mal à l'aise. Quelqu'un avait-il fait le ménage ?

Sur un coup de tête, elle prit son téléphone et appela Mack.

— Qu'est-ce que tu veux ? demanda-t-il d'une voix distraite.

Doreen laissa échapper un petit rire.

— *Bonjour, Doreen. Comment vas-tu, Doreen ? As-tu des conseils utiles à me donner, Doreen ?* Non, juste « *Qu'est-ce que tu veux ?* », le taquina-t-elle.

— Tu veux forcément quelque chose. Tu veux toujours quelque chose.

— C'est faux ! s'écria-t-elle. Je te donne souvent quelque chose en retour.

Après une pause, elle entendit le sourire dans sa voix lorsqu'il répliqua :

— C'est tout à fait vrai. Alors, que veux-tu ?

— Je veux le numéro de téléphone de cette Henrietta Toko.

— Pourquoi ? l'interrogea-t-il avec méfiance.

— Parce que j'ai des questions à lui poser, expliqua la jeune femme, mais je ne trouve ni numéro de téléphone ni adresse.

— C'est logique, répondit Mack. Tu sais que, compte tenu de ce qui s'est passé dans sa vie, je suis persuadé qu'elle n'a pas envie qu'on vienne la déranger.

— La déranger est une chose, argumenta Doreen calmement, essayant d'être persuasive, mais que quelqu'un pose des questions sur de potentiels meurtres dans lesquels son défunt mari était peut-être impliqué, c'en est une autre.

— Et il se peut également que tu mettes le feu aux poudres.

— Tu essaies de me tenir loin d'elle ? s'enquit Doreen.

Ou dois-je téléphoner au capitaine et lui demander les coordonnées d'Henrietta ?

— Comme c'est intéressant. J'ignore ce que ferait le capitaine de ta demande.

— *Hmm*, songea-t-elle avant de rétorquer : tu sais quoi ? Je crois que je vais lui demander.

Sur ce, elle raccrocha au nez de Mack, le sourire aux lèvres en l'entendant bafouiller. Puis elle appela en vitesse le capitaine.

Lorsqu'il répondit, ce fut, lui aussi, d'une voix distraite.

— Désolée, capitaine, s'excusa Doreen. Je ne veux pas vous déranger, mais j'ai une nouvelle information à vérifier. Je cherche les coordonnées d'Henrietta Toko.

— Ah, ce ne sera pas une mince affaire. Il n'est probablement pas répertorié.

— Avez-vous une idée de l'endroit où cette dame pourrait vivre aujourd'hui ?

— C'est une grande amoureuse de la région, alors je pense que c'est derrière un portail bien gardé.

— Évidemment, acquiesça Doreen avec enthousiasme. Mais on ne sait jamais, je pourrais peut-être réussir à entrer.

— Peut-être, je crois qu'elle a une propriété dans le sud-est de Kelowna.

La jeune femme réfléchit un instant.

— Ce sera une zone difficile à parcourir, encore plus de trouver quelque chose d'utile, marmonna-t-elle.

— En effet. Attendez une minute. Je me rappelle avoir vu quelque chose à son sujet dans nos dossiers.

Doreen patienta, l'entendant taper sur les touches de son clavier.

— Je n'ai pas de numéro de téléphone, mais je peux vous dire qu'elle reçoit son courrier au supermarché de Spiers

Road.

— D'accord, et je suppose que vous ne pouvez pas me donner l'adresse d'Henrietta.

— Absolument pas, mais en allant au magasin où elle reçoit son courrier, je pense que vous pourrez la trouver là-bas.

— Je ferai de mon mieux. Merci, conclut-elle avant de raccrocher.

Confortée par la confiance du capitaine et qu'il ne lui ait pas demandé ce qu'elle lui voulait, elle posa son téléphone, consulta ses notes, réfléchit à ce qu'elle pourrait faire de plus pour dénicher des informations, puis alla chercher les animaux, qu'elle fit monter dans sa voiture.

— Allons faire du shopping, lança-t-elle à son équipe.

Heureusement, l'argent de la récompense était sur son compte et elle avait besoin de faire quelques courses. Il n'était donc pas exclu qu'elle achète quelques articles dans un magasin où elle n'était jamais allée auparavant. Arrivée là-bas, elle constata qu'il s'agissait d'un petit commerce de proximité qui avait l'air figé dans le temps.

Elle erra dans le magasin jusqu'à ce que l'une des employés lui annonce :

— Excusez-moi. Les animaux ne sont pas autorisés ici. Ça va à l'encontre des règles sanitaires.

Elle se tourna vers l'employée et s'excusa, tout en regardant Mugs et Goliath, qui se tenaient bien.

— Je n'ai pas réfléchi.

Rapidement, elle prit une miche de pain et une bouteille de lait, ainsi qu'un morceau de fromage et un petit pot de beurre de cacahuètes qu'elle étudia.

— Je prends ça et je vous promets de les faire sortir.

L'employée hésita, puis haussa les épaules.

— Vous êtes déjà là, alors je suppose que ce n'est pas grave.

— Et je suis désolée, répéta Doreen. J'ai tellement l'habitude de les emmener partout que j'ai tendance à oublier que certains magasins ne les acceptent pas.

— Ce n'est rien, répondit la femme avec un sourire. Si j'avais des animaux, je voudrais moi aussi les emmener partout.

— Ils sont une telle bénédiction, releva Doreen avec un sourire radieux. Particulièrement ceux-là.

La femme en face d'elle rit.

— C'est une sacrée troupe.

Puis elle aperçut Thaddeus, caché sous les cheveux de Doreen.

— Oh, mon Dieu ! s'écria-t-elle. Je sais qui vous êtes.

— Comment ?

— Vous êtes la… répondit l'employée avant de se taire.

— Oui, les gens m'appellent la folle.

— Ce n'est pas ce que j'allais dire, répliqua l'autre femme, le sourire aux lèvres. J'allais dire, *vous êtes la détective*.

Doreen se redressa fièrement.

— C'est bien moi, confirma-t-elle avec un petit rire. Mais la plupart des gens sont beaucoup moins polis et m'appellent la folle.

— Vous êtes peut-être folle, la taquina l'employée, mais vous êtes mon genre de folle.

Elle scanna les articles de Doreen puis l'interrogea :

— Vous vivez dans le coin maintenant ?

— Je cherchais une propriété dans le quartier, répondit Doreen, essayant de trouver un moyen de dire la vérité sans avoir à mentir.

— C'est un quartier très agréable, affirma chaleureusement l'employée. Les gens sont très sympathiques. Beaucoup vivent ici depuis toujours.

— J'ai cru comprendre que certaines personnalités éminentes de Kelowna vivaient ici également, renchérit Doreen en observant l'employée avec curiosité. C'est aussi votre avis sur le quartier ?

— Oh, il y en a beaucoup, certifia-t-elle. Il suffit de voir tous les domaines vinicoles autour de Kelowna.

— Et les usines, nota Doreen.

— En effet, il y a bien Henrietta Toko qui vit ici. Mais on est habitués à sa présence, donc on a tendance à oublier qu'elle est issue des anciennes familles. Mais c'est le cas. Et c'est une bonne famille.

— J'ai entendu dire qu'elle vivait ici, mais je n'ai jamais vu aucune de ces grandes propriétés. Ils ont tous de grands portails, une équipe de sécurité et de grandes étendues.

— Vous venez de décrire la propriété d'Henrietta à la perfection, s'amusa l'employée. Elle vit en haut de la route. Un énorme portail en métal rouge que vous ne pouvez pas rater, mais vous ne pouvez pas entrer, bien entendu. Alors, elle reçoit son courrier ici.

— Et est-ce qu'elle vient elle-même le chercher ou est-ce qu'elle a des employés ? la questionna Doreen en levant les yeux au ciel. Je veux dire, comme si j'allais un jour avoir autant d'argent.

— À qui le dites-vous, approuva l'employée en secouant la tête. Elle ne vient pas souvent, plus maintenant. Mais elle venait avant. Après la mort de son mari, elle est devenue un peu plus ouverte, vous voyez ? Je suppose qu'elle avait besoin de voir des gens un peu plus souvent. Pourtant, ces dernières années, on ne l'a pas beaucoup vue.

— Elle doit aussi prendre de l'âge.

— En effet, comme nous tous, acquiesça la femme avec un sourire.

— N'est-ce pas ? s'esclaffa Doreen.

Elle accepta le sac de courses que lui tendait l'employée et la remercia.

— Merci beaucoup, et je suis désolée d'avoir fait entrer les animaux.

L'employée sourit.

— Ah, ne vous inquiétez pas pour ça. Tant que personne ne se plaint, tout va bien.

— Le problème, c'est que dès que l'on pense que personne ne va se plaindre, quelqu'un nous donne tort.

Et, avec un sourire et un signe de la main, elle ramena les animaux vers sa voiture. Elle les fit monter en vitesse puis observa des clients entrer et sortir, venant faire quelques achats ou chercher leur courrier.

Doreen se tourna vers Mugs.

— Qu'en penses-tu ? On va faire le tour du pâté de maisons ? Peut-être qu'on ferait mieux d'y aller à pied.

Le chien aboya à plusieurs reprises et se montra très excité.

— Ce serait une bonne idée. Ce n'est pas comme si on avait une raison de se garer devant la maison d'Henrietta de toute façon. Donc tout ce qui nous donne une excuse pour nous rapprocher – parce qu'on voulait se promener dans le quartier – est justifié.

Ainsi, elle les mit en laisse et les sortit à nouveau du véhicule. Lorsqu'elle leva les yeux, l'employée apparut à la porte de la supérette et la regarda. Doreen haussa les épaules.

— Ils ont besoin d'aller se promener, expliqua-t-elle en souriant.

— C'est le problème avec les animaux, opina la femme,

le sourire aux lèvres, en saluant Doreen d'une main.

— Toujours, mais ils sont adorables et bien élevés.

— Je vous le confirme.

Doreen tira légèrement sur la laisse et guida Mugs dans la direction indiquée par l'employée, là où vivait Henrietta. Tandis que Doreen marchait, Mugs prenait son temps, reniflant tout. C'était vraiment une belle journée, elle avait donc une bonne excuse pour les sortir. Même Goliath semblait étrangement coopérer.

Doreen et son équipe se promenaient le long de la route, souriant aux passants, quelques-uns klaxonnaient, et elle continuait à marcher sur le côté, menant sa petite vie. Elle ne dérangeait personne, et personne ne paraissait dérangé par sa présence. Elle semblait plus que la bienvenue ici – ou peut-être que les habitants l'ignoraient simplement. Elle sourit à cette idée, car il y avait bien pire que d'être ignorée.

Lorsqu'ils furent assez loin pour apercevoir le grand portail rouge, elle comprit ce que l'employée avait voulu dire. Il était imposant. Mais, curieusement, il était ouvert, comme pour signifier que quelqu'un qui vivait là était sorti se promener.

Pourtant, Doreen pensait que les propriétaires auraient fermé les portes derrière eux, si c'était le cas, mais peut-être que des artisans ou quelqu'un d'autre travaillaient sur place. Son ex avait été très précis sur les personnes autorisées à entrer dans leur propriété. Peut-être que cette Henrietta était comme lui.

Doreen laissa Mugs se promener tranquillement de long en large et, lorsqu'elle leva les yeux, un homme se tenait devant l'entrée. Doreen lui sourit.

— Bonjour.

— Qu'est-ce que vous faites là ?

— Oh, je suis garée à la supérette, expliqua-t-elle, mais mon chien avait besoin de sortir et de faire ses besoins. Alors on se promène dans la rue. Est-ce qu'on dérange ?

Il secoua la tête, regarda le chien et remarqua :

— Vous devez venir de loin si vous n'avez pas eu d'autre choix que de faire ça ici.

— Pas vraiment, mais c'était trop risqué d'attendre.

Elle espérait que Mugs lui pardonnerait ce mensonge, mais elle devait avoir une excuse pour justifier sa présence. Elle observa le portail et haussa les sourcils.

— Je n'ai jamais vu un tel portail. Quelle couleur !

— C'est ma grand-mère, précisa-t-il en souriant. Elle est du genre artiste et ne voulait pas une couleur banale, comme tout le monde.

— Oh, je suis tout à fait d'accord avec elle, approuva Doreen en s'émerveillant devant les portes. On ne voit pas assez de couleurs. Traditionnellement, tous ces portails sont noirs.

— Le noir est pratique. Ça ne nécessite que très peu de peinture. Mais, si quelqu'un égratigne ce portail, il faudra le retoucher, et c'est pénible.

— Je n'y avais jamais pensé, avisa Doreen, mais vous avez raison. Le noir n'a pas besoin d'être repeint aussi souvent.

— Ça dépend de ce qui a été utilisé comme sous-couche. Souvent, le noir est une couleur facile à entretenir, parce que toutes les sous-couches sont noires.

Il montra du doigt un petit éclat en bas du portail.

— Vous voyez ? Comme ça. En principe, ça devrait être retouché. Il faudra que je lui demande si elle veut le faire réparer.

— Donc ce n'est pas la meilleure couleur. Ça devient

également coûteux au fil du temps.

— Exactement, mais je sais qu'elle l'adore, alors…

Doreen éclata de rire.

— Vous savez quoi ? Selon ce qui se passe dans sa vie, il n'y a aucun mal à ce qu'elle aime un portail rouge. Même si c'est pénible à entretenir.

— C'est vrai, acquiesça-t-il avec un sourire.

Il regarda de nouveau Mugs, puis se rendit compte que Goliath était tenu par l'autre laisse.

— Je vois rarement des chats en laisse.

— Peu de chats aiment les laisses, et honnêtement, ce chat n'aime les laisses que dans vingt pour cent des cas. Le reste du temps, je ne peux même pas m'approcher de lui avec une laisse à la main. Pourtant, aujourd'hui, l'idée lui a plu.

— Que faisiez-vous à la supérette ? demanda-t-il avec curiosité. Je ne crois pas vous avoir déjà vue dans le quartier.

— Je suis relativement nouvelle à Kelowna, répondit Doreen sur le ton de la confidence. Et tout le monde ne cesse de vanter la beauté du sud-est de Kelowna. J'ai donc voulu faire un tour, je me suis arrêtée au magasin du coin et j'ai fait quelques courses, au lieu de me rendre dans l'un des grands supermarchés. C'était sympa.

Il se contenta de hocher la tête d'un air absent.

— Honnêtement, c'est le contraire pour moi. Je quitterais cette ville sans hésiter.

— Pourquoi ? Il n'y a sûrement pas grand-chose qui vous retient ici.

— Ma grand-mère, précisa-t-il en jetant un coup d'œil à la maison au loin. Je n'ai pas envie de la laisser seule.

— Oh, je comprends. C'est pour ça que je suis venue m'installer à Kelowna, pour ma grand-mère.

— On est tous liés à cette ville, d'une manière ou d'une

autre, n'est-ce pas ? s'enquit-il, avec un demi-sourire.

— Tout à fait. Je serais perdue sans elle, admit Doreen.

— Je vois ce que vous voulez dire, convint-il.

Il alluma une cigarette et resta là quelques minutes, pendant qu'elle laissait Mugs se promener. Puis il ajouta :

— Je vais rentrer. Passez une bonne journée.

— Vous aussi, lança-t-elle avec un sourire et un signe de la main.

Au moment où Doreen se détournait avec Mugs, une voiture de sport déboula en trombe avant que le conducteur ne donne un coup de frein. Elle leva les yeux et même le petit-fils s'arrêta.

C'était Bernard, l'homme qui lui avait offert la récompense.

Il sortit, contempla Doreen, et déclara :

— Je ne m'attendais pas à vous voir ici.

Elle répéta le discours qu'elle venait de tenir au jeune homme et ajouta :

— Naturellement, Mugs a décidé qu'il avait besoin d'une pause-pipi.

Bernard s'esclaffa et traversa la route pour venir caresser Mugs, qui l'accueillit comme un vieil ami.

— Ce petit gars, c'est un sacré personnage, s'amusa-t-il avant de se tourner vers le jeune homme qui se tenait au portail. Comment vas-tu, Sean ?

— Ça va. Et toi ?

— Ah, ça va. C'est la jeune femme qui m'a aidé à résoudre mon problème de solitaire disparu, souligna-t-il avec un petit rire. Et depuis, j'essaie de l'inviter à dîner.

— Oh, souffla le jeune homme, passant son regard de Bernard à Doreen.

Celle-ci haussa les épaules.

— C'était un coup de *chance*, c'est tout.

— Pas du tout, argumenta Bernard. Elle est très intelligente. Plus encore, elle pense différemment. Et croyez-moi. Je n'ai jamais été aussi heureux que d'en finir avec cette histoire.

— Et je n'ai jamais été aussi heureuse que de recevoir cette récompense, répondit-elle avec un sourire malicieux.

Le rire de Bernard retentit dans le quartier.

— Puis-je vous inviter à prendre un café ? proposa-t-il, avant de se tourner vers les animaux. Puis-je tous vous inviter ?

— Et que feriez-vous si j'acceptais ? le taquina Doreen.

— Vous pouvez toujours revenir au bord de l'eau avec moi, suggéra Bernard, et nous pourrons y prendre un café.

Elle hésita, puis remarqua que Bernard étudiait le jeune homme avec une expression étrange. Elle décida qu'il y avait là une histoire à raconter.

— Avec plaisir. Enchantée de vous avoir rencontré, dit-elle avant de se retourner vers Bernard. Je dois retourner chercher ma voiture à la supérette.

— Pas de soucis. Voulez-vous que je vous dépose ?

— Non, je peux marcher. C'est pour ça que nous sommes là de toute façon.

Elle se dépêcha de guider les animaux en direction de sa voiture. Elle entendit les deux hommes parler derrière elle, mais pas assez pour saisir l'essentiel ; elle aurait aimé être une mouche, ce qui lui aurait permis d'obtenir toutes les informations qu'elle voulait.

Dès que les animaux furent chargés et qu'elle fut derrière son volant, elle se demanda quel était le meilleur moyen de se rendre chez Bernard.

Il s'arrêta à côté d'elle et cria :

— Suivez-moi !

— OK !

Ce problème résolu, elle conduisit derrière lui.

Il y avait des non-dits entre Bernard et le jeune homme, mais elle ignorait quoi exactement. Elle voulait le lui demander, et même si elle ne voulait pas s'acoquiner avec Bernard, elle voulait absolument obtenir des informations.

Elle soupira en regardant son chien.

— Tu as vu ça ? Les choses qu'on doit faire pour avoir des réponses.

Il aboya plusieurs fois. Elle sourit et s'engagea finalement dans l'allée derrière Bernard. En sortant, elle laissa les animaux errer en liberté. Mugs se précipita aussitôt sur l'un des jardiniers, qui le salua chaleureusement. Doreen s'excusa auprès de lui.

— Désolée, Mugs est sympathique, mais parfois un peu fougueux.

— J'adore les chiens, la rassura le jardinier avec un sourire.

— Il est clair que Mugs l'a senti, gloussa la jeune femme.

Bernard lui sourit et lui fit signe de se diriger vers la porte d'entrée.

— Entrez donc.

Dès qu'ils furent à l'intérieur, la porte fermée, Bernard murmura :

— Maintenant, vous pouvez me dire ce que vous faites réellement ici.

Doreen lui adresse un sourire radieux.

— Et vous pouvez aussi me parler de ces gens.

— En effet. J'ai quelques histoires à leur propos.

— Je n'en doute pas. Mais j'ignore si tout ça me sera utile.

Il se figea, la dévisagea et lui demanda :

— Vous êtes sur une nouvelle affaire ?

Elle grimaça et il dodelina.

— Oh, ça va être intéressant ! s'exclama-t-il en se frottant les mains. Que voulez-vous boire ?

— Un café.

— Ça vous arrive de boire autre chose ? grommela-t-il.

— Du thé, répondit-elle prestement.

— Ce n'est pas mieux.

Doreen éclata de rire.

— Ça fera l'affaire pour l'instant.

— Très bien, soupira-t-il.

Après avoir commandé leurs boissons à sa gouvernante, il les guida jusqu'à la terrasse à l'arrière de la maison, où les animaux se promenèrent en liberté.

— Alors, que se passe-t-il ?

— Je voulais jeter un coup d'œil à ce quartier intéressant, marmonna Doreen.

— Mais bien sûr, ironisa Bernard. Vous ne me dites pas tout.

— En effet, mais d'abord, dites-moi quelque chose à propos de cette famille.

— Que voulez-vous savoir ?

— Comment était le mari d'Henrietta ?

— Oh, un vrai crétin, maugréa Bernard. J'aimais bien Henrietta à l'époque, mais elle était plus âgée que moi, et c'était un de ces béguins de jeunesse qui, heureusement, n'ont pas abouti.

— Pourquoi heureusement ?

— Parce que je pense qu'on ne se serait pas bien entendus, déclara-t-il catégoriquement. Et plus j'ai vu sa vie s'effondrer, plus j'ai réalisé que j'avais fait le bon choix.

Doreen sourit.

— Vous auriez pu avoir une aventure avec elle à l'époque, mais je ne pense pas que vous auriez eu une relation à long terme.

— C'est certain, affirma Bernard, mais j'ai eu le cœur brisé, rien qu'à l'idée d'y penser.

Doreen éclata de rire.

— Et le mari ?

Bernard posa ses yeux sur elle et grimaça.

— Un politique prétentieux, toujours en train d'insister pour obtenir quelque chose, toujours un peu… je ne sais pas comment dire… *bizarre*, je suppose. Ce n'était pas mon genre de fréquentation.

— Pourquoi ? s'empressa de l'interroger Doreen.

Il réfléchit à sa réponse, haussa les épaules et se lança dans son explication.

— C'était un homme à femmes. Je sais que beaucoup de gens me considèrent aussi comme un homme à femmes, mais je ne tromperais pas la personne que j'ai épousée et je ne sortirais pas avec un tas d'autres femmes alors que je fréquente sérieusement quelqu'un. Dans son cas, il ne s'est jamais vraiment engagé avec elle.

— Comme c'est triste, fit remarquer Doreen. Personne n'apprécie de ne pas recevoir tout l'amour et toute l'attention de la personne qu'on aime.

— C'est vrai, approuva Bernard, et j'ai toujours pensé que leur mariage n'était rien d'autre qu'un accord commercial.

La jeune femme le dévisagea.

— À cause de l'argent des Toko ?

Il hocha lentement la tête.

— C'est la seule fille, elle devait donc hériter de tout.

— C'est vrai ?

— Oui, et son mari est décédé à peu près en même temps que son père, ce qui lui a causé pas mal de chagrin.

— Quand ?

Bernard haussa les épaules.

— Je n'ai pas de date précise en tête, mais son père est mort en premier et, alors qu'ils étaient encore en train d'examiner le testament, le mari est mort à son tour.

— Ah… Le père et le mari s'entendaient-ils bien ?

— Je crois qu'ils étaient de bons amis, répondit Bernard en se redressant sur son siège. Maintenant que vous m'avez cuisiné, que se passe-t-il selon vous ?

— Je n'en suis pas certaine, murmura Doreen. Des rumeurs ont-elles couru sur ses supposées liaisons ?

— S'il y en avait eu, ça ne m'aurait pas surpris, mais je ne me souviens pas avoir entendu quoi que ce soit à ce sujet. J'avais l'impression qu'Henrietta ne l'aurait pas toléré.

— J'imagine. Ça ne veut pas dire qu'il n'a pas eu de liaisons.

— Et selon vous, avec qui aurait-il eu une liaison ?

— Une enseignante, répondit Doreen du tac au tac.

— Intéressant… La seule fois où je l'ai aperçu avec une enseignante, c'était… dit-il avant de baisser d'un ton, comme s'il se parlait à lui-même. Qui était cette jeune et jolie petite chose ?

La gouvernante se présenta. Doreen attendit et la remercia pendant qu'elle servait le café. La femme ne fit aucun bruit ; elle plaça la tasse près de Doreen et repartit presque aussi vite, professionnelle et silencieuse. L'ex-mari de Doreen aurait approuvé. Détestant le comparer à qui que ce soit, elle attendit que Bernard lui réponde.

— Je ne me souviens pas de son prénom, finit-il par

ajouter, mais je dirais quelque chose comme Shelley.

— C'est ça, confirma Doreen. Bravo. Elle s'appelle Shelley Brewster.

Bernard regarda Doreen avec surprise.

— Oui, c'est elle.

— Tout à fait. Je veux savoir si cette liaison a été rendue publique et si elle a eu un impact sur la vie de Peter.

— Eh bien, si Henrietta l'avait découverte ou si son père l'avait découverte, ça aurait été grave, déclara Bernard. Vraiment *très* grave.

Doreen fronça les sourcils.

— Au point de commettre un *meurtre* ?

— Où voulez-vous en venir ?

Il prit son café et l'observa par-dessus le rebord en attendant.

— Peter Hall a été tué dans un accident de voiture il y a quelques années, commença-t-elle. Je me demande s'il s'agit d'un accident de voiture ou d'un homicide volontaire.

Bernard la dévisagea, puis posa sa tasse avant de se caler dans son fauteuil.

— Wouah. Vous n'y allez pas de main morte !

— Parfois, je n'ai pas le choix. La plupart des gens n'aiment pas vraiment répondre aux questions.

— Je vous le confirme. Et pourquoi cette liaison aurait-elle un rapport avec sa mort ? s'interrogea-t-il à voix haute avant de hausser les épaules. Non pas que j'imagine quelqu'un le tuer, mais ça aurait eu un impact sur son chiffre d'affaires.

— Je vois. Et si le père d'Henrietta l'avait découvert ?

Bernard la fixa du regard un moment.

— Je ne pense pas que le vieux Toko aurait révélé quoi que ce soit à sa fille, mais il aurait certainement eu quelque chose à dire à Peter.

— D'accord, et ce qu'il aurait eu l'intention de lui dire n'était pas très plaisant.

Bernard éclata de rire.

— Non, le père était vieux jeu. C'était une chose d'avoir une liaison – ne vous méprenez pas. Je veux dire que dans l'esprit du vieux Toko, une liaison n'était pas grave, mais elle ne devait *jamais* être rendue publique, il fallait que ce soit discret.

— Il n'aurait donc pas été contre la liaison du gendre, tant que personne n'en savait rien ? s'enquit Doreen pour s'en assurer.

— Toko aimait sa fille, donc il n'aurait peut-être pas été d'accord de la voir ridiculisée de la sorte, mais il préférait que cette histoire soit cachée. Il ne pensait qu'à son image.

— Un tel événement aurait-il eu une incidence sur le chiffre d'affaires de Toko ?

— Eh bien, le gendre faisait partie du conseil d'administration de l'usine.

Bernard réfléchit un instant avant de reprendre.

— Vous savez quoi ? Il a été démis de ses fonctions à la même époque. Vous pensez vraiment que quelqu'un l'a tué ? la questionna Bernard en arquant les sourcils.

— Je ne sais pas si quelqu'un l'a tué, mais je peux vous dire que j'enquête sur une fusillade datant d'il y a longtemps, qui n'a jamais été résolue et qui a un rapport avec le capitaine Hanson.

— Wouah ! s'exclama Bernard en s'enfonçant dans son siège. Ça me rappelle un tas de souvenirs désagréables.

— C'est-à-dire ? lui demanda Doreen en l'observant avec curiosité.

— Vous parlez des blessures subies par le capitaine lors

de la fusillade quand il était enfant, n'est-ce pas ?

Elle opina du chef.

— J'imagine qu'on vous l'a rappelé il y a quinze ans, lorsque l'enquête a été relancée, je me trompe ?

— Non, j'en ai entendu parler il y a environ quarante ans, parce que mon père me mettait souvent en garde contre les gens à problèmes et les conséquences que ça pouvait avoir.

— Paul n'avait que 10 ans, le capitaine 11, nota-t-elle en fronçant les sourcils. Quel genre de gens à problèmes pouvaient-ils fréquenter ?

— Mon père était lui aussi très attaché aux apparences, souligna Bernard avec un sourire en coin. Et les apparences signifiaient avoir les bons amis. Il se servait toujours de ce genre d'événements pour me faire comprendre la différence entre les bons et les mauvais amis. C'est ce que mon père a fait jusqu'à sa mort.

— Et pourtant, le capitaine dirait qu'il est peut-être issu d'un quartier défavorisé, mais d'une bonne famille.

# Chapitre 20

PLUS TARD DANS la soirée, après avoir mangé un sandwich sur sa terrasse, Doreen resta assise dehors, réfléchissant aux informations que Bernard lui avait fournies dans la journée.

Lorsqu'elle entendit Mack passer la porte d'entrée, elle le héla :

— Je suis à l'arrière !

Il la rejoignit et elle pivota vers lui.

— Oh, tu as l'air fatigué.

— Oui, on dirait que c'est une constante ces jours-ci.

— Je suppose que tu n'as pas de bonnes nouvelles ? soupira-t-elle.

— Ce n'est pas tant que je n'ai pas de *bonnes nouvelles*… je n'en ai *pas du tout*.

— Et c'est là toute la différence ?

— Exactement. Mais on y travaille.

Il hésita avant de continuer.

— Un des gars m'a dit que tu étais en vadrouille aujourd'hui.

Elle fronça les sourcils.

— Ce qui veut dire qu'un de tes gars m'a *encore* dénoncée.

Il lui adressa un sourire radieux.

— Ne vois pas ça comme de la *délation*. Peut-être qu'ils s'inquiètent simplement du fait que tu sois dépassée par les événements.

— *C'est* de la délation, affirma-t-elle.

— Alors, c'est le cas ? s'amusa-t-il.

— Est-ce que je suis dépassée par les événements, tu veux dire ? Non. Étais-je dans le sud-est de Kelowna, à essayer d'avoir un aperçu de la propriété d'Henrietta Toko ? Tout à fait. Ai-je croisé Bernard là-bas ? Absolument. Ai-je pris un café avec lui cet après-midi ? Oui.

Et elle raconta à Mack ce qu'elle avait appris de Bernard.

— Oh, c'est intéressant. Donc le père et ensuite le mari.

— C'est exact, mais je ne suis pas entièrement sûre de ce que tout ça signifie, s'il y a quelque chose à comprendre.

Il fronça les sourcils et acquiesça.

— C'est le problème avec ce genre d'informations. On en obtient un peu par-ci, un peu par-là, mais ça ne colle pas vraiment, jusqu'à ce qu'on obtienne *la* bonne.

— C'est vrai. Et je ne l'ai pas encore trouvée, soupira Doreen, avant de regarder le policier avec espoir. Et toi ?

— Non, pas encore. Mais je peux t'assurer que le capitaine m'a demandé de prendre de tes nouvelles aujourd'hui. Je pense qu'il était un peu inquiet, après t'avoir fourni l'adresse ou du moins celle du magasin où Henrietta reçoit son courrier.

— Oh, il t'en a parlé ? Il n'y a même pas réfléchi sur le moment. Il me l'a simplement donnée.

— Et je pense que c'est là qu'il s'est demandé s'il n'avait pas un peu dépassé les bornes.

— Je n'ai rien dit à personne, se défendit la jeune

femme. J'ai parlé à l'employée du magasin, apparemment Henrietta est un peu recluse, et ensuite j'ai parlé à son petit-fils, qui a parlé de son côté artiste, plutôt électron libre et qu'elle adore son portail en métal rouge – même si, s'il était noir, ça signifierait beaucoup moins d'entretien.

Mack la dévisagea et elle haussa les épaules.

— Une *simple conversation*, tu vois ?

— Oui, je vois. Mais je ne m'attendais pas à ce que ça marche aussi souvent avec toi.

Doreen le fusilla du regard.

— J'aurais dû m'en douter, rectifia-t-il en levant une main, parce que les gens te parlent tout le temps.

— Je suis facile à aborder, déclara-t-elle en souriant. Tu devrais essayer.

Il lui rendit son regard noir et elle éclata de rire. Il lui adressa un sourire réticent, puis lui demanda :

— Et qu'est-ce que tu en penses ?

— J'aime bien le petit-fils. C'est aussi le genre de jeune à avoir un pick-up comme celui-là.

Elle se tut.

— Non, non, je reformule. C'est le genre de jeune qui aurait adoré avoir un pick-up restauré comme celui-là, mais je ne pense pas qu'il le conduirait dans cet état.

— Dans quel état ? l'interrogea Mack prudemment.

— Avec cette horrible peinture, et je pense qu'il serait du genre à le faire briller, avec beaucoup de chrome, et même surélevé, tu vois ? Un pick-up avec un moteur qui rugit, mais un petit habitacle, qui ne rencontre jamais la boue et ne transporte jamais rien de suffisamment lourd pour l'endommager.

Le caporal la dévisagea puis éclata de rire.

— Pourquoi est-ce que tu ris ? Qu'est-ce qu'il y a de si

drôle ?

— Tout ce que tu as dit, s'esclaffa Mack. Mais tu as peut-être raison. On ne voit pas souvent cette tranche d'âge avec des pick-up *laids*. Les jeunes sont généralement très fiers de leur véhicule.

— Exactement. Donc… je pense que c'est lié au testament.

Mack émit un léger sifflement.

— Je ne comprends toujours pas.

— Non, c'est juste… Tu n'as pas encore assemblé tous les morceaux du puzzle.

Il leva les yeux au ciel.

— Eh bien, je suis un peu fatigué, grommela-t-il. Et si tu ne forçais pas mon cerveau à travailler, que tu assemblais quelques pièces du puzzle pour moi et que tu t'assurais qu'on n'ait pas seulement des hypothèses, mais plutôt des preuves ?

— Mais tu sais que j'adore les hypothèses, déclara-t-elle, revigorée par le sujet.

Face à son regard noir, elle se calma.

— D'accord, mais avant les preuves, il y a les hypothèses.

— Ensuite, nous poursuivons l'enquête, pour nous assurer que nous ne nous contentons pas de deviner à l'aveuglette.

— C'est ton travail, plaisanta-t-elle avec un sourire malicieux.

— Je t'écoute, soupira le policier.

— Je pense que le père d'Henrietta était au courant de la liaison, et que ça ne le dérangeait pas, tant que Peter n'en faisait pas tout un plat. Mais le vieux Toko a probablement fait ce qu'il a pu pour étouffer l'affaire. Donc, soit le vieux Toko a décidé d'exclure son gendre du testament, soit il l'y a laissé, mais a, d'une manière ou d'une autre, parlé de la liaison à sa fille. S'il a exclu Peter du testament, il est possible que Peter ait intenté une action en justice contre son beau-père à ce sujet parce que, je suppose, tu sais, dans mon esprit, qu'il y a une sorte d'accord commercial inhérent à leur mariage. Je ne sais pas si c'est le cas, mais ce serait logique. Et si le père d'Henrietta n'a pas exclu Peter du testament, la liaison a été la goutte d'eau qui a fait déborder le vase pour Henrietta.

— Mais quel est le rapport avec la fusillade ?

— C'est le problème, et je n'ai pas encore de réponse à cette question.

— Et on ne sait même pas si l'accident de voiture de Peter était autre chose qu'un accident.

— En effet, mais sommes-nous certains que ce n'était pas un meurtre ?

Mack la foudroya du regard, et elle leva les paumes.

— Je sais. Je sais. Je sais. On en revient à cette histoire de preuves et d'hypothèses.

— Tu n'es même pas encore dans l'hypothèse ! aboya Mack. Tu es encore en train de flâner entre tes théories !

— Je te l'accorde, mais tu sais que c'est comme ça que mon cerveau fonctionne.

— C'est vrai, acquiesça-t-il à voix basse, avant de bâiller.

Elle le regarda en fronçant les sourcils.

— Tu as mangé ?

— Non, je ne crois pas, pas depuis le déjeuner, répondit-il en posant son regard sur l'assiette vide de Doreen. Qu'est-ce que tu as mangé ?

— Juste un sandwich, mais je peux t'en préparer un.

Son regard était tellement surpris qu'elle se sentit coupable de n'avoir jamais fait une telle chose pour lui auparavant.

— Je peux te préparer un sandwich, répéta-t-elle.

— Je n'en doute pas, mais… merci. J'aimerais bien un sandwich.

— Avec du café ?

— Toujours, approuva-t-il.

Et cette fois, elle entendit vraiment la fatigue dans sa voix.

Elle se leva et retourna dans la cuisine, prépara du café, puis lui fit un sandwich, en doublant la garniture, de façon à ce qu'il soit assez grand pour le rassasier. En y jetant un coup d'œil, elle grimaça, puis en prépara un deuxième.

Lorsque le café fut prêt, elle lui amena une tasse, tandis qu'il s'assoupissait doucement au soleil. Elle resta là un long moment, puis posa la tasse près de lui et retourna chercher son assiette.

Elle la posa devant lui et il leva les yeux.

— Je ne dormais pas.

— Tu aurais dû. Écoute, si tu as besoin de fermer les yeux quelques minutes, tu peux.

— Merci. Vraiment. Mais ça va.

Doreen n'en était pas persuadée, mais ayant déjà utilisé la même excuse avec Mack, elle savait qu'il ne la laisserait pas s'en tirer comme ça non plus.

— Mange. Ça te fera autant de bien qu'une sieste.

Il contempla les deux énormes sandwichs devant lui et siffla.

— Wouah, tes sandwichs ont changé.

— J'ai appris à mettre un peu plus de garniture pour les rendre un peu plus copieux, expliqua-t-elle. Et dans ton cas, j'ai simplement doublé la quantité.

Il éclata de rire.

— Tu sais quoi ? Ce n'est pas bête.

Il prit la première moitié de sandwich et mordit dedans avant de lui sourire.

— C'est parfait, merci.

Elle hocha timidement la tête.

— Tu ne devrais pas… tu devrais mieux prendre soin de toi.

Même en mangeant un sandwich, il réussit à pouffer, ce qui était un talent en soi.

— Tu me fais la morale, alors je fais pareil avec toi, se défendit-elle en haussant les épaules.

Il ne renchérit pas et continua à manger. Pendant ce temps, Doreen réfléchit à ce qu'elle venait de lui dire à propos d'un lien possible.

— J'aimerais savoir ce que conduit le petit-fils d'Henrietta. Et j'aimerais vraiment voir le pick-up qui me suivait hier.

— On l'a toujours en notre possession. Il est à la police scientifique. On ignore qui s'est enfui dans le centre commercial, mais ce n'était pas le petit-fils, n'est-ce pas ?

Elle y songea, puis secoua la tête.

— Je n'ai pas eu l'occasion de bien regarder au centre commercial, répondit-elle avec regret. Ça aurait aidé, non ?

Mack hocha lentement la tête.

— Ça ne nous aurait pas donné de vraie preuve, bien sûr, mais ça nous aurait fourni un peu plus d'éléments pour avancer.

En étudiant tout ça, Doreen sortit son téléphone et appela sa grand-mère.

— Coucou, Nan. Tu te souviens de ce type qui nous a suivies avant de s'enfuir dans le centre commercial ?

— Bien sûr, gazouilla-t-elle. En quoi puis-je t'aider ?

— Je me demande s'il y a un moyen de déterminer sa

taille. As-tu eu un meilleur aperçu quand il est sorti du pick-up sur le parking du centre commercial ?

— Tu veux parler de sa taille de vêtement ? demanda Nan, confuse.

Doreen sourit à Mack.

— Non, je parle en hauteur.

— Oh, il était grand. C'était un homme costaud.

— Et tu es sûre que c'était un homme ?

— Affirmatif.

— Nan, c'est Mack, dit celui-ci en se penchant en avant.

— Oh, regardez ça, répondit la vieille dame avec plaisir. Vous dînez ensemble.

— Votre petite-fille m'a préparé un sandwich, précisa-t-il.

Nan grommela.

— Doreen, c'est tout ce que tu as trouvé pour le nourrir ? Tu ne te trouveras jamais d'homme en faisant ça.

Sa petite-fille se frappa le front d'une main et gémit.

— Nan, peut-on revenir à la discussion sur ce type ?

— Naturellement, mais rassure-toi, on discutera plus tard de ce que tu es censée donner à manger à ces gars.

— Bien sûr, on en reparlera plus tard, répéta Doreen en jetant un coup d'œil à Mack, dont le sourire s'étirait tandis qu'il mangeait son sandwich. D'ailleurs, il aime les sandwichs.

— Tu devrais au moins garder des biscuits à portée de main, répliqua Nan.

Mack écarquilla les yeux en regardant Doreen avec espoir.

Cette dernière lui lança un regard noir.

— Pas de biscuits pour lui, affirma-t-elle.

Les épaules du policier s'affaissèrent, comme si elle venait de lui briser le cœur. Elle leva les yeux au ciel.

— Nan ?

— Très bien, il était grand. Je te l'ai déjà dit.

— Oui, et j'essaie de comprendre ce que tu voulais dire par *grand*.

— Je dirais entre un mètre quatre-vingt-cinq et quatre-vingt-dix.

— *Hmm.* Te souviens-tu de sa démarche ?

— Je ne sais pas si je me souviens de sa démarche, mais je suis certaine qu'il y a des caméras de surveillance partout dans le centre commercial, non ? Je peux t'assurer qu'il faisait au moins un mètre quatre-vingts.

— Il y a peut-être des caméras. J'essaierai de t'envoyer une vidéo plus tard. Laisse-moi y réfléchir, dit Doreen.

— J'aurai quelque chose à raconter aux autres. À plus tard, lança Nan avant de raccrocher.

— Des biscuits ? demanda Mack avec espoir.

— Non, cingla-t-elle. À chaque fois, tu me mets dans le pétrin avec Nan.

Le caporal sourit de plus belle.

— On est quittes.

— Quand t'ai-je mis dans le pétrin ? protesta-t-elle.

— Des tonnes d'ennuis au bureau.

— Oh. Bon, d'accord, tu as peut-être une bonne raison alors.

— *Peut-être ?* ironisa-t-il. Tu n'as pas idée du nombre de fois où je t'ai défendue dans le passé.

— Tu as manifestement fait du bon travail, car le capitaine m'a demandé de l'aide.

— Il est également stupéfait que tu aies réussi à trouver des informations jusqu'à présent.

— Et moi qui me sentais coupable parce que je n'arrivais

pas à trouver quoi que ce soit.

— Tu as trouvé plus de choses que nous. Bien que je doive admettre que je n'ai même pas étudié le dossier. Je n'avais pas conscience du niveau d'implication du capitaine dans cette affaire.

— Je pense que c'est une partie du problème. Trop souvent, nous ne sommes pas aussi conscients que nous devrions l'être, nous gardons ces choses pour nous et nous pensons que tout le monde est au courant. Pourtant, au fil des ans, ce que tu sais et ce que quelqu'un d'autre sait – Arnold par exemple – sont deux choses différentes.

Mack mordit de nouveau dans le sandwich et resta silencieux.

— À quoi penses-tu ? demanda-t-il finalement en la regardant d'une manière étrange, presque comme s'il l'analysait.

— Je me demande si le petit-fils est le gars que nous avons vu s'enfuir dans le centre commercial.

Mack réfléchit.

— Tu n'as pas dit que tu pouvais à peine le voir derrière le volant ?

Elle secoua la tête.

— Non, c'est Nan qui a dit ça. Le problème, c'est que Nan voit à peine par-dessus le dossier du siège, alors, de l'angle où elle regardait vers l'arrière de ma voiture, je ne sais pas si elle a vu grand-chose pendant qu'il conduisait.

— Et toi ? As-tu vu le conducteur, même rapidement ? J'avais cru comprendre qu'on cherchait quelqu'un d'assez petit.

Doreen réfléchit et expliqua :

— C'est très flou, et je ne peux pas dire que j'aie confiance en ce que j'ai vu pendant que je conduisais, parce que je n'avais qu'une idée en tête : lui échapper.

— C'est une bonne chose. Mais pourquoi le petit-fils se serait-il rendu à Vernon ?

— Je n'en sais rien, admit Doreen. À moins qu'il n'y ait un lien.

— Après tout, on cherche une justification à sa localisation et pas la raison de sa présence à Vernon.

— Je suppose qu'il y a une nuance ?

— Bien sûr. On a toujours besoin de ces nuances.

— Et si je trouve un lien avec sa présence, est-ce que ça aiderait ?

— Oui, si on arrive à le localiser dans la même ville, c'est un début.

Doreen réfléchit.

— Tu sais quoi ? commença-t-elle avant de se taire, secouant à nouveau la tête. Non, je vais devoir passer quelques coups de fil supplémentaires.

— Pourquoi ?

— Non, je… Je ne dirai rien tant que je n'aurai pas eu l'occasion de vérifier.

Il lui lança un regard noir et elle haussa les épaules.

— Écoute. Je sais que ça ne te plaît pas, mais parfois, certaines choses n'aboutissent pas, et je ne veux pas partir dans une direction et découvrir que ça n'a rien à voir.

— Pourquoi pas ? l'interrogea Mack. Tu fais ça tout le temps.

Ce fut au tour de la jeune femme de lancer un regard noir au policier et il se contenta de rire. Cela lui arracha un sourire et elle acquiesça.

— Je suppose qu'à *tes yeux*, je fais tout sur un coup de tête, n'est-ce pas ?

— Disons que j'essaie encore de comprendre comment

fonctionne ton cerveau. Et, jusqu'à présent, toutes ces pistes sauvages et merveilleuses dans lesquelles tu t'engouffres sans cesse ne m'aident pas vraiment.

— Je crois que je n'y avais jamais pensé de cette façon.

— Je n'en doute pas, rit-il. Le fait est que nous ne savons pas toujours pourquoi certaines choses ont un sens et que d'autres n'en ont aucun. Alors, si tu as une idée sur laquelle tu veux plancher dans ta tête, planche dessus. N'oublie pas qui a besoin d'être au courant quand tu penses avoir une piste à étudier.

— Oh, j'aime bien cette idée. Je serai tout à fait d'accord avec ça, une fois que je l'aurai mis en place dans ma tête.

Sur ce, elle attendit qu'il parte. Après son départ, elle rappela immédiatement sa grand-mère.

— Nan, est-ce qu'un des résidents a un lien de parenté avec Henrietta Toko ?

— Oh, *elle*, répliqua Nan. C'est une snob. Ton mari et toi vous seriez bien entendus avec sa famille.

— Non, objecta Doreen. Seulement mon mari.

— C'est vrai, admit Nan d'un air confus. Je suis désolée.

— Les gens font souvent l'amalgame, mais je me demandais. Connais-tu quelqu'un lié à eux ? Sais-tu quelque chose sur son petit-fils ?

— Son *petit-fils* ? répéta Nan. Je sais qu'Henrietta a eu une fille, et j'ignore si celle-ci a eu des enfants, mais je ne pense pas qu'Henrietta ait eu d'autres enfants.

— Il n'y a donc que sa fille et son petit-fils.

— Il y a au moins un petit-fils, s'il a dit la vérité.

Doreen se raidit.

— Il ne m'a rien dit. C'est Bernard qui a pensé que c'était le petit-fils.

— Oh, tu l'as vu aujourd'hui ? gazouilla Nan, la voix

lourde de sous-entendus.

— Oui, grommela Doreen, et j'ai pris un café avec lui, mais il n'y a pas de quoi en faire toute une histoire.

— Peut-être…

— Est-ce que l'un d'entre eux a des connaissances à Vernon ?

Nan se tut et le silence se fit.

— Tu penses que c'est ce petit-fils qui nous a suivis ?

— Je ne sais pas, et n'en parle à personne, l'avertit Doreen.

Sa grand-mère répondit d'une petite voix :

— Non, je… j'entends ce que tu dis, mais ça nous donne un peu d'éléments pour avancer.

— Non, pour l'instant, ça ne me donne *aucun* élément pour avancer. C'est bien là le problème. J'ai besoin de quelque chose pour avancer, et c'est pourquoi je me demande s'il y a un lien entre Vernon et la famille Toko.

— Je peux demander à quelques personnes si elles savent quelque chose sur Henrietta, proposa Nan à voix basse. Mais vu que tu as pris un café avec Bernard, tu devrais vérifier auprès de lui.

— Tu as raison. Demande à Richie et à quelques-uns des résidents, et je vais interroger Bernard.

Doreen raccrocha et appela ce dernier en vitesse.

Il répondit d'un ton jovial.

— Doreen, que puis-je faire pour vous ?

— Je me demandais si Henrietta Toko et son petit-fils ont un lien avec la ville de Vernon.

— Vernon ? Eh bien, beaucoup de gens ont des relations d'affaires dans les deux villes. Ce ne serait pas inhabituel.

— Bien. Et quel véhicule conduit Sean ? Le savez-vous ?

Bernard hésita, puis demanda :

— Pourquoi toutes ces questions ?

— Une affaire, comme vous le savez.

— Je sais que vous enquêtez, confirma-t-il, mais je n'aimerais pas apprendre que le petit-fils est impliqué dans quoi que ce soit.

— Je n'en suis pas encore sûre, mais plus vite je pourrai le rayer de ma liste, mieux ce sera.

— D'accord, donc vous voulez le rayer de votre liste de suspects ?

— Tout à fait. Alors, savez-vous quel véhicule il possède ?

— Non. Je vais voir si je peux me renseigner, et je vous rappelle dans quelques minutes.

Il raccrocha.

Elle observa son téléphone, se demandant comment les enquêtes se déroulaient autrefois. Elle passait coup de fil sur coup de fil pour essayer de dénicher des informations, puis les gens la rappelaient. C'était un processus fascinant qui lui rappelait combien ces enquêtes étaient difficiles à mener quelques années auparavant.

Les gens devaient aller et venir, et parfois même se dire que certaines de ces virées n'en valaient même pas la peine. Cela lui permit en tout cas de mieux comprendre la difficulté de faire circuler l'information à l'époque. Si les gens ne voulaient pas se déplacer, s'ils étaient trop fatigués, si la circulation ou le temps était mauvais, peut-être que certaines de ces questions n'étaient tout simplement pas posées.

Elle réfléchit à cela un long moment et, bien sûr, ce n'était pas la faute du capitaine il y a une quarantaine d'années. C'était un enfant à l'époque. Un très jeune enfant. Il n'était entré dans la police que bien des années plus tard et avait certainement mis plusieurs décennies à atteindre le poste qu'il occupait.

Alors qu'elle continuait à s'interroger, Nan la rappela.

— Personne ne sait grand-chose sur Henrietta. C'est une solitaire.

— Je la croyais du genre artiste.

— Oh, peut-être. Mais tu sais que les gens ne font que cultiver un genre.

— Peut-être. Aurait-elle eu une liaison ?

— Elle ? C'est peu probable. Mais on ne connaît jamais vraiment les gens, n'est-ce pas ?

— En effet, reconnut Doreen.

— Je sais que sa fille s'appelait Philly, et qu'elle s'est mariée, puis a divorcé peu de temps après. Je crois que sa fille vit actuellement en Angleterre.

— Curieux que le petit-fils habite ici.

— Pas s'il essaie de rester proche de sa grand-mère, Henrietta, qui a beaucoup d'argent, grinça Nan.

Doreen grimaça.

— Je déteste vraiment penser que tout est une question d'argent.

— C'est souvent une question d'argent. Mais dans ce cas, je ne peux pas être sûre. Je ne sais rien d'eux.

— C'est suffisant. Merci d'avoir vérifié.

Doreen eut un moment d'hésitation, puis ajouta :

— Tu ne feras pas de bêtises, d'accord ?

— Qu'est-ce que je pourrais bien faire ? l'interrogea sa grand-mère avec ironie.

— Il y a encore beaucoup de choses que j'ignore, expliqua-t-elle à Nan. J'ai besoin d'informations. Je me demandais seulement si Henrietta vivait toujours dans cette grande maison luxueuse ou si seul le petit-fils y vivait et si sa grand-mère était potentiellement en maison de retraite.

Nan hoqueta.

— Ce serait horrible. Elle a assez d'argent pour employer une infirmière privée.

— Oui, mais peut-être qu'elle se sent seule, suggéra Doreen. Comme toi, peut-être qu'elle ne voulait pas être enfermée toute seule dans sa maison.

— Je ne sais pas, répondit Nan, dubitative. Je pense que c'est un peu trop tiré par les cheveux.

— Si c'est le cas, ça veut dire que je suis à nouveau sur la mauvaise piste, marmonna Doreen, soupirant avec force. Mais qu'avons-nous de nouveau ? Je vais attendre de voir ce que Bernard a à me proposer.

— Fais ça, et je vais continuer à y réfléchir, conclut sa grand-mère avant de raccrocher.

Bernard la rappela presque aussitôt.

—Je ne… Je n'ai pas trouvé de lien avec Vernon, jusqu'à ce qu'on fasse des recherches sur sa sœur.

— La sœur de qui ?

— Henrietta.

— Je croyais qu'elle était fille unique.

— Oui et non.

— Vous pouvez préciser ? soupira Doreen. Soit elle l'est, soit elle ne l'est pas.

— Le *papa* a eu un enfant hors mariage, répondit Bernard avec une pointe d'humour dans la voix.

— Oh, je vois. Donc papa a le droit d'avoir une liaison, mais pas le gendre.

— Et peut-être que le gendre a jeté ça à la figure du vieux Toko, nota Bernard. Quoi qu'il en soit, en ce qui concerne la composition du conseil d'administration, Peter Hall a été prié de démissionner entre la mort imminente de son beau-père et sa propre mort.

— Oh, c'est intéressant. Pour quelle raison ?

— Le manque de confiance, je crois, fait partie des informations que j'ai reçues. N'oubliez pas que le vieux Toko dirigeait une grande usine. Une tonne d'argent était en jeu, et ils devaient faire entièrement confiance à leur nouveau PDG.

— Et Peter a démissionné juste parce qu'on le lui a demandé ?

— J'en doute, ricana Bernard. Les affaires ne fonctionnent pas comme ça. La demande a dû être assortie d'un avertissement sévère du type « *vous êtes cuit* ».

— Et donc cette sœur, cette autre sœur ?

— Elle vivait à Vernon.

— Et a-t-elle eu un enfant ?

— En effet, confirma Bernard.

— Et je suppose que ce n'est pas celui que nous avons rencontré, n'est-ce pas ? C'était Sean ?

— À ma connaissance, Sean est le fils de la fille d'Henrietta. La fille s'appelle Philly. Cependant, comme je l'ai dit, *d'après ce que je sais*, ce qui signifie que je n'ai aucune certitude à ce sujet. Ce serait intéressant, n'est-ce pas ?

— C'est en tout cas une idée intéressante à laquelle réfléchir. Peut-être que Sean est son petit-neveu. Y a-t-il une chance de parler à Henrietta ?

— Peu probable, elle vit recluse.

— Et pourtant, le petit-fils est tout le temps dehors.

— Oui.

— Que conduit-il comme véhicule ? demanda Doreen.

— D'après ma source, un pick-up de luxe.

— Je m'en doutais.

— Beaucoup de jeunes hommes possèdent des pick-up dans le coin.

— En avez-vous déjà vu un avec une peinture noire, terne et laide ?

— Pas récemment. J'en ai vu plusieurs étranges au fil des ans, mais je n'en ai pas vu en ville.

— D'accord.

— Pourquoi ?

— La police en a ramassé un sur le parking du centre commercial. Il nous a pris en chasse, de Vernon jusqu'ici.

— Quoi ? s'étonna Bernard.

Elle lui expliqua en détail ce qui s'était passé.

— Oh là là ! s'exclama Bernard, vous êtes vraiment en train de réveiller le chat qui dort.

— Oui, mais je ne sais pas qui est le chat. Pourtant, tout me ramène à cette liaison, dit-elle avant de sourire. À vrai dire, j'ai quelque chose qui tient debout. Je dois y aller.

— Non, attendez ! l'interrompit Bernard. Dites-moi à quoi vous pensez.

— Non, pas tant que je ne *saurai* pas à quoi je pense, s'amusa-t-elle. Pour ça, vous allez devoir patienter, car je n'ai pas la réponse moi-même.

Elle se dépêcha de raccrocher avant qu'il ne puisse poser d'autres questions.

Elle passa en revue ce qu'elle avait appris et se rendit compte qu'il lui restait encore un morceau du puzzle. Sur ce, elle prit l'annuaire et commença à chercher des Brewster. Elle en trouva trois, qu'elle appela, jusqu'à ce qu'elle tombe sur Shelley.

Lorsque la femme répondit, Doreen se présenta.

— Bonjour, je m'appelle Doreen, je cherche Shelley Brewster.

— C'est mon nom de jeune fille. Que puis-je faire pour vous ?

— Vous êtes enseignante, je crois, en école primaire.

— Je l'étais. Ça fait longtemps que je ne le suis plus.

— Pourrait-on se rencontrer autour d'un café ou autre chose, peut-être demain ?

Shelley hésita.

— Pourquoi ?

Doreen se demanda si elle devait lui dire, car il était fort probable que cette femme lui raccroche au nez.

— Je n'ose pas le dire au téléphone, répondit Doreen.

— Vous êtes journaliste ? demande brusquement Shelley.

— Non, pas du tout. Et je suppose que je vous donne l'impression d'être très intrusive, c'est pourquoi je ne voulais pas trop en dire. Je suppose que…

Doreen se tut de nouveau, ignorant quoi dire.

— Eh bien, vous feriez mieux de cracher le morceau maintenant, cingla Shelley. Je ne comprends pas pourquoi vous m'appelez, mais maintenant que vous m'avez dérangée, le moins que vous puissiez faire est de satisfaire ma curiosité.

Doreen se redressa.

— Connaissez-vous le capitaine Henry Hanson à Kelowna ?

— Évidemment. C'était l'un de mes étudiants.

— J'enquête sur la fusillade dont il a été victime étant enfant.

— Vous venez de me dire que vous n'étiez pas journaliste, répliqua Shelley d'un ton furieux.

— Et je ne le suis pas. Pas du tout. Je ne fais pas non plus partie de la police.

— Alors pourquoi vous y intéressez-vous ? l'interrogea l'enseignante, confuse.

— Je sais que ça va paraître bizarre, déclara Doreen, mais

le capitaine me l'a demandé.

Après un moment de silence, Shelley rétorqua :

— J'en doute fortement. Il a tout un corps policier à sa disposition.

— C'est vrai, et je suis sûre que vous savez qu'il a fait de son mieux pour connaître le fin mot de cette histoire au fil des ans, mais, étrangement, ils n'ont pas assez de temps à consacrer à cette affaire, alors que moi, j'en ai, expliqua Doreen. J'ai eu de la chance par le passé et, lorsque j'ai parlé au capitaine, je lui ai dit que je serais ravie d'y jeter un coup d'œil parce qu'il m'a aussi beaucoup aidée.

Shelley était manifestement déconcertée.

— Je n'ai pas vraiment envie d'aller prendre un café quelque part, mais si vous voulez venir chez moi demain, on peut se retrouver ici.

— Ce serait parfait, merci, approuva Doreen.

Elle nota rapidement l'adresse de Shelley.

— Je vous dis à demain matin.

— Et venez tôt, exigea son interlocutrice. Je ne suis pas au meilleur de ma forme dans la journée.

Après avoir fixé un rendez-vous à 9 heures, Doreen raccrocha et resta assise là, à réfléchir. Si seulement elle pouvait interpréter ces dernières informations et leur donner un sens dans sa tête. Car, en ce moment même, beaucoup de choses tournaient dans sa tête et n'étaient pas encore tout à fait claires. Mais elle se disait que Shelley Brewster détenait peut-être la réponse, qu'elle le sache ou non.

Ainsi, Doreen alla se coucher, l'esprit en ébullition, et finit par s'endormir.

# Chapitre 21

*Vendredi matin...*

DOREEN SE LEVA le lendemain matin et prit une douche, puis elle but un café – juste au cas où on ne lui offrirait pas de café ou qu'on ne lui en proposerait pas – et se contenta d'un morceau de pain grillé, tout en nourrissant les animaux. Elle s'était réveillée un peu plus tard que prévu, mais après une nuit agitée, elle avait fini par tomber dans un sommeil profond, et elle était à présent impatiente de se mettre en route.

Elle ne voulait pas en parler à Mack ou au capitaine pour l'instant, mais elle espérait avoir quelques informations à leur fournir plus tard. Le problème, c'est que ça ne se passait pas toujours comme ça. Elle avait eu beaucoup d'intuitions qui avaient dérapé, et personne n'avait pu y faire grand-chose. Encore moins Doreen elle-même. C'est avec cette idée en tête qu'elle fit monter les animaux dans sa voiture.

Peut-être, juste peut-être, qu'elle ne devrait pas les emmener avec elle.

Elle hésita, puis se tourna vers eux.

— Si ça ne lui plaît pas, je vous ramènerai à la voiture, d'accord ?

Mugs aboya, et Goliath lui jeta ce regard qui disait « *mais bien sûr* ». Du point de vue du félin, tout le monde l'aimait. Et c'était à lui de choisir s'il aimait cette personne en retour. Un chat normal. Elle sourit et, suivant les indications de son téléphone, elle arriva chez Shelley. C'était une jolie petite maison, et elle devina deux chambres à coucher.

Doreen venait de sortir de son véhicule et mettait Goliath et Mugs en laisse au moment où la porte d'entrée s'ouvrit.

Une dame âgée, grande et mince, aux cheveux gris, sortit. Elle semblait avoir très bien vieilli.

— Bonjour ! la salua Doreen. J'amène toujours les animaux, mais vous préféreriez peut-être que je les laisse dans la voiture ?

— Vous êtes Doreen ? lui demanda Shelley en l'examinant, les sourcils froncés.

— Oui, c'est moi qui vous ai appelée hier soir.

Elle observa les animaux, puis reposa son regard sur Doreen.

— Oh.

— Oh ? répéta la jeune femme.

— Oui, oh, affirma Shelley avec un trait d'humour sur le visage. Vous êtes la *fameuse* Doreen.

Cette dernière haussa les sourcils.

— La *fameuse* Doreen ?

— Entrez. Entrez, insista Shelley. Les animaux aussi. J'adore les animaux.

Ils se précipitèrent vers elle, et elle se pencha pour saluer d'abord Mugs, puis Goliath. Lorsque Shelley aperçut l'oiseau dans les cheveux de Doreen, elle poussa un soupir de bonheur.

— Vous êtes la *fameuse* Doreen.

Doreen grimaça.

— Je ne m'attendais clairement pas à ce que vous me reconnaissiez.

— Vous avez une sacrée réputation.

— Sûrement, mais j'ai peur de ne pas pouvoir résoudre toutes les affaires, car je n'arrive pas à faire parler tout le monde, nota-t-elle avec un soupir forcé.

— Et en ce moment même, continua Shelley en les faisant entrer dans son salon, vous vous occupez de l'affaire du capitaine ?

— Oui, ça fait des années que ça le travaille.

— À juste titre, murmura Shelley. C'était une période terrible pour nous tous.

— Pouvez-vous me parler de Paul, comment était-il ? l'interrogea Doreen, et lorsque l'expression de son hôte s'assombrit, elle leva une main. Je comprends. Personne ne veut dire du mal des morts.

L'enseignante la regarda avec surprise.

— Je suppose que c'est aussi un problème pour vous, n'est-ce pas ?

— En effet, jusqu'à ce que suffisamment d'années se soient écoulées pour que les gens acceptent de dire la vérité sur la personne décédée.

— Sans doute. Des deux, je préférais de loin Henry. Et à l'époque, je me suis sentie terriblement mal à cause de ça, parce que Paul n'a jamais eu la chance de devenir un homme. Ce n'était pas juste qu'il meure aussi jeune.

— C'est vrai, reconnut Doreen. Mais beaucoup d'autres facteurs ont fait de lui l'enfant qu'il était.

Shelley la regarda de travers.

— Vous avez déjà recueilli plusieurs témoignages, je me trompe ?

— Je sais qu'il avait la mauvaise habitude de suivre les gens, de regarder aux fenêtres quand il ne fallait pas, de recueillir des informations pour d'autres personnes, expliqua Doreen avec un sourire en coin. Je ne sais pas si vous êtes au courant de tout ça.

L'enseignante à la retraite dévisagea Doreen.

— Que voulez-vous dire par « recueillir des informations pour d'autres personnes » ?

— Le petit ami de la mère de Paul recueillait des informations pour le compte de son employeur. Certains jours, il y avait du travail sur les chantiers, d'autres non. Ces jours-là, il essayait de trouver des informations contre rémunération.

Shelley se laissa tomber sur son fauteuil.

— Doux Jésus… Après toutes ces années, je n'y avais jamais pensé.

— Qu'il était au courant de votre liaison, vous voulez dire ?

La vieille dame grimaça.

— Oh, Seigneur, Paul n'était même pas en âge de comprendre toutes ces choses.

— Il a compris que ces informations étaient précieuses, fit remarquer Doreen à demi-voix.

— Après tout ce temps, s'étonna Shelley en frissonnant.

— Je sais, et je suis vraiment désolée parce que je sais que ça fait resurgir une grande partie de votre histoire que vous aimeriez oublier.

— Sauf le meurtre de Paul. Cette affaire m'a toujours préoccupée.

— Je dois vous poser quelques questions sur votre liaison.

— La majorité des gens n'étaient même pas au courant.

— Pourtant, lorsque j'ai évoqué que Peter Hall avait eu

une liaison, ils savaient exactement avec qui c'était.

Shelley la regarda d'un air choqué.

— C'est le cas de presque toutes les personnes avec lesquelles j'ai discuté. D'une part, vous étiez très respectée. D'autre part, cette histoire est liée à un enfant, et personne ne voulait être impliqué dans son décès.

— C'est vrai, admit Shelley d'un air las.

Elle secoua la tête plusieurs fois, comme pour s'éclaircir les idées.

— Wouah, de toutes les conversations que j'ai envisagées avec vous, celle-là n'en faisait pas partie, ajouta-t-elle.

— Personne ne veut en parler, donc je comprends.

— Cette liaison était stupide. J'étais jeune. J'étais sotte, et dans ma tête, je n'avais pas vraiment conscience qu'il était marié. Je veux dire, je le savais. Je n'étais pas aussi sotte. Je savais qu'il était marié, mais je l'ai cru quand il a dit qu'il quitterait sa femme. Certaines femmes s'évertuent à croire ce qu'on leur dit. Elles essaient de se convaincre que ce qu'elles font est bien, mais ce n'est pas le cas. Lorsque j'ai compris qu'il ne quitterait jamais sa femme et que je n'étais qu'une parmi tant d'autres, j'ai été dévastée. J'ai dû me reprendre en main. Je n'aurais jamais pensé être *cette* personne, et pourtant… J'étais devenue cette personne. J'ai mis beaucoup de temps à m'en remettre, conclut Shelley, les larmes aux yeux.

— Je suis désolée, s'excusa Doreen. Parfois, on veut certaines choses, et on est prêt à justifier que ce qu'on fait est bien. Et lorsqu'on découvre que ce n'est pas le cas, le retour à la réalité est difficile.

Shelley laissa échapper un rire amer.

— C'est le mot. Difficile. C'était vraiment difficile.

— Et avez-vous subi quelques retombées à cause du meurtre ?

— Non, pas du tout. Nous avons rompu et, sur le moment, je n'ai pas compris pourquoi. J'avais le cœur brisé, jusqu'à ce que je me rende compte qu'il avait commencé à sortir avec quelqu'un d'autre peu de temps après. J'ai compris beaucoup de choses. J'étais dans une période d'introspection. Mais, au moment du meurtre de Paul, je me suis sentie tellement coupable.

— Pourquoi ? s'empressa de lui demander Doreen.

— Je n'ai rien à voir avec le meurtre, si c'est ce que vous voulez dire. Mais je savais également que Paul m'avait espionnée par la fenêtre de ma chambre, et je me sentais très mal. Non seulement j'ai été dégoûtée par ce côté voyeur, mais je me suis aussi sentie mal parce que c'était un enfant. Je veux dire, peu importe de qui il s'agissait, je ne voudrais pas que quelqu'un voie mon comportement à ce moment-là. J'avais l'impression que mon intimité venait d'être violée, j'avais honte, murmura Shelley. Bien sûr, à l'époque, Peter m'a dit que ce n'était pas grave et que je ne subirais aucune répercussion. Et il avait raison.

Doreen acquiesça lentement.

— A-t-il dit pourquoi il n'y aurait pas de répercussions ?

La vieille dame la regarda avec surprise.

— Eh bien, Peter ne pouvait pas se le permettre. Je veux dire, ça aurait été terrible pour lui.

— D'accord. Et savez-vous pourquoi ?

— Si sa femme l'avait découvert, ça aurait été horrible pour lui.

— Et pourtant, sa femme n'a rien découvert, si ce que l'on m'a dit est correct.

Shelley fronça les sourcils et ajouta :

— Je sais qu'il était encore marié des années plus tard, donc je présume que non. Je sais aussi qu'il n'a pas cessé de fricoter à droite et à gauche. L'une des dernières fois que j'ai vu Peter en privé, son beau-père lui avait ordonné de venir à une réunion, et Peter était assez inquiet à ce sujet. Pourtant, après la réunion, il était calme. De toute évidence, ce n'était rien de grave.

— Son beau-père avait lui-même eu un enfant hors mariage, expliqua Doreen, mais il y avait des règles à suivre quand on avait une liaison.

Le ton de la jeune femme s'était fait plus sombre.

— Tout à fait. Les normes ne sont pas les mêmes pour les hommes et les femmes.

— Je sais, opina Doreen. Donc vous avez rompu peu de temps après ?

— Oui, et je n'ai jamais revu Peter, pas en privé, pas de cette manière. Après avoir été surpris par Paul dans ma chambre, je ne pouvais plus continuer. Je me sentais tellement coupable d'avoir été vu dans une situation aussi compromettante, et j'avais peur d'avoir traumatisé Paul. Puis il est mort subitement, et j'ai fait le lien dans ma tête. Il était aussi l'un de mes élèves, ce qui n'a fait qu'aggraver les choses.

Shelley prit un mouchoir et s'essuya le nez.

— Même après toutes ces années, cette histoire a encore le pouvoir de me bouleverser.

— Et donc vous n'avez plus fréquenté Peter par la suite, c'est bien ce que vous dites ? demanda Doreen.

— Non. Dans les faits, nous nous croisions en public, précisa Shelley, avec un regard dégoûté. Mais nous n'étions plus ensemble. Je ne le voyais plus en privé.

— Et comment l'a-t-il pris ?

— D'une certaine manière, je pense qu'il n'y voyait pas d'inconvénient. Il savait que j'étais bouleversée par la mort de Paul, et je pense qu'il ne voulait pas avoir à supporter cela.

J'avais tout le temps la larme à l'œil.

— Je suis désolée que vous ayez vécu ça, se désola Doreen, parce que j'ai cru comprendre que Peter n'arrivait pas à gérer ses propres problèmes.

— C'est bien vrai, confirma Shelley, l'expression amusée. Mais ça ne l'a pas empêché d'avoir des relations avec d'autres femmes.

Doreen la croyait sur parole.

— D'accord, donc votre liaison a pris fin. Et avez-vous une idée de qui aurait pu tuer Paul ?

Shelley secoua la tête.

— Non, des rumeurs ont circulé très longtemps. Tout le monde avait des idées, mais personne n'avait quelque chose de précis qui aurait pu aider. Je suis longtemps restée à l'affût parce que, d'une certaine manière, je me sentais coupable de tout cela. Croyez-moi, après ça, je suis rentrée dans le rang et je suis devenue une personne très différente.

Doreen ressentit de la compassion pour cette femme.

— Je suis vraiment désolée. Ça a dû être difficile, sur le plan affectif.

— En effet. J'ai fini par m'en remettre et me marier. J'ai eu deux beaux enfants, releva-t-elle en souriant. Et lorsque j'en ai enfin parlé à mon mari, il a été choqué que j'aie pu être cette personne à l'époque.

— Et lorsque vous repensez au passé, vous êtes choquée vous aussi.

— Oh, bien sûr, mais Peter était un homme très charismatique, et quand je suis tombée amoureuse, je n'ai pas fait semblant.

Doreen ne lui jetait pas la pierre.

— Et avez-vous une idée des personnes qui auraient pu être mêlées à l'assassinat de Paul ?

— Pas du tout. Le fils du petit ami de la mère de Paul était souvent dans les parages, mais il n'y avait pas de lien de parenté entre eux. Je n'étais pas fan de cet enfant non plus, mais je ne l'avais pas dans ma classe. Tous les professeurs ont un chouchou, qu'on le veuille ou non. C'est systématique. Et dans le cas de Paul et de Jack, il y avait quelque chose de bizarre chez eux.

— Le petit ami de Sarah, Cleve Massey, demandait aux deux garçons, Paul et Jack, de fouiner et d'obtenir des informations pour lui. Pour qu'il ait des oreilles partout, vous voyez.

— C'est affreux, accusa Shelley en fronçant les sourcils. Alors Paul est retourné voir ce type et lui a parlé de notre liaison, c'est ça ?

— Oui, et j'imagine que c'est le sujet de la conversation que Peter a eu avec son beau-père.

— Avant de le rencontrer, il était très inquiet, mais après ça, il m'a semblé plutôt détendu.

— Je vois. Je suis curieuse de savoir de quoi ils ont parlé.

— Je ne veux pas savoir, objecta Shelley. L'idée que j'aie pu être le sujet de commérages suffit à me retourner l'estomac. J'étais si jeune et si stupide. Mon Dieu, il ne faut pas détester la personne que nous étions, mais parfois c'est vraiment difficile.

— Et quand Peter vous a dit qu'il ferait en sorte que rien de tout cela ne se retourne contre vous, vous l'avez cru ?

— Oui, je savais que *papa* pouvait s'en charger, plaisanta Shelley avec un rire nerveux. Et c'est ce qu'il a fait. Rien de tout ça n'a jamais été rendu public – même si, d'après vous, beaucoup de gens étaient au courant.

— Beaucoup de gens étaient au courant, mais ce n'est pas comme voir la police débarquer à sa porte.

— Croyez-moi. Les flics m'ont interrogée, mais uniquement parce que j'étais l'enseignante de Paul, précisa la vieille dame. Ils ne m'ont donc jamais posé de questions sur ma relation avec Peter, et…

Elle hésita, puis continua :

— Et honnêtement, je pensais que ma relation avec Peter n'avait rien à voir avec la mort de Paul. Pourtant, Paul nous a vus ensemble et il est mort peu de temps après.

— Donc, en théorie, le meurtre de Paul pourrait avoir quelque chose à voir avec vous.

Shelley ferma les yeux, puis opina lentement du chef.

— Ça a toujours été mon pire cauchemar. Mon Dieu, rien que l'idée que cet enfant ait été tué parce que j'ai eu une liaison…

Elle secoua la tête, ouvrit les yeux et les posa sur Doreen.

— Ce serait horrible.

— Avez-vous déjà soupçonné Peter d'avoir un lien avec la mort de Paul ? la questionna Doreen après une brève pause.

Son hôte écarquilla les yeux et secoua vivement la tête.

— Non, non, répéta-t-elle avant de se lever d'un bond et de faire les cent pas dans la pièce. Jamais. Même aujourd'hui, je ne le pense pas… Je n'ai pas envie d'y penser.

Elle se tourna vers Doreen et la fixa avec un regard horrifié.

— Ce serait *affreux*.

— Je ne vous dis pas que Peter est coupable. Je dis juste que je dois étudier cette piste.

Shelley observa Doreen avec crainte.

— C'est possible, n'est-ce pas ?

La jeune femme grimaça.

— Oui, c'est fort possible, mais il est mort, donc on ne

le saura jamais.

— C'est là où je voulais en venir, déclara Shelley en se laissant tomber dans son fauteuil. Je sais que la police s'est penchée sur l'accident de voiture qui a tué Peter à l'époque, à cause de la date. Il est mort juste après le décès de son beau-père.

Elle regarda Doreen un long moment avant de reprendre ses explications.

— Je ne sais rien à propos de son accident, mais honnêtement, pour que *papa* ne voie pas d'inconvénient à ce que Peter ait une liaison, ils ont forcément dû trouver un terrain d'entente.

— Je suis d'accord avec vous. Et quelle est la probabilité que le père ait informé sa fille avant de mourir, pour essayer de la protéger de son mari infidèle, une fois qu'il ne serait plus de ce monde ?

— Elle aurait été dévastée, répondit Shelley. J'aurais été dévastée de découvrir que mon mari se soit adonné à ça pendant toute notre vie de couple. J'imagine la douleur, le sentiment de trahison.

— Sans oublier Jack, renchérit Doreen, l'autre garçon que vous n'aviez pas dans votre classe. Le fils du petit ami de Sarah. Il était également impliqué dans la recherche d'informations. Et il a été tué dans un accident de voiture cinq ans après Peter.

L'enseignante à la retraite la dévisagea.

— Ça fait… beaucoup trop de morts, souligna-t-elle avec crainte.

— Et c'est pour ça que je me penche à nouveau sur l'affaire.

Shelley se mit à pleurer.

— Une série d'événements… Si seulement je n'avais

jamais été mêlée à tout ça. Oh, mon Dieu.

La vieille dame se mit à se balancer d'avant en arrière sur son fauteuil.

Doreen grimaça.

— Je ne dis pas que c'est de votre faute, mais si vous pensez à quelque chose qui pourrait clarifier le scénario, faites-le-moi savoir. Et il se peut que ça ne vous revienne pas tout de suite. Peut-être dans quelques heures, voire quelques jours. Ou même en plein milieu de la nuit. Mais s'il vous plaît, faites-le-moi savoir.

Après la promesse de Shelley, Doreen s'en alla, refoulant ses propres émotions, notamment la nouvelle question qui entourait ses propres larmes.

# Chapitre 22

MÊME POUR DOREEN, le trafic intense dans son cerveau devenait un peu difficile à gérer, mais un début de compréhension s'y cachait. Elle ne savait pas si elle était sur la bonne voie ou si elle était complètement à côté de la plaque, car elle n'avait pas encore vraiment clarifié certains points et ne savait même pas comment le faire.

De retour chez elle, assise sur l'herbe au bord du ruisseau, toutes ces théories virevoltaient dans sa tête. Mais l'une d'elles, particulièrement affreuse, se précisait à propos d'un petit garçon. Mais comment la confirmer ? Elle s'interrogea un long moment et sut qu'aucun budget ne lui serait alloué, elle devait donc trouver un autre moyen d'y parvenir. De plus, une telle analyse prendrait du temps, un temps dont ils ne disposaient pas.

Elle saisit son stylo et son bloc-notes et nota la chronologie, les personnes impliquées, les liens entre ces personnes, et qui serait suffisamment dérangé par les paroles d'un enfant. Tout le monde se concentrait sur les secrets. Le secret d'une liaison était-il suffisant ? Sachant qu'elle devait s'y résoudre, elle prit son téléphone et appela la mère de Paul.

Lorsque Sarah décrocha et entendit la voix de son interlocutrice, elle demanda d'une voix craintive :

— Vous avez résolu l'enquête ?

— Non, pas encore, répondit lentement Doreen. Mais j'y suis presque, j'approche du but.

— Vraiment ? s'écria la mère du petit garçon. Sérieusement ?

— Oui… malheureusement.

Le silence se fit à l'autre bout du fil.

— Comment ça ? l'interrogea Sarah, d'une voix étrange.

— Je dois vous poser une question. Et j'ai besoin d'une réponse. J'ai besoin que vous me disiez la vérité, insista Doreen, la voix aussi douce que possible.

— Je n'ai jamais menti, se défendit Sarah.

— C'est vrai ? Je peux demander à la police de faire un test ADN, si nécessaire.

— Pourquoi auriez-vous besoin d'ADN ?

— Je pense que vous savez pourquoi, répondit Doreen avec délicatesse.

Sarah fondit en larmes.

Lorsqu'elle entendit un clic, Doreen sut qu'elle la rappellerait ou qu'elle était trop désemparée pour suivre cette voie. Doreen resta assise un long moment.

— Quel est le problème ? lui demanda Mack quand il l'appela un peu plus tard.

— Pourquoi y aurait-il un problème ? répliqua la jeune femme.

— Je ne sais pas. J'ai juste l'impression que tu es contrariée.

— La matinée et l'après-midi ont été particulièrement éprouvantes.

— Tu as trouvé la solution, c'est ça ? s'écria-t-il. Tu l'as trouvée.

— Non, je *pense* l'avoir trouvée, corrigea-t-elle. Tu te souviens ? Pas d'hypothèses. On a besoin de preuves.

— C'est à moi de dire ça, s'esclaffa Mack.

— En effet. Et je suis vraiment, vraiment fatiguée là.

Sa voix était déprimée et triste.

— J'arrive tout de suite. Tu ne bouges pas. Ne fais rien.

Il raccrocha.

Elle réfléchit à sa requête et se demanda ce qu'elle était censée faire. Elle ne pouvait pas faire grand-chose. Tant de vies perdues. Tant de vies endommagées. Tant de vies blessées. Tout ça pour quoi ? Elle ne savait même pas comment l'expliquer. Assise là, sur l'herbe, avec une tasse de thé, son bloc-notes à la main, son téléphone à côté d'elle, elle ne savait même pas quoi dire.

Comme s'il comprenait, Mugs s'approcha d'elle et se jeta sur ses genoux. Elle gloussa doucement, l'entoura de ses bras et le serra contre elle. Goliath, qui avait manifestement compris ce qui se passait, vint s'allonger à côté d'elle, le long de sa jambe, s'étirant le plus possible entre sa cheville et sa cuisse.

Elle lui frotta doucement le flanc et le ventre.

— Je ne sais pas ce que je ferais sans vous deux, murmura-t-elle.

À ce moment-là, il y eut un grand cri, et Thaddeus vint vers elle, incapable de se décider entre voler et courir, en criant :

— Thaddeus est là. Thaddeus est là.

Doreen éclata de rire. Mais ses rires étaient accompagnés de larmes. Elle ne savait pas si elle était épuisée ou si cette affaire la touchait de plein fouet. Le fait qu'elle était vraiment proche du but et qu'elle avait besoin d'un moyen de le prouver rendait les choses encore plus difficiles. Elle pouvait se tromper. Elle pouvait se tromper complètement, et il y aurait encore plus de vies brisées si elle portait des accusations qu'elle ne pouvait pas prouver. Et pourtant, en même temps, au plus profond de son cœur, elle savait que ce n'était pas le cas.

Elle souleva Mugs, qui pesait son poids, et le serra fort dans ses bras. Lorsqu'il commença à se tortiller, elle le lâcha. Il se mit sur ses pattes et se mit à courir autour d'elle en aboyant. Il tournait en rond, avant de faire des allers-retours à toute vitesse sur le sentier. Elle sourit, appréciant ce moment de liberté et de quasi-innocence.

Le moment avant de confirmer la vérité ? Eh bien, c'était… c'était spécial d'une certaine manière. Elle garderait en elle l'espoir d'avoir résolu l'affaire, mais la tristesse entourant la vérité resterait blottie en elle un moment.

Elle serait anéantie lorsqu'ils confirmeraient enfin tout cela. Anéantie. Il n'y avait aucun doute à ce sujet.

Lorsqu'elle entendit la portière d'un véhicule claquer devant la maison, elle sut que c'était Mack. Et lorsqu'il apparut à la porte de la cuisine, après avoir traversé la maison en petites foulées, il ralentit en la voyant installée près du ruisseau et marcha lentement vers elle.

— Salut, dit-il d'une voix douce et calme.

En avisant tous les animaux autour d'elle, Mack se plaça derrière Doreen, étirant ses jambes de chaque côté. Il l'entoura de ses bras et la serra fermement contre lui.

Elle se cala contre son buste et annonça :

— La fin n'est pas très belle.

Il l'embrassa délicatement sur la joue.

— Un meurtre n'est jamais très beau.

— Surtout dans ce cas, chuchota-t-elle.

Et lentement, morceau par morceau, elle lui présenta les

éléments. Elle sentit le policier se raidir lorsqu'il comprit enfin. Il la serra contre lui, enfouit son visage dans son cou et resta simplement avec elle. Elle sentit quelque chose d'humide sur ses joues. Elle avait pleuré en silence. Elle leva une main et constata que des larmes roulaient sur ses joues avant d'atterrir sur les bras de Mack.

Il la fit pivoter et l'installa sur ses genoux, puis se contenta de la tenir, la berçant doucement.

— C'est l'une des raisons pour lesquelles je ne veux pas que tu fasses ça, déclara-t-il doucement. Ça te fait trop mal.

— Ça ne me fait pas plus de mal qu'à la mère de Paul, souligna-t-elle. Perdre un enfant sans aucune explication, et attendre toutes ces années pour tourner la page, avant de prendre conscience du nombre de personnes qui ont été impliquées et qui sont mortes, c'est déchirant.

— En effet. Et ce n'est pas de ta faute.

En théorie, elle le savait. En théorie, ça n'avait rien à voir avec elle.

Il frotta sa tête contre la sienne et murmura :

— Tu aides aussi beaucoup de gens à tourner la page.

— Alors pourquoi suis-je aussi triste ?

— Parce que c'est un métier triste. Il n'y a pas de bonheur là-dedans. Il n'y a rien qui puisse nous rendre heureux, pas quand on voit toute cette méchanceté.

— Une méchanceté née d'autres souffrances, ajouta Doreen à voix basse.

— Je sais, et je le comprends. Je sais aussi que tu seras témoin des deux côtés et que tu auras de la sympathie pour toutes les parties. En même temps, tu sais également que ça ne justifie rien.

Elle renifla au creux de ses bras et hocha la tête.

— Je sais que ça ne justifie rien, mais ça ne rend pas les

choses plus faciles pour autant.

Les lèvres du policier tressaillirent tandis qu'il la contemplait.

— Tu es la femme la plus forte que je connaisse. Tu vas surmonter ça.

Doreen lui sourit.

— Tu ressembles de plus en plus à Nan.

Il la regarda avec horreur et elle éclata de rire.

— J'espère que tu vas m'expliquer ce que ça veut dire, répliqua-t-il avec un sourire narquois.

— Avec plaisir, gloussa-t-elle. En gros, tu es une pompom girl. Tu es ma pom-pom girl depuis le début. Et, quoi que je fasse de mal, tu as toujours été là pour moi, et je t'en suis très reconnaissante.

Mack lui lança un regard inquiet, qui lui valut un sourire triste en retour.

— C'est juste cette affaire. Je te promets que demain, je serai de nouveau normale.

— Tu as intérêt. Sinon, plus d'enquête pour toi.

— C'est la seule chose pour laquelle j'ai l'air d'être douée, se défendit-elle. Et je ne sais pas comment ni pourquoi, mais les pièces du puzzle ? Elles s'assemblent dans ma tête.

— Et de manière très singulière. Selon moi, tu ne te rends pas compte que c'est extraordinaire.

— Non, parce que c'est dans ma tête.

Le caporal éclata de rire à son tour.

— Ça va aller, lui assura-t-elle.

— Je n'en doute pas. En plus, j'ai réussi à trouver de la pizza en chemin. Je sais qu'on avait prévu de cuisiner un bœuf Stroganoff, mais je me suis dit qu'on pourrait faire ça une prochaine fois.

— Tu as apporté à manger ? s'enquit-elle en le dévisageant.

Elle s'efforça de se pencher en avant afin d'observer la table sur la terrasse.

— Oui, j'ai apporté à manger, confirma-t-il en riant. Tu m'as fait peur. Et maintenant, je comprends pourquoi.

— On doit quand même remédier à la situation.

— Je sais. Que veux-tu faire ?

— Telle est la question. Je pense avoir une réponse, mais je n'en suis pas certaine.

— On ignore qui est le tueur, n'est-ce pas ?

— Non, mais les options sont assez réduites.

Le policier étudia la jeune femme, puis hocha lentement la tête, l'air lugubre.

— J'imagine. Je suppose que ça a toujours été le cas, non ?

— Tout à fait. Comme c'est triste.

— C'est triste, mais on va résoudre cette enquête.

— D'accord, je te laisse t'en charger, et je vais chercher les pizzas ! lança-t-elle en se levant si vite que Mack n'eut pas le temps de la rattraper.

Son chien et son chat à ses côtés, elle courut jusqu'à la terrasse où se trouvaient les boîtes à pizza. Elle s'assit et les ouvrit.

— Oh, mon Dieu ! s'extasia-t-elle. Celle-ci est recouverte de viande !

— Étant donné que je passe beaucoup de temps avec toi, fit-il remarquer affectueusement, j'ai fini par comprendre que tu avais besoin d'être nourrie pour tenir le coup.

— C'est vrai. Alors, tout ça, c'est pour moi, non ?

Il arqua un sourcil, les mains sur les hanches.

— Si je te pensais capable de tout manger, je te la laisserais. Mais comme j'ai aussi besoin de me sustenter, on va partager.

Doreen éclata de rire.

— Tu les as achetées. À toi de te servir en premier.

— Non, c'est toi qui es contrariée, alors tu as le droit de prendre la première part.

— Entre toi et Nan, c'est une vraie thérapie alimentaire que vous m'offrez.

— C'est une bonne chose de savoir ce que c'est, la taquina-t-il.

— En effet, acquiesça-t-elle en prenant la première part. Le dîner.

# Chapitre 23

DOREEN ÉTAIT HEUREUSE d'avoir Mack à ses côtés pour échanger des idées.

— On va devoir affronter la situation de plein fouet.

— Oui, mais tu espères des aveux, réfuta Mack. Ça ne peut pas marcher.

— C'est vrai, mais je ne sais pas quoi faire d'autre.

— On n'a pas encore répondu aux questions « qui ? » et « quoi ? ». On a le gamin qui vous suivait Nan et toi dans ce véhicule noir volé. Tu penses que c'est le gamin, c'est ça ?

— Oui. Ce n'est qu'une idée, parce qu'on ne l'a pas vu et vous n'avez pas de preuves scientifiques dans le véhicule. À moins que je me trompe ?

— On a des empreintes digitales, indiqua Mack, mais elles ne correspondent à personne dans le fichier. Et même dans ce cas, souviens-toi. Ce n'était qu'un véhicule qui vous suivait. Il ne vous a pas attaquées. Il n'a rien fait, à part peut-être se comporter comme un abruti de conducteur.

— Tout à fait, et je me demande si ce n'était pas plutôt pour me localiser. Peut-être me faire une bonne frayeur.

— Est-ce que c'est censé me rassurer ?

— Non, certainement pas. Il n'y a aucun moyen de savoir ce qui se passe dans la tête de Sean. À moins de lui en parler.

— Je pourrais, proposa Mack. Je pourrais y aller tout de suite et demander aux autorités locales d'organiser une rencontre entre le gamin et moi.

— Ça ne nous dit toujours pas pourquoi il était à Vernon. Ou ce que notre présence à Vernon aurait à voir avec lui. Mais j'ai aussi une idée là-dessus.

— Comment ça ?

— Il ne faut pas oublier que Graham Thurlow vit dans une maison de retraite à Vernon. De plus, il a été dit que la tante de Paige Thurlow se trouvait à Kamloops.

— Et tu penses que le gamin, Sean, s'en serait soucié au point de rendre visite aux Thurlow ?

Doreen secoua la tête.

— Non, mais je me demande si sa grand-mère Henrietta était à Vernon.

— Alors tu penses qu'Henrietta ne vit plus ici ?

— Je ne sais pas encore ce que je pense, car une autre partie de moi se dit que personne n'a vu Henrietta à Kelowna depuis un bon moment.

— C'est-à-dire ? la questionna-t-il en la fixant du regard.

— Et si elle résidait dans la maison de retraite ? Et si elle était morte ?

Le policier se cala dans sa chaise et fronça les sourcils.

— D'un côté, ça tient debout, surtout si elle n'est pas en très bonne santé.

— Pourtant, selon Nan, Henrietta serait assez riche pour employer une infirmière à domicile si besoin. Elle pourrait donc très bien résider dans sa propre maison – et être trop malade pour la quitter.

— Si elle est sous tutelle, que ce soit pour une question

financière ou pour des raisons de santé, c'est peut-être vrai.

— Bien sûr. Peut-être que sa santé décline. Peut-être qu'elle veut oublier les mauvais souvenirs. Si elle a découvert la liaison de son mari il y a longtemps, peut-être que ça lui a laissé un goût amer pendant tout ce temps. Je veux dire, si tu apprends qu'une personne morte t'a fait du tort, comment l'affronter ?

— J'ai l'impression qu'il reste quelque chose que tu ne me dis pas.

— Je te dis tout ce que je sais, affirma Doreen. Le reste est encore du domaine de l'hypothèse.

— Je ne sais pas quoi faire quand tu es comme ça. Normalement, tu débites des théories à tout-va, et c'est moi qui te dis de te calmer.

— Normalement, répéta-t-elle avec un sourire malicieux. Mais, dans ce cas, ce n'est pas tout à fait la même chose.

— En effet, maugréa-t-il. C'est curieux que les rôles soient inversés.

— Ce n'est pas très agréable, tu ne trouves pas ? rétorqua-t-elle en faisant danser ses sourcils.

Puis elle prit une décision : elle saisit son téléphone et appela la maison de retraite où sa grand-mère et elle avaient discuté avec Graham Thurlow. Dès que la réceptionniste répondit, Doreen annonça qu'elle cherchait un membre de la famille Toko.

— Nous avons deux Toko ici, indiqua son interlocutrice, deux femmes.

— Henrietta et… ?

— C'est ça, Henrietta et Philly, confirma la femme. À laquelle voulez-vous parler ?

Elle avait l'air un peu pressée.

— Henrietta ? suggéra Doreen avant d'entendre

quelqu'un l'appeler.

Elle se tourna vers Mack et hocha la tête. Elle mit le téléphone sur haut-parleur pour qu'il puisse entendre.

Lorsqu'une voix hésitante prit le combiné, la jeune femme se présenta.

— Bonjour, je m'appelle Doreen.

Un hoquet de surprise se fit entendre à l'autre bout du fil.

— Oui ? Quoi ? Je ne connais pas de Doreen.

— Ah, c'est intéressant. Je pensais que votre petit-fils aurait parlé de moi.

— Vous connaissez mon petit-fils ? s'enquit Henrietta.

— On peut dire ça. Voici mes questions : allez-vous bientôt passer l'arme à gauche, et le moment est-il venu pour vous de parler ?

Il y eut d'abord un silence. Puis Henrietta demanda :

— Que voulez-vous ?

Cette fois, sa voix n'était plus hésitante, mais affirmée.

— Vous ne pourrez pas vous cacher éternellement, répliqua Doreen. Beaucoup de gens ont été ébranlés par cette affaire.

— Personne n'a été ébranlé, déclara Henrietta d'une voix dure. Et je ne veux plus que vous appeliez ici.

La vieille dame raccrocha.

Doreen posa son téléphone et regarda Mack.

— C'était la même personne ? demanda-t-il en observant le téléphone.

— Oui, une personne qui essaie de faire croire qu'elle est vieille et faible, mais qui, lorsqu'elle est mise devant le fait accompli, abandonne le personnage presque immédiatement. Elle n'est pas très douée pour jouer la comédie.

— Mais pourquoi a-t-elle choisi de vivre là-bas ?

— D'abord, elle n'a pas l'air suspecte, n'est-ce pas ?

Le policier secoua lentement la tête.

— Non, tu as raison. Je vais devoir téléphoner à la police de Vernon pour qu'ils aillent lui parler.

— Ou tu obtiens l'autorisation d'aller l'interroger toi-même, suggéra-t-elle.

— En effet, nous sommes dans des districts différents.

— Ou tu peux attendre.

— Attendre quoi ?

— Je soupçonne fortement une visite, soupira Doreen.

Le caporal scruta autour de lui, puis reposa son regard sur la jeune femme.

— Ce soir ?

— Je pense.

— Tu penses que le petit-fils suit ses ordres ?

— Il est aux ordres de quelqu'un, et il se peut qu'il suive ses propres ordres. D'après tout le monde, il y a beaucoup d'argent issu de la famille Toko en jeu.

— Elle ne le perdra pas, si ?

— Non, je ne pense pas qu'elle le perdra, mais, en fonction de son âge et de ses besoins en matière de santé, elle va peut-être dépenser tout son argent avant qu'il ne se transforme en héritage pour qui que ce soit.

— Qui se soucie de ça ? De toute façon, il ne reste que le petit-fils.

— Eh bien, il y a la fille d'Henrietta, Philly, ainsi qu'une demi-sœur née d'une liaison de son père, plus Sean, qui est son petit-fils ou son petit-neveu. Je ne sais pas si Sean a un lien de parenté ou non.

— Selon toi, la fille d'Henrietta n'aurait pas eu d'enfant ?

— Je pense que sa fille, Philly, a passé la majeure partie

de sa vie dans un centre de soins de longue durée, et je pense qu'Henrietta lui rend visite. Tu as remarqué que je n'ai pas demandé si Henrietta était une résidente, juste si elle était *là*.

Mack eut l'air confus l'espace d'un instant.

— Lorsque j'ai téléphoné à la maison de retraite, j'ai simplement demandé à parler à une Toko. La personne qui m'a répondu a fait semblant d'être vieille et infirme, mais elle a vite abandonné ce rôle. Je pense qu'elle rend visite à sa fille, et que c'est peut-être le petit-fils qui conduit Henrietta. Je ne sais pas. Ou peut-être qu'elle vit à Vernon maintenant, afin d'être plus proche de sa fille. C'est peut-être pour cette raison que personne ne la voit plus à Kelowna. Peut-être que l'état de santé de sa fille, Philly, a empiré.

— Bien. Et alors, quelle différence ça fait ?

— Je soupçonne fortement que le petit-fils soit potentiellement l'enfant de sa fille, et….

Doreen se tut, se tourna vers Mack et conclut :

— Et que Paul, l'ami d'enfance du capitaine qui a été assassiné, était l'enfant illégitime du mari d'Henrietta.

# Chapitre 24

MACK LA REGARDA avec stupeur.

Doreen acquiesça lentement.

— Tu te souviens ? Peter Hall avait constamment des liaisons, un peu partout, et rappelle-toi aussi que personne n'a jamais pu localiser le vrai père de Paul. Je suis persuadée que le nom que Sarah m'a donné est celui d'une personne qui n'existe pas. J'ai téléphoné à Sarah un peu plus tôt dans la soirée pour lui dire que nous avions la possibilité de faire un test ADN sur Paul. Elle n'a pas du tout apprécié. Et quand elle m'a dit qu'elle ne savait pas de quoi je parlais, je lui ai répondu que *si*. Puis elle m'a raccroché au nez.

Au même moment, le téléphone de la jeune femme sonna et elle étudia l'écran.

— C'est Sarah, la mère de Paul, annonça-t-elle avant de décrocher et de mettre le haut-parleur. Bonjour, Sarah.

— Bonjour, répondit celle-ci, et il était évident qu'elle pleurait encore.

— Je pense qu'il est temps de dire la vérité, dit Doreen avec douceur.

— Je le pense aussi. Mais je dois le dire à la police.

— C'est bon. Le caporal Mack Moreau est ici présent.

Mack, dis bonjour.

— Bonjour, Sarah. Que voulez-vous dire ?

— Le père biologique de mon fils, Paul, était Peter Hall, confirma-t-elle en étouffant un sanglot. J'ai promis à Peter de ne jamais rien dire. Et j'aimais cet homme. Mon Dieu, j'aimais cet homme. J'ai détruit mon mariage à cause de lui. Mais, comme je l'ai découvert, il ne m'aimait pas. Je pense qu'il n'a jamais aimé personne, juste sa situation, et il n'aurait rien fait qui puisse la détruire.

— Il vous a acheté cette maison ? l'interrogea Doreen.

Sarah sanglota puis reprit la parole.

— Il a acheté la maison, et j'y ai vécu gratuitement, mais à condition de garder le secret.

— Évidemment. Et quand votre fils est mort ? continua Doreen.

— Honnêtement, je n'ai pas pensé que ça avait un lien avec lui. Je veux dire, pourquoi ? On avait déjà réglé nos différends. J'avais un petit ami à l'époque, et je ne vois toujours pas comment ça pourrait être lié, se lamenta Sarah. Mais je suis prête à déclarer officiellement que Peter Hall est le père.

— C'est ce que j'avais besoin de savoir, nota Doreen d'une voix délicate. Je pense que quelqu'un devra recueillir votre déposition, quelque chose d'officiel. Et merci beaucoup de nous avoir dit la vérité ce soir.

Sarah sanglotant doucement, Doreen raccrocha et se tourna vers Mack.

— Alors, qu'en penses-tu ?

Il opina en contemplant le téléphone.

— Wouah. Tu sais quoi ? Je pense que tu as raison.

— Et ça réduit vraiment le nombre de suspects.

— En effet, reconnut le policier, le regard perdu au loin.

Le capitaine ne va pas en revenir.

— Ce n'est pas ce qu'on pensait au début, n'est-ce pas ?

— Non. Pas du tout. Et ça n'explique toujours pas le deuxième coup de feu. Pourquoi tirer aussi sur le capitaine ?

— Si, ça l'explique, mais je me suis trompée. Ce n'est pas parce qu'il ou elle pensait que le capitaine était Jack, mais parce que le tireur ne savait pas quel enfant était qui.

Mack était choqué.

— C'est logique. Le tireur se dit : *je n'en ai tué qu'un, mais j'ai eu de la chance et j'ai tué le bon.*

— Exactement. Et un meurtrier s'en est tiré.

Une voix ferme s'éleva.

— Elle y était contrainte.

Doreen se raidit et se tourna vers Sean.

— C'est ce que vous croyez ? C'est votre grand-mère. Vous croyez vraiment qu'elle y était contrainte ? Ce garçon avait 10 ans et toute la vie devant lui.

Sean lui adressa un regard noir.

— Et vous ignorez ce que c'est que de vivre dans une famille pareille. Ma grand-mère est quelqu'un de bien.

Doreen fronça les sourcils.

— Je n'ai pas dit ça. Je dis que peut-être, à l'époque, elle a été fourvoyée, soit par la jalousie, soit par Dieu seul sait quelle autre émotion.

Elle fixa Sean du regard et l'arme qu'il tenait.

— Ce serait de la justice divine, s'il s'agissait de la même arme, continua-t-elle en désignant le petit calibre.

Sean baissa le regard sur le pistolet et grimaça.

— J'ai raison ? Votre grand-mère vous a demandé de venir ici et de vous en occuper à sa place ? Et, grâce à ça, vous hériterez de sa fortune. À qui d'autre la donner ?

— Vous ne comprenez pas.

— Non. Alors, pourquoi ne pas m'expliquer ?

— Qui êtes-vous ? demanda Sean en se tournant vers Mack.

— Mack, répondit Doreen, un ami.

— Tout comme un autre homme s'est trouvé au mauvais endroit au mauvais moment il y a quarante ans, je suppose que c'est au tour de Mack aujourd'hui.

Elle passa son regard entre les deux hommes.

— J'aimerais vraiment que vous m'expliquiez toute cette histoire, avant que je meure.

Doreen vit le caporal appuyer discrètement sur le bouton « Enregistrer » sur son téléphone.

— Je ne connais même pas toute l'histoire, je sais juste que son mari n'arrivait pas à garder sa braguette fermée. Et son père, une fois qu'il l'a découvert, a trouvé ça hilarant. Il n'a jamais eu beaucoup d'estime pour Henrietta, ce qui n'a fait qu'empirer les choses. Il s'était moqué d'elle en disant qu'elle n'était pas capable de garder un homme. Il la tourmentait constamment à ce sujet, et elle l'acceptait. Elle l'ignorait et s'enterrait dans toutes sortes d'autres activités, artistiques – et c'est une artiste impressionnante. Mais son mari est venu s'ajouter à son malheur. Peter n'a pas pu se retenir de railler Henrietta en lui parlant du fils qu'il avait mis au monde, que ce fils était son sang et que c'était peut-être lui qui devait tout gagner à sa place. Après tout, vous savez, *un grand-père a besoin d'un fils, et un père a besoin d'un fils*, imita Sean. Des absurdités de ce genre. Henrietta était dévastée et, quand elle s'est rendu compte que Peter était sérieux en disant qu'il allait reconnaître son fils illégitime, qu'il avait fait appel à des avocats et qu'il s'était renseigné pour faire des tests ADN, elle a décidé de prendre les choses en main. C'est elle qui a tiré sur Paul, comme vous le savez.

Henrietta n'a jamais été une fille facile. Je pense qu'elle a tiré sur son propre père et son mari de manière symbolique. Et quand son père est mort, des années plus tard, elle a découvert toutes ses liaisons. Ce n'était pas si grave, sauf qu'il prévoyait de laisser la majeure partie de l'argent des Toko à son mari, l'homme qui avait ruiné sa vie et qui l'avait rendue si malheureuse pendant toutes ces années.

— Donc Henrietta a tué Peter ? s'enquit Doreen.

— Oui, répondit Sean. Et je ne sais même pas si c'était intentionné ou si c'était un accident. Elle m'a raconté qu'ils avaient eu une grosse dispute, qu'il était parti en trombe avec son véhicule. Elle est montée dans son pick-up et l'a suivi. Il a perdu le contrôle de son véhicule, a fait un tête-à-queue et a heurté une glissière de sécurité. Elle a dit qu'elle s'était approchée pour le voir, mais qu'il avait l'air agonisant, alors elle s'est assise dans l'obscurité et a attendu. Elle est retournée le voir une deuxième fois, et il était mort.

Doreen se raidit.

— Eh bien, ça fait deux meurtres pour elle.

— En théorie, elle n'a pas tué Peter, protesta Sean.

— Si vous ne portez pas secours, c'est la même chose, répliqua Doreen. Il y a de fortes chances qu'il ait pu survivre s'il avait bénéficié d'une assistance médicale appropriée.

— Peut-être, mais ce n'est pas ce qu'elle souhaitait. De toute évidence. Et sa mort a facilité les choses à Henrietta.

— Et Jack ? renchérit Doreen.

— Qui est Jack ? l'interrogea Sean, surpris.

— L'autre enfant impliqué dans cette affaire. Le petit ami de la mère de Paul avait un fils, Jack Madison.

— Ah. Ce gamin. Oui, c'était elle aussi, mais cette fois elle a utilisé le même pick-up que celui qu'elle avait utilisé pour la fusillade, le véhicule d'un employé agricole. Elle le lui a acheté pour mille dollars, et il venait de le peindre en noir, mais il y avait des traces et d'autres choses, alors elle a pris une bombe de peinture et l'a repeint pour lui donner un aspect uniforme. Puis elle est allée parler à Jack. Il voulait la faire chanter. Il avait passé des années à étudier cette histoire. Et quand il a tout compris, il s'en est pris à Henrietta.

— Ce n'était pas très malin de sa part, n'est-ce pas ? dit Doreen en le regardant avec fascination.

— Non, il ne faut pas contrarier ma grand-mère.

— Et c'est votre grand-mère ?

Il haussa les épaules.

— Je crois. On n'a jamais fait de tests ADN. Je suppose que oui.

— C'est-à-dire ?

— Parce que ma mère, Philly, a fait une rupture d'anévrisme pendant l'accouchement et elle est restée en état de mort cérébrale pendant de nombreuses minutes, expliqua-t-il. Ils l'ont ramenée à la vie, mais elle n'a plus jamais été la même. J'ai vécu avec elle pendant de nombreuses années, mais il y avait toujours des infirmières chez nous. Mon père a fait de son mieux, mais il a fini par partir. Et puis mon grand-père n'était pas infirmier, alors j'ai été élevé principalement par des étrangers. Mais elle n'en était pas une. Henrietta a toujours été présente.

— Et elle n'a jamais réussi à avoir d'autres enfants ? demanda Doreen.

— C'est ça. Elle a essayé de tomber enceinte une deuxième fois, et c'était en partie pour ça que son père lui reprochait de ne pas être capable de garder un homme, de ne pas être capable de donner un héritier masculin. Le vieux Toko était un misogyne sans cœur qui était violent psychologiquement envers sa propre fille.

— Beaucoup d'hommes de cette génération sont comme ça, souligna tristement Doreen. Et ces trois décès nous ramènent tous à une seule personne. C'est vous ou Henrietta qui conduisait le pick-up qui nous suivait depuis Vernon ?

— C'était elle. J'étais retranché sur le siège passager, afin que vous ne puissiez voir que l'un d'entre nous.

— Alors pourquoi n'est-elle pas ici avec vous ? le questionna Doreen. Et pourquoi avez-vous fait quelque chose de la sorte ? À moins que vous n'ayez vous-même fait usage d'une arme.

— Non, je n'ai jamais tué personne.

Il baissa le regard sur l'arme qu'il tenait d'une main tremblante.

— Je n'ai jamais appuyé sur la gâchette.

— Alors pourquoi le feriez-vous cette fois-ci ? demanda Doreen avec curiosité.

— Parce qu'elle compte sur moi.

— Elle est parfaitement capable de commettre un meurtre, n'est-ce pas ? Elle pourrait le faire elle-même, non ?

— Oui, mais elle sait qu'elle se ferait prendre.

— Vous préférez vous faire prendre à sa place ? N'est-ce pas pousser la loyauté un peu loin ?

— Je ne me ferai pas prendre, objecta-t-il. Pourquoi me ferais-je attraper ?

Doreen soupira.

— Posez votre arme, s'il vous plaît. Il y a eu assez de morts inutiles comme ça.

— Mais justement, selon elle, c'est tout à fait nécessaire.

— Mais ce n'est pas le cas, et vous ne vous en tirerez pas comme ça, l'avertit la jeune femme. Je suis désolée de vous le demander, mais l'état cognitif de votre grand-mère s'est-il dégradé ?

Sean grimaça.

— Si j'acquiesçais et qu'elle m'entendait, elle hurlerait à la mort. Mais oui, c'est sûr. J'ai vu des signes. Et je veux être présent pour m'assurer de recevoir cet héritage. Avoir une famille super riche et apprendre qu'on ne touche rien à la mort de la personne, c'est terrible.

— Je n'ai jamais compris les testaments, avisa Doreen. Vouloir que quelqu'un meure pour hériter de son argent est affreux. Selon moi, on devrait partager ce qu'on a avec ceux qu'on aime tant qu'on est encore sur cette planète.

— Je vais hériter de tout, pas seulement quelques dollars par-ci par-là. Il ne reste plus aucun Toko, à part elle.

— C'est vrai, concéda Doreen en souriant à Sean. Faisait-elle confiance à d'autres personnes ?

— Pas vraiment. Je pense qu'elle est devenue très méfiante à l'égard de tout le monde à cause de son père et de son mari.

— Bien sûr. Alors, pourquoi vous envoyer ici pour faire ce travail ? Soit elle voulait que ce soit fait, soit elle voulait voir si vous en étiez capable.

À ce moment-là, une autre voix, forte et stridente, rompit le silence.

Doreen fit volte-face et vit une femme remonter le chemin le long du ruisseau. Mugs se hérissa et se mit à grogner.

— D'habitude, les chiens m'adorent, lança Henrietta, les sourcils froncés.

— Vous étiez chez moi hier, n'est-ce pas ? lui demanda Doreen. Parce qu'il vous a aussi grogné dessus.

La femme âgée darda un regard noir sur Doreen.

— C'est exact. Et, oui, c'est moi qui vous ai suivie en voiture. Je cherchais à savoir où vous viviez et je voulais aussi m'amuser un peu. Si j'avais pu vous tuer sur le moment, je l'aurais fait, mais je n'ai pas trouvé la bonne occasion. Vous étiez un peu trop sereine à mon goût. Qui êtes-vous d'ailleurs ?

— Je m'appelle Doreen, se présenta celle-ci. Ravie de vous rencontrer.

La vieille dame s'esclaffa.

— Bon Dieu, les gens qui restent *polis* en toute circonstance. Vous savez que c'est une perte de temps. Les gens profitent des personnes comme vous.

— Oh, je sais. J'ai déjà donné, reconnut Doreen avant de se tourner vers le petit-fils. Vraiment, Sean, vous devriez poser cette arme. Vous n'avez pas été très judicieux, mais votre grand-mère sait parfaitement ce qu'elle fait.

La jeune femme pivota de nouveau vers Henrietta.

— Vous étiez vraiment obligée de tuer ce garçon ? Il avait toute la vie devant lui.

— C'était un petit cafardeur mesquin ! s'emporta Henrietta. Et je n'aurais pas laissé Peter hériter de toute la fortune de mon père. Elle était à moi, et rien qu'à moi. Et bientôt, elle sera à mon petit-fils.

— Alors, pourquoi l'envoyer ici pour commettre un meurtre ?

— C'est pour ça que je suis là. Je me suis dit que ce n'était pas juste pour lui.

— Je suis à la hauteur ! protesta Sean.

Henrietta se tourna vers lui, ses traits adoucis.

— Non, non, tu ne devrais pas. Cette *Doreen* a raison. C'est mon combat, c'est à moi de faire le ménage.

Sur ce, elle sortit une autre arme de sa poche.

— Nous voilà tous les deux armés.

— Vous pensez que nous allons vous laisser nous tirer dessus sans nous battre ? répliqua Doreen.

— Pourquoi pas ? Vous avez tous les deux une arme braquée sur vous. Vous n'êtes pas en position de force.

— Vous avez conscience qu'il s'agit du caporal Mack Moreau n'est-ce pas ? Et si vous tuez un policier, c'est fini pour vous.

Une lente fureur s'empara d'Henrietta.

— Quoi ?

Doreen opina pour confirmer.

Mack fit de même en se levant.

— Elle a raison.

Henrietta braqua aussitôt son arme sur lui.

— Ne bougez pas.

— Sinon quoi ? Vous allez me tuer ? lança le policier. Je vais vous dire quelque chose. Mon capitaine a demandé à Doreen d'étudier le meurtre de Paul.

— Je ne vois pas le rapport, rétorqua la vieille dame. Qu'est-ce que ça peut lui faire ?

— Parce que c'est l'enfant sur lequel vous avez tiré et que vous n'avez pas tué, le même jour où vous avez abattu Paul, expliqua Doreen. Cet incident a propulsé le capitaine au sommet des forces de l'ordre de la ville, et cette affaire ne l'a jamais quitté. Vous avez tiré sur notre capitaine de sang-froid, vous avez tué son ami sous ses yeux, et c'est quelque chose que personne ici ne prend à la légère.

Henrietta dévisagea Doreen avec stupeur.

— Oh, mon Dieu ! s'exclama la grand-mère de Sean avant de rire aux éclats. Quel bazar !

— À qui le dites-vous, concéda Doreen. Et maintenant, vous êtes à un tournant. C'est à vous de décider si vous entraînez votre petit-fils dans une vie de criminel. Pour l'instant, c'est vous qui êtes coupable. Cependant, Sean pourrait vivre sa vie, aller de l'avant et profiter d'une partie de cet argent qui, apparemment, ne vous a apporté que souffrance.

— C'est le principe de l'argent, non ? répliqua Henrietta. C'est l'origine du mal.

— Et pourtant, vous envoyez votre petit-fils dans la même tourmente. Pourquoi ça ? lui demanda Doreen. Je croyais que vous l'aimiez.

— C'est le cas. C'est pour ça que j'essaie de lui donner tout mon argent.

— Vous pourriez lui donner cet argent sans mourir et sans qu'il ait à faire quoi que ce soit pour l'obtenir, objecta Doreen. Vous cherchez juste à vous justifier, alors que c'est inutile. Je ne sais pas si vous souhaitez tout léguer à Sean de votre vivant ou lui donner au moins de quoi vivre, mais affirmer qu'il doit commettre un double meurtre pour obtenir un *héritage*, eh bien, c'est juste un mensonge. Si vous teniez réellement à Sean, vous l'aideriez tout de suite.

— Bien sûr, mais Sean ne veut pas de mon aide. Il veut tout.

— Tout le monde veut tout, mais ça ne veut pas dire qu'ils souhaitent votre mort avant pour avoir tout, répliqua Doreen. Arrêtez de projeter vos valeurs sur Sean.

Henrietta dévisagea Doreen, et un air moqueur se dessina sur son visage.

— Et alors ? Qui êtes-vous ? Une philosophe ou une psychologue capable d'interpréter tout ça ?

— Je comprends les gens, dit Doreen, et c'était vrai, *notamment dans ce cas*. Pour vous, il a toujours été question d'argent et de contrôle, et vous n'en avez jamais eu. Alors dès que vous avez eu le contrôle, vous avez fait en sorte de le garder.

Henrietta opina lentement du chef.

— Cette partie est vraie. Rien de tel que de ne *pas* avoir le contrôle pour me montrer l'importance d'avoir et de garder le contrôle dans ma vie. Je ne veux plus y renoncer. Et c'est l'argent qui vous donne le contrôle.

— Ainsi que la reconnaissance, ajouta Doreen en inclinant la tête sur le côté. C'est aussi comprendre son prochain, trouver de la compassion et peut-être de la culpabilité.

— Il n'y a pas de culpabilité dans mon monde. Et voici comment je comprends mon prochain. C'est vous qui êtes pauvre. Regardez comment vous vivez, pouffa Henrietta, avant de grimacer.

— Oui, mais j'ai aussi vécu comme vous. Avec beaucoup plus que vous deux, ricana la jeune femme. Et je vais vous dire ce que je préfère. Je préfère cette vie.

— Alors vous êtes idiote, asséna Henrietta, levant l'arme pour se préparer à tirer.

Doreen chercha rapidement ses animaux du regard. Mugs grognait. Goliath se faufilait derrière Henrietta. Thaddeus était tranquillement perché sur l'épaule de Doreen. Celle-ci prévint la vieille dame :

— Si vous faites ça, vous allez vraiment le regretter.

— Pourquoi ? Qu'allez-vous faire ?

— Moi ? Rien, répondit Doreen en descendant son perroquet de son épaule. Vas-y, mon grand.

Elle le lança dans les airs où il s'éleva légèrement.

— Votre oiseau ne sait même pas voler, se moqua Henrietta.

— Non, et il n'en a pas besoin.

Thaddeus plongea sur Henrietta, bec et griffes sortis, s'agrippa à son épaule et commença à lui picorer le visage.

— Enlevez-moi ça ! Enlevez-moi ça ! scanda Henrietta.

Le coup de feu partit et son arme tomba au sol.

Pendant ce temps, le petit-fils essayait de dégager l'oiseau de sa grand-mère, mais il trébucha et tomba par terre, grâce à Goliath, et Mack se jeta sur Sean en quelques secondes. Thaddeus revint auprès de Doreen et Mugs prit le relais en mordant la cheville d'Henrietta, ce qui eut pour effet de la faire tomber.

Lorsqu'une voix grave retentit dans la mêlée, Doreen leva les yeux et vit le capitaine, le regard sévère, accompagné de quatre autres policiers.

Henrietta se débarrassa de Mugs, jeta un coup d'œil aux nouveaux arrivants et demanda :

— Qui êtes-vous ?

Personne n'était en uniforme.

— Je suis Henry Hanson, le capitaine de police. Je suis très heureux de vous voir. Ça fait longtemps que j'attends ça, gronda-t-il. Mais je serai très heureux de vous mettre derrière les barreaux pour le reste de votre vie.

— J'aurais dû vous tuer, cingla Henrietta, le regard noir.

— Vous avez raison. Vous auriez dû, mais vous ne l'avez pas fait. Alors maintenant, j'aurai le plaisir de m'assurer que vous payez pour le reste de votre vie d'avoir assassiné Paul.

Ses quatre officiers s'empressèrent d'attraper Henrietta et de la remettre debout.

Le capitaine pivota vers Doreen et secoua la tête.

— Je ne sais pas comment ça tient debout, mais curieusement, encore une fois, vous avez réussi. Et je vous suis redevable à jamais.

Il sortit ses menottes et les passa à Henrietta.

— Je crois que je vous connais, ajouta le capitaine en examinant Sean.

Ce dernier le toisa et acquiesça.

— Peut-être. Je ne sais pas si je vais être inculpé pour ça

ou non.

— Non ! intervint Henrietta. C'est mon affaire. Je l'ai impliqué. J'ai juré que c'était la seule façon pour lui d'obtenir son héritage.

Elle se confessait d'une petite voix. Elle se tourna ensuite vers Doreen.

— Et ce n'était pas juste pour lui. Je dois assumer.

— Je ne sais pas si ça dépend entièrement de vous, dit le capitaine, mais Sean, vous allez venir au poste jusqu'à ce que nous ayons réglé cette affaire. Si je trouve quelque chose contre vous, croyez-moi, j'engagerai des poursuites.

Sur ce, le capitaine regarda de nouveau Doreen, et elle vit son visage se tordre d'émotion.

— Je sais. Allez-y. Occupez-vous d'eux. On pourra parler plus tard, et je vous donnerai tous les détails.

— Je pense qu'on devrait les informer maintenant, suggéra Mack.

— Heureusement que tu m'as offert une pizza parce que, si on doit aller au commissariat maintenant…

— On doit y aller, confirma le caporal. C'est comme ça que ça marche.

Elle lui lança un regard noir, attrapa la boîte à pizza qu'elle serra contre elle et déclara :

— J'emmène celle-ci avec moi.

Chester se frotta le ventre et demanda :

— Il en reste ?

— Bien sûr, opina Doreen avec un large sourire. C'est Mack qui les a apportées.

Les gars jetèrent un œil à l'autre boîte, chapardèrent quelques parts et partirent.

— Je n'en ai même pas mangé ! protesta Mack, les sourcils froncés.

— Oups. Je partagerai la mienne avec toi.

— Comme c'est gentil, répliqua-t-il en levant les yeux au ciel. Rentrons les animaux et allons au poste pour régler ça. Ensuite, on reviendra s'installer au bord du ruisseau.

— Ça me plaît, approuva Doreen avec un sourire.

C'est ce qu'ils firent.

C'était parfait.

# Épilogue

*À peine une semaine plus tard*

D OREEN ÉTAIT ASSISE dehors, le visage tourné vers le soleil, appréciant de n'avoir rien à faire – pas de tueurs à traquer, pas de fous à poursuivre, juste retrouver un semblant de normalité dans son monde. Le capitaine avait été plus que généreux dans ses remerciements et, comme elle l'avait expliqué à tout le monde par la suite, il y avait eu plusieurs annonces sur l'affaire enfin résolue.

Comme beaucoup de gens savaient déjà que Doreen était sur l'enquête, elle avait reçu beaucoup d'encouragements et de soutien.

Elle devait bientôt se rendre chez Nan, et Mack l'accompagnait pour cette célébration repoussée. Ils auraient dû faire la fête bien avant, mais Mack s'était fait tirer dessus. Depuis, ils n'avaient pas pu l'organiser – jusqu'à ce soir. Dans une dizaine de minutes, Mack serait là. Elle se leva, épousseta l'herbe sur sa robe et se dirigea lentement vers la maison. Elle avança vers la porte d'entrée et trouva Mack sur le perron, près des hortensias.

— Wouah, je crois que je ne t'ai jamais vue en robe, déclara-t-il.

Elle baissa les yeux, sourit et répondit :

— Je n'avais pas de raison d'en porter une.

— Es-tu prête à marcher jusqu'à Rosemoor ?

— Oui. Et toi ?

Le policier opina et ils fermèrent la maison à clé. Lentement, ils longèrent le ruisseau, accompagnés des animaux. Doreen avait insisté pour qu'ils soient présents, car ce n'était pas juste d'organiser une fête pour Mack et Doreen, alors que les animaux méritaient tout autant d'être remerciés dans la résolution de ces enquêtes. Et la direction de Rosemoor avait finalement accepté.

— Ce fut un été mouvementé, fit-elle remarquer, Mack à ses côtés.

— Tu trouves ? plaisanta-t-il. Mais le capitaine est aux anges parce que tu as résolu toutes ces affaires classées, même si on a dû en ouvrir de nouvelles à cause de toi.

Il conclut sa phrase en levant les yeux au ciel.

— Je trouve ça normal que les familles aient une explication à la disparition de leurs proches et que le meurtrier soit derrière les barreaux.

— Tout à fait, reconnut-il en serrant la main de la jeune femme.

Alors qu'ils se rapprochaient de Rosemoor, elle observa les maisons situées de l'autre côté du ruisseau.

— Il y a de très belles propriétés ici.

— En effet.

— Et j'ai finalement réussi à contacter Scott à la salle des ventes.

— Oh, super. Tu vas recevoir quelque chose ?

Doreen leva les yeux vers lui.

— Oui, je vais recevoir un sacré chèque pour les livres. Je ne l'ai même pas dit à Nan.

— Est-ce que ce sera suffisant pour te permettre de survivre pendant un certain temps ? Au moins pour te payer des pizzas ? s'enquit-il avec un sourire.

Quand elle lui annonça le montant, il s'arrêta net.

— Mon Dieu, tu peux presque acheter une maison à Kelowna avec ça !

— Ce n'est pas ce que je veux.

— Pourquoi pas ? Tu n'as pas l'intention de rester ?

— Oh, j'ai l'intention de rester, mais j'ai un faible pour la maison de Nan.

Il sourit et serra sa main contre lui.

— Au moins, maintenant, je n'aurai plus à m'inquiéter du fait que tu n'as pas assez d'argent pour te nourrir.

— Les gens ne cessent de me répéter que ça ira, « *tant que je ne fais pas de folies avec* ». Mais je ne sais pas exactement ce qu'ils sous-entendent.

— Tu le sauras bientôt. Tu es une femme intelligente.

— La pom-pom girl est de retour, rit-elle.

— Il n'y a rien de mal à être une pom-pom girl, répliqua Mack avec un regard sévère. Surtout quand on le pense vraiment.

— Je me débrouille beaucoup mieux avec mon argent. Je n'aurais jamais pensé en arriver là, mais vraiment, je m'en sors beaucoup mieux.

— Tu t'en sors très bien, je n'ai jamais voulu insinuer autre chose.

— Bien, car l'été a été long et difficile à bien des égards, mais aussi très enrichissant.

— En effet. Pour moi aussi… Et j'ai parlé à mon frère aujourd'hui.

— Oh, bien. Comment se passe le déménagement ?

— Il a dit qu'il avait essayé de t'appeler plusieurs fois

aujourd'hui.

Elle fronça les sourcils, sortit son téléphone et grimaça.

— Oui, j'ai vu ça tout à l'heure, et j'ai pensé que c'était le fameux appel.

— Tu recommences à l'éviter ?

— Non, pas vraiment, mais je sais que l'avocat de mon ex et lui sont encore en négociations.

— Ils sont parvenus à un accord, nota Mack à voix basse.

— C'est vrai ? s'enquit-elle en s'arrêtant pour le regarder. Nick ne m'en a pas parlé.

Mack lui lança un regard entendu.

— Il faudrait que tu répondes au téléphone pour ça.

— Tu as raison. T'a-t-il donné plus de détails ?

Mack secoua la tête.

— Ce n'est pas à moi qu'il doit dire ça. C'est ton avocat, et tu dois t'en charger.

— Tu penses que mon ex va me lâcher maintenant ?

— Je l'espère. La question est de savoir s'il se sentira menacé.

— Oh non, ça veut dire que si mon avocat est content, mon ex-mari ne le sera pas ?

— C'est une éventualité. Quoi qu'il en soit, promets-moi d'appeler Nick demain.

— Je l'appellerai… Je te le promets, affirma-t-elle alors qu'il la regardait droit dans les yeux, puis arrivant chez Nan, elle lui demanda : tu as de nouvelles affaires ?

— Ce qui veut dire : « *tu ne me donnes pas assez d'affaires* ». Je me trompe ?

— Je n'en dirais pas tant. Cependant, on a planché dernièrement sur *le silence dans les tournesols*, et c'était il y a une semaine.

— Qu'est-ce que ça veut dire ? Que tu dois avoir une nouvelle *fleur* pour tes enquêtes ?

— Oui, c'est ce à quoi je pensais, mais je n'ai pas d'idée. Sur quoi pourrais-je travailler ?

Mack proposa plusieurs idées. Certaines la firent rire.

— Je pense à des *orteils*, suggéra Doreen. Des orteils dans…

Elle se tut, aperçut des tulipes fanées sur le bas-côté qui n'avaient pas été coupées et lança :

— *Des orteils dans les tulipes !*

— Je n'ai rien de ce genre dans mes enquêtes.

— Vous n'avez pas trouvé de cadavres récemment ? l'interrogea Doreen avec curiosité.

Il la dévisagea et soupira.

— Si… une jeune femme.

— Oh, désolée, s'excusa-t-elle, se dégrisant instantanément. C'est toujours triste quand il s'agit d'une jeune personne.

— Je suis d'accord.

Puis il se figea et jura.

— Un problème ?

Il la fusilla du regard.

— Elle a été trouvée dans un jardin.

Doreen rayonna.

— S'il te plaît, s'il te plaît, s'il te plaît, dis-moi que c'était un jardin avec des tulipes.

— Mais les tulipes ne fleurissent pas à cette époque de l'année, fit-il remarquer en secouant la tête.

Le visage de Doreen s'assombrit.

— Sauf que… reprit-il, manifestement en proie à une terrible prise de conscience, ce n'était pas vraiment un jardin. Des fleurs avaient été disposées autour de son corps. Des fleurs en *plastique*.

— Et ? s'enquit-elle, les yeux écarquillés.

— C'étaient des tulipes.

— Oui ! *Jusqu'aux orteils dans les tulipes*, ma nouvelle enquête ! se réjouit-elle.

Il s'arrêta, l'attira à lui, posa une main de chaque côté de son visage et murmura :

— *Ma* nouvelle enquête concerne *des orteils dans les tulipes*.

Elle se hissa sur la pointe des pieds et l'embrassa rapidement avec passion. Elle aperçut une étincelle illuminer le regard du policier avant de s'éloigner prestement.

— Mon enquête, affirma-t-elle. La *mienne*.

Sur ce, elle se mit à rire en courant vers Nan.

Sa grand-mère se tenait sur sa terrasse et, lorsqu'elle les vit tous les deux, ouvrit grand les bras avant de s'écrier :

— Vous voilà ! Vous êtes enfin arrivés et la fête peut commencer !

C'est la fin du tome 19 de *Jolis Jardins Maudits, Menace dans les tournesols.*

Découvrez *Jusqu'aux orteils dans les tulipes : Jolis Jardins Maudits, tome 20*

# Jolis Jardins Maudits : Jusqu'aux orteils dans les tulipes, tome 20

Une nouvelle saga cosy mystery de l'auteure best-seller de *USA Today*, Dale Mayer. Suivez la jardinière et détective amatrice Doreen Montgomery et ses amusants (et vraiment adorables) chat, chien et perroquet, tandis qu'ils attrapent les meurtriers et résolvent des crimes dans la merveilleuse ville de Kelowna, en Colombie-Britannique.

**Du luxe à la misère... Le temps guérit toutes les blessures... mais des faits passés continuent de hanter... même les innocents !**

Après avoir aidé le capitaine à résoudre l'affaire qui le tourmentait depuis longtemps, la réputation de Doreen est bel et bien établie à Kelowna. Cela se vérifie lorsqu'une jeune femme est assassinée dans son appartement et que la police commence à s'intéresser à son petit ami. Alors que la ville est sur les dents, ce jeune homme demande l'aide de Doreen pour prouver son innocence.

Le caporal Mack Moreau est de retour aux tâches légères – principalement garder un œil sur Doreen, si le capitaine a son mot à dire. Ce n'est guère difficile, car il adore être près d'elle, lorsqu'elle ne s'occupe pas de ses affaires en cours. Et pourtant, étrangement, elle parvient à dénicher d'anciennes affaires qui recoupent les siennes, ce qui lui donne une idée démesurée de ses limites.

Ce qui semble simple en apparence remonte le cours de l'histoire jusqu'à une affaire résolue, le tueur étant désormais en liberté, en quête de vengeance. Mais, bien sûr, ce n'est pas si simple ni si facile. Et, lorsque Doreen et son équipe d'animaux ont terminé, le monde a changé pour bien plus qu'une seule personne dans cette affaire.

Le tome 20 est disponible !

Pour en savoir plus, visitez le site web de Dale Mayer.

https://geni.us/DMSFRTulips

# Note de l'auteure

Merci d'avoir lu *Menace dans les tournesols : Jolis Jardins Maudits, tome 19* ! Si vous avez apprécié le livre, merci de prendre un moment pour laisser votre avis.

Chers lecteurs,

J'aime avoir de vos nouvelles, alors n'hésitez pas à me contacter sur mon site web : www.dalemayer.com ou sur ma page d'auteure Facebook. Pour être informés des nouvelles parutions et des offres spéciales, inscrivez-vous à ma newsletter ou suivez-moi sur BookBub. Si vous souhaitez rejoindre mon groupe de lecteurs, voici la page d'inscription sur Facebook.
http://geni.us/DaleMayerFBGroup

À bientôt,
Dale Mayer

# À propos de l'auteure

Dale Mayer est une auteure de best-sellers au classement de *USA Today*, connue pour ses romances militaires sur les forces spéciales, sa série *Psychic Visions* et sa série *Jolis Jardins Maudits*, dans le genre cozy mystery. Ses romances contemporaines sont vibrantes d'émotion et de passion (série *Broken But... Mending, Hathaway House*). Ses thrillers vous laisseront à bout de souffle (séries *By Death* et *Kate Morgan*) et ses comédies romantiques vous feront rire aux éclats (*It's a Dog's Life*, une novella hors-série, et la série *Broken Protocols* avec Charming Marvin, le chat).

Elle laisse libre cours aux séries qui lui viennent... dont certaines sont carrément folles, enfreignant toutes les règles et croisant différents genres !

En plus de ses romans de fiction, elle écrit également des textes documentaires dans de nombreux domaines, dont la rédaction de CV, le jardinage de loisir et le système de crédit immobilier américain. Elle a récemment publié la série professionnelle *Career Essentials*. Tous ses livres sont disponibles aux formats papier et ebook.

## Contactez Dale Mayer en ligne

*Site web de Dale – www.dalemayer.com*
*Twitter – @DaleMayer*
*Facebook Page – geni.us/DaleMayerFBFanPage*
*Facebook Group – geni.us/DaleMayerFBGroup*
*BookBub – geni.us/DaleMayerBookbub*
*Instagram – geni.us/DaleMayerInstagram*
*Goodreads – geni.us/DaleMayerGoodreads*
*Newsletter – geni.us/DaleNews*

www.ingramcontent.com/pod-product-compliance
Lightning Source LLC
Chambersburg PA
CBHW071419200726
48294CB00002B/445